百姓讲述自己的故事

"中国梦·新时代·新征程"
百姓宣讲比赛优秀作品

《百姓讲述自己的故事》编写组　编

山东友谊出版社·济南

图书在版编目（CIP）数据

百姓讲述自己的故事："中国梦·新时代·新征程"百姓宣讲比赛优秀作品／《百姓讲述自己的故事》编写组编. —济南：山东友谊出版社，2023.7
ISBN 978-7-5516-2769-6

Ⅰ.①百… Ⅱ.①百… Ⅲ.①故事-作品集-中国-当代 Ⅳ.①I247.81

中国国家版本馆CIP数据核字(2023)第110206号

百姓讲述自己的故事

"中国梦·新时代·新征程"百姓宣讲比赛优秀作品

BAIXING JIANGSHU ZIJI DE GUSHI
ZHONGGUOMENG XINSHIDAI XINZHENGCHENG
BAIXING XUANJIANG BISAI YOUXIU ZUOPIN

责任编辑：肖　杉
装帧设计：杨雯雯

主管单位：山东出版传媒股份有限公司
出版发行：山东友谊出版社
　　　　　地址：济南市英雄山路189号　邮政编码：250002
　　　　　电话：出版管理部（0531）82098756
　　　　　　　　发行综合部（0531）82705187
　　　　　网址：www.sdyouyi.com.cn
印　　刷：济南乾丰云印刷科技有限公司

开本：710 mm×1000 mm　1/16
印张：24.25　　　　　　　字数：300千字
版次：2023年7月第1版　　印次：2023年7月第1次印刷
定价：76.00元

前 言

党的二十大，是在全党全国各族人民迈上全面建设社会主义现代化国家新征程、向第二个百年奋斗目标进军的关键时刻召开的一次十分重要的大会。为迎接党的二十大胜利召开，集中展现山东人民在踏上实现第二个百年奋斗目标新征程上的新作为、新担当、新姿态，中共山东省委宣传部、中共山东省委网信办、中共山东省委省直机关工委、山东省总工会、共青团山东省委、山东省妇女联合会、中共山东省委教育工委、山东省国资委在全省联合开展"中国梦·新时代·新征程"百姓宣讲活动。2022年8月31日至9月2日，"中国梦·新时代·新征程"百姓宣讲比赛总决赛在济南举行。

百姓宣讲围绕迎接宣传贯彻党的二十大这一主线，深入贯彻习近平新时代中国特色社会主义思想，贯彻落实习近平总书记对山东工作的重要指示要求，着力讲好全省上下锚定"走在前、开新局"，奋斗新征程、建功新时代的感人故事。广大宣讲员将党的创新理论同人民群众生动实践相结合，把"大道理"转化为一个个生动的"小故事"，用故事阐释理论，用情感表达认同，深入浅出把理论讲彻底、讲鲜活，让听众在轻松愉悦的氛围中学理论、悟理论、懂理论、信理论。其中，有"抗疫英雄"白晓卉、

"最美基层民警"李涌等典型人物的感人事迹，有"核酸贴女孩"丁姣、"癌症志愿者"曹丽霞等与命运抗争的励志故事，有"霹雳鼠"核电设备焊接机器人发明团队、超低温自动化生物样本库研发团队等不畏艰难的创新经历，等等。一场场宣讲引发了听众强烈共鸣，激发了全省广大干部群众奋斗新征程的内在动力。

2013年以来，山东省"中国梦"系列百姓宣讲活动已连续举办10届，成为"宣讲时间"品牌的有机组成部分和重要支撑，成为全省宣讲工作的亮丽名片。为进一步提升基层理论宣讲影响力，推动全省宣讲工作迈上新台阶，现将参加山东省"中国梦·新时代·新征程"宣讲比赛的故事类、曲艺类、理论类获奖稿件进行整理、结集出版，并将宣讲内容生成音视频二维码附于书内，供基层宣讲学习参考。

《百姓讲述自己的故事》编写组

2023年5月

目 录

● 故事类

站在爸爸的岗位上	李　圣/003
描绘生命的色彩	丁　姣/006
我的焊接"智"造梦	刘　伟/009
挑战极寒追梦人	任文广/012
扬起心中的那面红旗	杨红旗/015
今年，我10岁了	曹丽霞/018
"打工人"的幸福春节	彭　越/021
"三进"人民大会堂	念以新/024
即使折翼也要高飞	姜秀智/027
我们带你回家	孙　铄/030
豆腐小哥	李　硕/033
我回家乡当书记	林建龙/036
我的科教强国梦	索亚敏/039

暖心的早餐	丁智慧 /042
这支队伍不简单	孙宁文 /045
重新绽放的花蕾	房　倩 /048
奋斗永远在路上	贾红光 /051
情系高铁鉴赤诚	李向成 /055
"疫"记·在一起	陈婷婷 /058
焊花飞溅绽芳华	李丹丹 /061
善行者务其远	胡善辉 /064
不能丢掉一个人	李华栋 /067
我师傅的工匠梦	赵俊杰 /070
传承	尚金花 /073
白衣天使　晓卉绽芳华	赵胜梅 /076
地层深处的驱油"女侠"	韦　雪 /079
父亲的座驾	刘　强 /082
"一带一路"上的胜利旗帜	熊林锐 /085
稻花香里说"鱼台"	郁　文 /088
联户长连着百姓心	闫玉侠 /091
八旬赤子　仍为少年	孙　婷 /094
绣花妹子的致富梦	卞成飞 /097
"黄金籽"结出"致富果"	梁其安 /100
我为残疾孩子建个家	丁天宝 /103
攥紧中国"种子"	李　琪 /106

标题	作者	页码
蒙山七代护林人	文　娇	/109
真情守护夕阳红	姜　薇	/112
我的"第三战场"	李　亮	/115
我为朱水湾代言	杜春霞	/118
"煤矿铁军"是这样炼成的	田　薇	/121
泰山之巅的忠诚卫士	王乐川	/124
尽美故里的"红色号手"	杨　洋	/127
平凡小事与"人生大事"	温静君	/130
土地流转圆了富民强村梦	田纯锋	/132
让青春在高原绽放	谷高峰	/135
小苹果带出大希望	黄雷忠	/138
"傻妮子"成长记	程　婷	/141
我为祖国炼石油	于江涛	/144
一串葡萄的故事	高文静	/147
筑梦小乡村　擘画新图景	陈　花	/150
猎毒沙场许芳华	王晓静	/153
难忘的非洲支教之旅	田承恩	/156
"橙"风破浪　力挽狂"蓝"	张　辉	/159
做有温度的人民法官	刘程程	/162
有我在　你平安	梁亮亮	/165
我和我的藏蓝梦想	孔宏伟	/168
我与 CCUS 装置共成长	王佳俊	/171

● **理论类**

重温"三次对谈" 走好新时代赶考路	张云鹤 /177
永葆对党忠诚的政治本色	邓竹桥 /181
握紧新征程上的接力棒	孔　云 /184
从三个维度看全过程人民民主的人民性	李卓群 /187
独立自主照亮复兴之路	曹维时 /190
必须坚持党的全面领导	王鲲鹏 /194
弘扬戚继光民族精神　做新时代奋斗者	刘彦君 /198
以中国式现代化推进中华民族伟大复兴	白文娟 /202
筑牢理想信念根基	朱宝慧 /205
红色精神的时代意蕴	石倩倩 /209
让王杰精神绽放新的时代光芒	徐　倩 /212
感悟人民至上　书写时代答卷	徐　旖 /215
马克思主义永葆青春的奥秘	廖　杰 /218
弘扬伟大建党精神	于文龙 /221
读懂中国共产党的"人民观"	冯　丽 /224
习近平总书记家国情怀的生成逻辑与时代内涵	孙　杰 /227
从沂蒙精神的内涵看"中国共产党为什么能"	袁金凤 /230
自我革命精神的形成逻辑	卢　超 /233
坚强领导核心引领亿万人民走向民族复兴	吕丛丛 /236
共同富裕的新时代意蕴	王誉超 /239
在新征程上扎实推动共同富裕	卢　津 /242
能源的饭碗必须端在自己手里	孙汝仪 /245

● 曲艺类

深夜对话（快板） 靳长钊 张汉霄 /251
一往"参"情逐梦人（快板） 苑成宇 范爱霞 /258
送"礼"（山东快书） 张厚一 /262
壮美黄河口（京韵大鼓） 曹美秀 张振玲 /268
家传（山东快书） 武道君 /271
筑梦新征程（数来宝） 王泽颖 曲映文飞 /276
搬山（山东快书） 项 辉 /283
俺村喜迎二十大（对口快板） 张 莉 周 文 /290
五音声声唱家乡（五音戏） 史晓睿 崔 娟 /296
夕阳无限好（相声剧） 王 洁 庄傲轩 /301
运河之都谱新章（八角鼓） 史 茹 /307
相女婿（坠子书） 张京昌 刘 冲 /310
作报告（相声） 曹 飞 刘 昊 /314
能源榜样立新功（快板） 周 陆 /322
顶牛（对口快板） 王文龙 杨佳琳 /327
时代楷模张海军（对口快板） 张欣欣 杨莎莎 /332
高老庄乡村振兴记（山东快书） 顾天铸 /340
巾帼好党员 绽放新时代（山东快书） 韩传峰 栾庆海 /348
乡村振兴谱新篇（山东快书） 朱 盟 赵汶汶 /354
建团百年踏征程（对口快板） 徐鹤轩 宋鑫烨 /361
湖上救援（山东快书） 李博文 /366
话乡村（快板） 郭本铭 /370

故事类

百姓讲述自己的故事

站在爸爸的岗位上

青岛市公安局民警　李　圣

2022年1月27日,我收到《录用通知书》,成了一名交通警察。

我是如何成为一名交通警察的,还要从我的爸爸、青岛交警李涌说起。

2021年10月3日凌晨,在沈海高速巡查的爸爸,发现一辆轿车停在应急车道,便立即上前盘查。打开车门,一股浓浓的酒气扑面而来。司机拒不配合酒精检测,挣扎逃脱时翻到了护栏外侧。爸爸迅速扑过去,一把抓住了司机,用力往回拽,因为爸爸知道,护栏下面是一处近三米深的涵洞,掉下去会有生命危险。在司机的极力挣扎中爸爸突然失去了重心,也翻到了护栏外。司机被爸爸的同事拽了回来,而爸爸却摔落在涵洞下的水沟里……那一天,是我的生日!每年过生日,爸爸都会对我说:宝贝儿,生日快乐!可是,这样的祝福我再也听不到了。

爸爸是个大嗓门,每次下班回家打开门他都会喊:我回来啦!有时妈妈会躲起来和他捉迷藏,有时则会迎来一场温馨的"遭遇战"。他们不止一次憧憬过,等过几年退休,就带上刚买的单反相机,一起开着车出去旅游。去年母亲节,爸爸一手搀着奶奶,一手拉着姥姥,带着他们逛商场、吃大餐。这样的其乐融融,奶奶和姥姥再也等不到了。

爸爸2005年从部队转业到交警工作。他把军人不怕苦不怕累的精神带到了新的工作岗位上。

爸爸是同事眼中"不要命的排水专家"。道路积水时，他会站到积水最深处用身体当路标，排水不畅时，他会徒手疏通下水道。2008年8月的一天，青岛遭遇了罕见的大暴雨，雨水混杂着垃圾堵住了下水道，路口的积水迅速上涨，许多汽车被淹熄火，造成道路堵塞。如果不及时排出积水，会导致交通瘫痪。正在执勤的爸爸迅速赶到路口疏通下水道，没想到有处井盖缺失，他一脚踏空，水流的巨大吸力和倾盆而下的大雨使得污水瞬间没过了爸爸的头顶，好在同事赶来把他拉了上来，爸爸才没有被污水卷走，但是也导致他肩关节骨折。

爸爸经常发现有司机边开车边打电话、不系安全带，在车流量巨大的路口，这些轻微的违法行为一闪而过，但如果不提醒司机，有可能导致严重的交通事故。为此，爸爸专门向手语老师请教，反复琢磨，不断改良，最终发明了十种"温馨提示手势"，及时提醒司机改正违法行为。看到司机自行改正后，爸爸总会笑着伸出大拇指给他们点赞，司机们就像是得到老师表扬的小学生，心里都暖暖的，有不少人会专门降下车窗，向他回礼致意。

爸爸牺牲以后，在同三高速大队，由他更新的第八版手绘辖区地图还在服务着民警的日常巡逻；他的便民背包依然端端正正地放在巡逻车的后备厢里，里面有创可贴、速效救心丸、医用胶带，还有铁铲、工具箱、灭火器。在爸爸的电脑里，还保存着他利用休息时间整理制作的400余份交通安全课件，更新日期永远停留在他牺牲的前一天。5万多次执法零投诉，发布16218条微博，30年义务献血3万多毫升……他用一个人的微光，温暖了一座城。

爸爸走后，明知他的微博不会再更新了，也不会再"回关"了，但在短短一天时间内，他的微博粉丝新增8000多人。公安部发言人张明深情地说:"我们的人民群众正是用这种令人泪目的方式,缅怀逝去的英雄。"

在爸爸的追悼会上,成百上千素不相识的市民眼含热泪、排着长队,向爸爸作最后的告别。当灵车经过他曾经执勤的路口,沿途的车辆突然爆发响亮的鸣笛声,声彻云霄。我知道,这是市民对这位"青岛好交警"发自内心的怀念。

我曾是一名基层公务员,在原单位我用心用情做好群众工作,已经得心应手。在爸爸牺牲后,我有了转岗的想法,向组织提出,决心加入更加辛苦、劳累,需要面对更多危险挑战的公安队伍,把爸爸服务人民的奉献精神传承下去。

我没有启用爸爸的警号,因为111871已经成为爸爸的一部分,那是爸爸在百姓心中的符号,更是公安队伍宝贵的精神财富。在成为警察的200多天里,每当我站在爸爸曾经战斗过的路口,每当我执勤时仰望他曾经热爱的天空,每当我护校时看见孩子们天真烂漫的笑脸,每当我看到"李涌党员先锋突击队"的旗帜迎风飘扬,我知道,爸爸一直在我们心中,从未远去。

爸,您放心,我会用行动践行初心,用担当诠释忠诚,用一生去书写"人民公安为人民"的时代答卷!

描绘生命的色彩
山东世博动漫集团漫画师　丁　姣

我从小喜欢色彩！但是，我的童年却是灰色的。

2岁时，我得了脊柱血管瘤，导致高位截瘫，跟张海迪阿姨一样的病。从小到大，海迪阿姨的事迹一直激励着我，让我从来没有放弃过。和她相比，我是幸运的。我历经了很多次手术，也复健了很多年，经过努力，我创造了一个奇迹，那就是可以自己走路。而且在经历了那么多次摔倒以后，我都能骑自行车了。

小时候，看着别的小朋友开心地去上学，我就很羡慕。记得有一次，我问妈妈，我什么时候能去上学啊？

我问一次，她哭一次。渐渐地我就不再问了。

爸妈把我一个人关在家里，我就对着电视学画画，还自学了小学6年的课程。16岁那年，我终于有机会踏入学校的大门！

2013年，我考入了目前所在公司与山东轻工职业学院校企合作的世博动漫学院。

我上下楼很不方便，我就把气垫床放在了教室里。别人学习的时候我也在学习，别人睡觉的时候我依然在学习。

大学期间，我成为班里唯一一名学生党员，获得了"全国大学生自强之星""全国优秀共青团员"等多项荣誉，还获得了"国家励志奖学金"。

毕业后我顺利在世博动漫公司就业，个人也得到了全方位的成长。虽然我是一名残疾人，但是在内心深处一直有一个梦想，那就是用画笔去描绘更美好的生活，用漫画讲好残疾人励志故事。我用这样的方式去回报父母，回报社会。

2020年，新冠肺炎疫情突如其来，我就想，我能用什么样的方式去做点什么。我以画笔为枪，一个月内创作出30多幅漫画抗疫作品，这些作品幽默风趣，积极向上。这一系列作品入围"山东战疫，众志成城"网络动漫作品公益展，在"山东网络正能量传播体系"进行了展播。

2021年3月初，我惊喜地收到了国际残奥委会邀请，让我为北京冬残奥会创作系列主题漫画作品。

由于是冬季比赛，我采用了蓝天白云、白雪为背景的设计方案。

因为运动员们大多都戴着护目镜，所以在创作中，我就把焦点集中在他们的动作上，给人一种下一秒就可以飞起来的感觉。

尤其是创作以冰球少年申翼风为原型的漫画时，我想把他的英姿好好展现出来。于是，我给他画上了翅膀，展现了他绝杀的力量和振奋喜悦的心情。我还将他的滑雪杖画成了一柄宝剑直指天空，剑尖的光芒既是胜利的光芒，更象征着我们残疾人那种坚韧不屈的精神。

在冬残奥会上，中国队获得了18枚金牌，位列第一。我创作的18幅金牌运动员漫像，也被很多运动员收藏和点赞。而我为冬残奥会创作的漫画作品，先后两次在中央电视台集中展示。

2021年4月，新冠肺炎疫情再次来袭，我在公司的策划创意下，创作了"泉城抗疫天团"系列卡通形象，成为济南市核酸贴纸统一使用的形象。

这次"火出圈"的扁鹊、辛弃疾、秦琼、李清照、大舜、房玄龄等核酸贴纸，不仅给核酸检测增添了温情，也刷爆了大家的朋友圈，激起了广大市民齐心抗疫的广泛共鸣，传播了济南的历史文化。

这套核酸贴纸多次登上各大平台热搜,被誉为核酸贴纸的"天花板",我也被网友亲切地称为"核酸贴纸"女孩。

很多爷爷奶奶把贴纸贴到了拐棍上,有的哥哥姐姐贴到了头盔上,有些小朋友做成了贴纸小书,还有骑行者将济南的贴纸带到了平均海拔4500米以上的新藏线上。

看着手里拿着贴纸、不再惧怕核酸检测的小朋友们的可爱小脸,听着大家纷纷夸赞这套贴纸的形象甜萌可爱,我觉得所有的辛苦都是值得的。

6月17日晚,"青春在济南 共赢新发展"2022届济南大学生毕业典礼上,中共济南市委主要领导同志对我点赞,我成了今年济南市应届毕业生和同龄青年人学习的榜样,也让我感到自己身上有了更重的社会责任。

在省残联和公司的帮助下,我申请成立了世博动漫"荔枝花开"志愿服务队,利用周末休息时间,坚持为残障学员开展公益漫画教学。希望通过我的努力,更多人可以通过画笔,展现心中的色彩。

回首自己走来的路,对美好的向往和对梦想的追求成就了今天的我。我庆幸赶上一个好时代,我感恩父母对我的不抛弃不放弃,感恩党、政府对我的关怀和厚爱,感谢社会各界和公司同事对我的搀扶和帮助。

适逢新时代新征程,我将用我的作品去定格温暖的瞬间,去描绘缤纷的色彩,去追逐美好的梦想。

青春之彩,逐梦而行,我会一直在路上。

我的焊接"智"造梦

山东核电设备制造有限公司生产技术部
焊工管理室焊接高级主管　刘　伟

我是哈工大焊接专业的研究生。2007年毕业后，一直扎根核电事业，一晃16年了。这些年，正是中国核电技术的高速发展期，我既是见证者，也是参与者。

我国的核电技术起步相较于西方发达国家较晚，我刚工作那会儿，所使用的核电技术、焊接设备几乎都靠进口，价格贵不说，核心技术还在人家手里。2008年4月，公司管道自动焊接生产线调试，加拿大来的专家一边调试一边在一个小本子上写写画画，我以为他是在记录核心数据，就想趁机偷学点技术。我小心翼翼地凑过去一瞅，却发现他并非在做记录，而是在计算差旅费。和他一聊才知道，在国外他就是一名再普通不过的工人，这趟中国之行，我们除了要承担他所有的吃、住、行费用外，还要按照整个行程每小时140美金支付补贴，他当时就在算这一趟能赚多少钱。这是多么可笑啊！我当时觉得既委屈又可悲，凭什么人家就可以这样？咱怎么就没这个本事呢！从那一刻起，我就下定决心，一定要研发属于自己的设备。

2014年，我们开始承建国家具有自主知识产权的三代核电"国和一号"核电站。在制造过程中，遇到了小体积焊接难题，焊工要钻到不到半米的空间内进行作业，效率低，质量不稳定，人也不安全，最麻烦的是胖一点的工人就进不去，所以急需一款小型自动化焊接设备。要求体积小、功能全，相当于要把一头大象的五脏六腑硬生生塞进一只麻雀的肚子里。

为快速解决问题，我首先想到去珠海。这座城市有一条街齐聚了全世界各国最前沿的焊接设备代理商，但在那儿我竟没有找到合适的。有一家日本公司听到消息后，主动找到了我，说他们可以做，但是有个条件，就是技术要用他们的，并且使用过程不能进行任何程序修改，这让我不禁想到了那个加拿大专家，这不是跟当年受制于人一样吗！我不死心，又找到了清华大学国内焊接专业泰斗级研发团队，他们评估后也说能做，但研发周期会很久。我急了，随之下定决心：自己干！

在接下来的两年多时间里，我和我的团队日夜不停地奋战，进行了上千次的拆卸、论证、实验。有一次，为了论证一组数据，我一刻不停地跑了成都、杭州、张家港、上海、青岛等地，回到家已经深夜三点多。打开家门，看到妻子还坐在沙发上等我，她急忙迎上来接过我手中的包，便默默转身去厨房为我热饭了。她看着我大口大口地吃着这顿迟到的晚餐，红着眼圈，心疼地说："你慢点吃，你看你，30来岁，都半头白发了啊……"

经过不断的探索和实验，2020年3月，这款高度集成的焊接机器人终于研发成功。机器人能连续焊接4000多米焊缝，合格率100%，我给它起名"霹雳鼠"。2021年8月19日，多名国内外专家来到烟台海阳，对"霹雳鼠"进行产品鉴定。他们提出技术质疑，并要求进行各种苛刻实验，比如：能不能拐弯啊？能不能爬坡啊？能不能负重啊？都能！其中最有意思的是一个专家笑着问："能不能90度爬坡呀？"我也开玩笑说："你以为这是直升机啊，暂时飞不起来。"其实，我没告诉这位专家的是，这种可直立行走焊接的机器人我已经在酝酿了，甚至连名字都给起好了，就叫"小壁虎"。最终专家们给"霹雳鼠"的一致结论是：达到了国际领先水平！这一结论可不得了，比"国际先进"要高很多！

"霹雳鼠"研制成功后，取得了13项国家专利，1项软件著作权和7类商标。习近平总书记指出，"关键核心技术是要不来、买不来、讨不来的"，我和我的团队攻克了无数难关，掌握了核心技术，我们用一个又一个的自动化设备践行着总书记的指示要求。

最近两年，我先后荣获"山东省五一劳动奖章"、被授予"齐鲁工匠"荣誉称号，感到很光荣。今年，"霹雳鼠"又荣获了山东省职工创新创效一等奖。还想要告诉大家的是：如今，我国的核电技术已经达到了四代水平。所谓"几代"，其核心是指它的安全性，可以这样说，中国的核电设备是目前世界上是最领先、最安全的，那个"看人脸色、随便派个所谓的专家都要给高额费用"的时代，一去不复返了！新的征程中，我将继续带领团队攻坚克难，争做实现民族复兴的大国工匠！

挑战极寒追梦人

海尔生物自动化产业总经理 任文广

大家知道新冠肺炎疫情最初发生时,从患者身上提取到的第一批病毒样本被保存到哪儿了吗?它就被保存到了由海尔集团研发的 -80℃的超低温样本库里。

-80℃是个什么概念呢?气象学对极寒的定义是 -40℃,-80℃已远远超过了地表的常规低温极限,在这个温度下不仅人类不能生存,就连很多机器设备也难以运转。正是在这个温度下,细胞的新陈代谢基本停止,可以长期、安全地保存病毒、基因等珍贵生物样本。我们人类一直探索的"人体冷冻"梦想,就是这个道理。

这么低的温度,如果靠人工存取,既有被冻伤的风险,样本也会因温度频繁变化而降低活性质量。所以,我们亟须可实现自动化存取的超低温样本库。而这一领域,以往一直被欧美公司所垄断。

2017 年初,我们将目光瞄准这一领域,为了少走弯路,计划直接购买国外的技术。我们来到当时行业第一的美国 B 公司的办事处寻求合作。

美方代表听清我们的来意后,立刻沉下脸来,傲慢地说:"我们只卖产品,不谈技术合作。""如果你们需要,2000 万元人民币卖给你们一套。""如果你们中国人自主研发,五年、十年也不行。"

看着他们不屑一顾的眼神,我感觉受到了平生从未有过的憋屈。在项目汇报会上,我郑重表态,我要带领团队做出咱们中国人自己的自动化生物样本库!

一年时间里,我们先后设计的图纸超过3600张,零部件上万个,终于搭起了样机,进入了实验阶段。

记得那是2018年7月20日,我们进行第一次样机测试。实验中,库内温度逐渐下降,大家都紧张地盯着显示屏,-40℃、-60℃,当接近-80℃时,"滴,滴……"刺耳的报警声突然响起,这是怎么了?

时值盛夏酷暑,室内温度达到40℃,可是库内温度接近-80℃。作为项目带头人,我来不及多想,立即穿上厚重的棉服,带着3层口罩,套上防寒手套,从仅有半平方米的洞口钻进库内。一进去,一股寒气扑面而来,眼镜上雾蒙蒙一片,什么也看不见。我只好把口罩去掉,瞬间,-80℃的冷气让鼻腔、口腔甚至整个肺部都麻木了。库里活动空间宽度只有30厘米,防寒手套又太厚,根本无法拆卸细小的螺钉,我干脆脱掉手套,仔细排查,原来是机器人因导轨低温变形被卡住。

故障被排除,我从库里爬出来,同事说:"都40多分钟了,你没事吧?"我这才发现手上的皮肤已经被库内金属粘掉了一大块儿,渗出的血也被冻住了。那一刻我明白了,为什么在-80℃温度下保存样本最安全,因为细胞的新陈代谢慢得让神经系统失灵了,我的大脑对疼痛已没任何感觉。

那段日子里,我满脑子想的是导轨变形、耐低温材料问题。为此,我们寻访几十家国内顶尖高校院所,终于找到了应用在月球车上的材料来替代原来的材料。

一个问题解决了,另一个问题又来了。随着库内温度不断下降,样本不能准确定位。常温下,在某个位置待着的样本,在低温下它就找不到了,样本"偷偷跑了"。怎么办?我天天都在琢磨。

有一次吃饭时,我突然萌生灵感:机械手去抓取样本,不就和我们用筷子夹菜一样吗。夹菜前,我们要用眼睛先看准菜在哪里,再去夹。那为什么我们不给机械手也安装一双"眼睛"呢？有了这个灵感，我和同事每天轮番在低温库内，用眼睛和双手模拟摄像头和机械手的动作，计算着怎样将样本定位误差控制到0.1毫米内。皮肤冻伤、咳嗽哮喘、关节疼痛后来成为我们这群人的常态，我手臂的几处冻伤处至今还没有恢复到正常的颜色，肩膀的关节每到下雨前就开始疼痛，比天气预报还准。

3个月下来，我们测量出1万多个位置点，然后用耐低温摄像头+图像算法进行动态视觉匹配，实现了100立方米的低温空间样本的精准定位存取，攻克了低温自动化的关键难题。

2019年5月，中国自主研发的第一台-80℃自动化样本库诞生了。经鉴定，相关技术达到了国际领先水平。我们仅用不到3年时间，就打破了国外30年的技术垄断！

我们的自动化生物样本库首家使用者是中科院武汉病毒所"国家病毒资源库"。在竞标中，我们凭借信息安全、样本安全、设备安全等绝对优势，打败了那家傲慢的美国B公司。项目交付那天，病毒所主任握着我的手说："感谢你们，让中国有了自己的自动化样本库！国家的生物安全终于掌握在我们中国人自己手里了！"

目前，我们的自动化样本库已经应用到了中科院昆明动物所等12个国家级研究机构，还拓展到了血液、疫苗、药品等自动化存储场景。我们拥有665项专利，51项软件著作权，先后获得了省科技进步一等奖、国家科技进步二等奖，累计28项技术达到国际领先水平。

习近平总书记多次强调，大国重器必须牢牢掌握在自己手上。今年，我们团队又再次挑战极寒，向-150℃自动化生物样本库的研发发起冲刺，用我们海尔人的实力彰显出中国智慧、中国速度、中国力量！

扬起心中的那面红旗

烟台市蓬莱区残疾人创业孵化中心
理事长 杨红旗

我是一名残疾人工作者，3岁那年，因小儿麻痹导致双腿残疾。每天只能爬到门口，看小朋友们奔跑、游戏，我是多么羡慕他们！

有一天我鼓足勇气，用双手代替双脚，拼命爬着去追赶他们。可当我抬起头时，他们早已无影无踪，委屈得我坐在地上号啕大哭。闻声赶来的爸爸抱起我，我不停地问："爸爸，他们有腿都能跑，为什么我不行？为什么为什么呀？"爸爸没有回答。

接下来的日子，父母带上我和所有积蓄，跑遍各地大小医院，我吃过西药、喝过中药、做过电疗，接受过200度灯泡的烘烤。医生说，有一种刺激神经的疗法叫"抽线"，治疗过程不能打麻药。在腿上切开无数条口子，将棉线埋进肉里，伤口长好后，再把那些丝线一根根抽出来。5岁的我呀，4个大人都按不住，那抽筋扒皮的疼痛让我生不如死。当我从昏迷中醒来，看到爸爸紧紧地抱着我，满脸的泪痕，"爸爸，我真的受不了了，咱们不治啦。"爸爸指着窗外飘扬的五星红旗对我说："知道为什么给你起名叫红旗吗？红旗代表着坚强、勇敢和胜利，爸爸曾是一名军人，为了胜利，有红旗的地方就要往上冲，死都不怕。"

爸爸的话，我似懂非懂，但心里却种下了一粒刚强的种子。不久后，爸爸又递给我一根拐杖，说："红旗，有了这根拐杖，你就可以挺起腰杆，想去哪就去哪，去争取你想要的一切。"

从那以后，健全人能做的我都要去试一试，无论是行走、爬山、干农活儿，还是骑自行车、开三轮车、开汽车。有时，甚至我都忘了自己是一名残疾人。

改革开放那年，我19岁，在好心人的帮助下，我开办了自己的服装加工厂，带动了一百多人就业，我的"红旗制衣"在当地家喻户晓。33岁那年，响应国家号召，我又创立了"红旗果业合作社"，带领果农抱团闯市场，把当地滞销的无花果销到了全国各地甚至海外。随着生意越做越大，我明显感到知识不够用了。就在这时，国家又出台了新的惠农助残政策，让我们这些残疾人有了更多学习的机会。于是，我先后走进青岛农大、烟台农大、山农大、浙农大等高等学府进修，还自学考取了国家高级心理咨询师。

感恩党和国家的好政策，感恩社会和好心人的帮助，为了回报社会，我筹建了"情暖万家"志愿服务队，走进一个个需要帮助的家庭。

2004年5月，我认识了一位高位截瘫的姑娘，丁向阳。当我第一次看到她的时候，只能看到她的上半身，因为她每天都要趴在床上生活。每次走访，她妈妈都会跟我们说："唉！红旗啊，哪天我走了，她该怎么办啊？"姑娘说："妈妈，你要走，你就把我一起带走吧！"女孩决绝的语气，深深刺痛了我们的心。我给她讲了自己的故事，讲了我们拥有的这个美好的时代，姑娘渐渐抬起头来。在这十几年里，我教会她写字、读书、用电脑，还牵线搭桥，帮她找到了人生伴侣。如今的她，可以利用电脑在自己家里赚钱养家了。

今年5月，我们"情暖万家"的35位志愿者合力为她购买了一辆电动轮椅，当坐着崭新的轮椅走出家门的那一刻，她高兴得像个孩子，大声喊道："我可以出来啦，我终于可以出来了呀！"对残疾人来讲，走出家门竟然是可望而不可即的梦想。后来，我们又筹集了更多的电动轮椅、三轮车送到残疾人家中，让他们可以走出家门、去赶集、逛商场，去看看这美好的世界。

2021年夏天，我到基层学校去做心理健康宣讲，一名患抑郁症的高中生找到我："杨老师，你说，我这个样子，活着还有什么意思？"我给他讲了丁向阳的故事，给他讲了在五星红旗护佑下的美好时代。后来，孩子思想发生了很大变化，以优异成绩考入了大学，并主动加入我们的"情暖万家"志愿服务队，成为一名爱心传递者。

一根火柴虽然微弱，但聚少成多便能照亮前行的路。多年来，我们走进一个个偏远山村和穷困家庭，走近一个个孤寡老人和留守儿童的身边，在志愿服务的路上，我们的脚步从未停歇！

新时代、新征程，我们都在努力奔跑，我们都是追梦人。有时，我问自己，是什么力量在支撑我奋力前行？我想，应该是儿时父亲那些话语，是自己那种不服输的性格，更是心中那面扬起的五星红旗！

今年，我10岁了

东营胜利第三十四中学教师　曹丽霞

2011年3月8日，一个本该是属于我们女性朋友欢乐的日子。但一封从北京301医院传来的恶性肿瘤诊断书，让我瞬间跌落冰冷的谷底。看着诊断书上"浸润性导管癌"几个字，我的大脑一片空白。我把自己关在房间里，泪水不停地滑落，内心不断地哭喊着："为什么偏偏是我？为什么啊？"

病痛的折磨使我不得不暂时离开已经站了18年的讲台，踏上了长达半年的治疗之路。1次手术、6次化疗、40次放疗，每一次，化疗药物就像毒药一样杀死癌细胞的同时，也摧残着我身体的每个器官。恶心呕吐、虚弱无力都是家常便饭，乌黑的长发因化疗副作用大把大把脱落，最后连眉毛、眼睫毛也统统掉光……爱美的我再也不敢照镜子，对疾病未知的恐惧，对未来生活的迷茫，让我极度沮丧。

就在我快要失去信心时，家人、同事的关心陪伴，抗癌志愿者的不断鼓励，还有我那些可爱的学生们盼着我回去的声声祝愿给了我许多的温暖和力量。"曹老师，您好点没？我们好想您啊，每个同学都折了幸运星和平安鹤送给您，您要快点回来给我们上课啊！""小曹，你这么年轻，以后的路还长着呢，咱可不能放弃啊！有什么困难尽管和我们志愿者说。""闺女，妈妈这一身病，不也坚持下来了吗，孩子妈来照顾，你安心治疗吧！"

是啊，我还有苦苦等待我回去的家人和学生们，我肩上还担负着家庭和社会的责任，我一定要振作起来，积极治疗、战胜病魔！于是，在病床上我便将QQ改名为"志愿小草"，将Q龄改成了0岁，寓意着第二段生命的开始。我觉得新生命不仅要活得精彩，更要活得有意义。我也要成为一名志愿者，把大家给我的爱传递下去，尽己所能回报社会，实现人生价值！

2011年9月，治疗刚刚结束，本该静心休养的我不顾家人劝阻，毅然返回学校，见到了我日思夜想的学生们。身为一名教师，我深知志愿服务对未成年人思想道德建设的重要作用，2014年，我创立东营市胜利第三十四中学"星星火炬"志愿服务队，带领3000余名青少年广泛参与新时代文明实践志愿服务，将爱化作志愿的火种，点亮每个学生内心，帮助他们扣好人生第一粒扣子。

有一年冬天，在全国的志愿者微信群里，一个求助视频震撼着我们的心灵。画面中，一个个藏族孩子身上穿着又脏又旧的薄棉衣，脚上的球鞋不是露着脚趾头，就是磨破了脚后跟，有的甚至还穿着拖鞋……这些画面就像一根根针，深深刺痛着我们的心。在详细了解情况后，我们迅速发起"衣旧情深"手拉手暖冬行动，短短几天时间，1024件捐献的羽绒服、棉裤、棉鞋，带着三十四中500多名同学的深深祝福，寄往西藏阿里地区。半月后，盐湖乡完小的扎西老师发来一张照片，简陋的教室里十几个藏族学生，满脸灿烂的笑容，身后的黑板上赫然写着"感谢胜利三十四中"。这一刻我们都真切地感受到"赠人玫瑰，手留余香"的意义。

有人问我："当志愿者你图个啥？"

我回答说："当你看到偏远山区的孩子穿上暖和的衣裳，寒风中不再瑟瑟发抖；当你看到敬老院里年迈的老人拉着你的手，满脸幸福的笑容；

当你听到车站里腿脚不便的旅客对你的帮助道一声'谢谢'；当你收到脑瘫儿童亲手为你画的画……你就明白我们志愿者图个啥。"

如今，"星星火炬"志愿服务队，已成长为"全国优秀动感中队""全省优秀志愿服务组织"，服务足迹遍布城市街道、公园的每个角落，雷锋精神已深深扎根在每个团员青年、少先队员心中，志愿服务的星星之火，已成燎原之势。我先后被评为"全国优秀共青团干部""全国最美志愿者""全省道德模范""山东好人"，今年我又光荣地成为一名省党代会代表，出席了山东省第十二次党代会。

如今的我自信满满，这一切在 11 年前，我是做梦也想不到的，是志愿服务开启了我新的人生，成就了今天的我。志愿之路从不平坦，但我会一直走下去！今年 5 月我与丈夫、儿子一起郑重地签署了角膜、器官捐献意向书，为他人生命延续奉献爱。6.26 国际禁毒日，我又有了一个新的身份——东营市禁毒形象代言人，我要以更多方式践行一名共产党员的初心和使命。

我是一名 10 岁的志愿者——小草。我要继续用党徽的温暖去点亮未成年人志愿服务的满天星空，继续带领更多青少年用实际行动续写新时代的雷锋故事，让志愿服务助力我们的教育事业，在实现中国梦的新征程上让志愿之花常开，美德山东常在！

"打工人"的幸福春节

菏泽市东明县融媒体中心播音部
副主任　彭　越

我的表弟刘前进今年32岁,在省城济南打工。过去一到春节放假回家,表弟他是既高兴又发愁:高兴的是,辛苦了一年拿着打工挣的钱回家和家人团聚;发愁的是,黄河滩区的家破得根本没办法住。

那是8年前的春节,表弟好不容易打工攒钱娶了媳妇,想风风光光带着刚结婚的媳妇到老家和父母团聚,于是他提前几天在车站买了火车票。出发那天的一大早,表弟他们就拖着大包小包的行李开始往火车站赶,费了很大的劲才挤上了火车。天黑到了菏泽,天空开始飘起雪花,没赶上到东明的公交车。为了能早点与家人见面,表弟说尽了好话,出租车司机才同意260元单跑一次东明滩区。过了沙窝集就没好路了,高低不平,泥泞不堪,出租车陷在泥地里差点出不来,气得司机在车上骂骂咧咧,后悔跑这趟滩区。好不容易到了家,看到表婶准备的一桌子丰盛的年夜饭,全家人才高兴了一会儿,马上又为怎么住作起难来。滩区年久失修的砖瓦房,夏天漏雨,冬天渗雪水,要是赶上一场大雪,屋内半个月都干不了,根本没办法住人。表婶一连跑了几家邻居,都没找到能住的地方,表弟一家人吃过年夜饭,只好又骑着摩托车连夜赶到城里去住了宾馆。这一路上风霜雨雪,又寒又湿,刚进门的表弟媳妇心里极不高兴,表叔一家也丢尽了面子。从此,表弟再也不说回家过年了。

2021 年老家菏泽喜事连连，4 月牡丹机场建成营运，5 月底黄河滩区 28 个村台社区全部实现"分房到户"，12 月鲁南高铁曲阜至菏泽段建成通车，表弟一家也分到了一座两层带院 175 平方米的"小别墅"。

今年终于可以回家过春节了，表弟的心里甭提有多高兴了。除夕前一天，表弟小两口特意穿了新衣裳，坐上了济南到菏泽的高铁，高铁上的座位宽敞舒适，还有 Wi-Fi，小两口玩着手机不知不觉两个多小时就到了菏泽东站。出站就有到东明的 2 元公交，然后再换乘免费公交到沙窝镇 3 号村台翰林苑社区。前前后后半天时间都用不到，特别方便！

走进村台，家家户户在贴春联、蒸花糕、煮猪肉。文化广场上，村民们忙着排演羊抵头舞，敲锣打鼓地喜迎搬迁后的首个春节。表弟上前跟张大妈打个招呼："大娘敲嘞不孬。""哎呀，这不是美兰家小吗，有几年没见了。"两个人寒暄了几句。张大妈又说："我就想让家家都听见这个音儿，赶紧到咱这个广场上来，大过年的，大家一起聚聚，你说多好啊。"

告别张大妈，表弟回到家，一进门，一楼的客厅宽敞明亮，桌椅摆放干净整洁，水、电、气、暖一应俱全。表婶黄美兰笑着对表弟说："馒头、包子、花糕早早就蒸好了，就等你们回家吃团圆饭呢。"

今年的年夜饭比往年丰盛了许多。一大家子人坐在宽敞明亮的新家里吃年夜饭，有说不完的高兴话。新房子，新社区，新的生活环境，让表叔一家人非常欢喜。表叔说，一辈子，他家盖了五次房。一到阴天下雨或是黄河涨水心里就害怕。涨水时屋里不敢住，屋外搭草棚，还得防着汹涌的黄河水从暗处掏空自家的房台。做梦都没想到，四年前他们村正式列入国家黄河滩区大迁建计划。拆迁清障、吹沙淤填、沉淀筑基，经过近四年的施工，东明县 24 个村台和一个外迁社区共建设房屋近 3 万套，总建筑面积多达近 500 万平方米，和东明城区现有住房面积大体相当。

这样的大工程只有在心里装着群众的共产党的领导下才有可能，只有国家在新时代强大国力的基础上才能办成。

过节了，表叔坐着逍遥椅，吃着哈密瓜，心里的感觉比蜜还甜。表叔说，搬新家后的小日子越来越滋润了，家里啥事都不用老两口操心，每天都能吃新鲜蔬菜，想吃肉就吃肉。人活到了 75 岁，见惯了黄河水患带来的悲欢离合，如今住在小别墅里，出门柏油路，种地有补贴，看病可以报销……这都要感谢党和政府啊！

从小生长在黄河滩，见惯了黄河水患，经历了这次黄河滩区大迁建，让表弟对自己的人生有了新想法。春节期间，他写了入党申请书，交到村支部去。他说这一辈子，要坚定不移地跟党走。过了年，他去省城把生意处理处理就回了家。现在，他承包了旧村拆迁后的 20 亩土地，建了 15 个冬暖大棚，里面打了机井，配有自动点灌系统，种的有甜瓜、西瓜……他相信，在新时代新征程，只要肯出力会动脑，日子一定会越过越红火。

"三进"人民大会堂

聊城市东昌府区检察院第五检察部四级高级检察官、白云热线办公室主任 念以新

我是1989年分配到聊城市东昌府区检察院的。一上班，我就和英模白云一起工作，他敬业、公正、爱民、自律，百姓信任他，我也佩服他。

1998年10月28日，白云当选为"中国十大杰出检察官"，我很荣幸地陪他到人民大会堂去领奖，这是我第一次走进人民大会堂，看到那个隆重的颁奖场面，我羡慕不已！当时，我就想，我要是和白云那样，好好干工作，干出名堂来，也能在人民大会堂领奖，该有多好啊！从那以后，当一名白云式的模范检察官，就成了我干检察工作最大的梦想！

梦想，不是做梦就能实现的，实干才能成就梦想。为了实现当白云式模范检察官的梦想，我拼了命地干工作。2003年，专门给老百姓办事的白云热线开通了，我主动请缨来到热线，这一干，就是19年。在和老百姓打交道的过程中，我摸索出了"心要热，脑要灵，脸要笑，嘴要甜，耳要听，手要握，身要平，腿要勤"的服务群众"八要工作法"，真心实意为老百姓排忧解难。

"白云热线吗？俺孩子到了上中学的年龄，快开学了，可学校还没着落，这可咋办呀？"有一天，我在白云热线值班，接到一个妇女打来的电话，她焦急地对我说。

原来，这个妇女的孩子叫小段，双腿残疾，家附近的学校是个高楼，有个高台子，孩子无法正常入学。知道这个情况以后，我多方协调，最终让小段到有平房教室的聊城七中上了中学。从那以后，我们就把小段当成了帮扶对象。有一次，我给他买了一件羽绒服，他说，穿上大爷的羽绒服，暖在身上，热在心里。

热线 19 年，我们时时为百姓着想，处处替群众分忧，给群众办实事 6400 多件，成了老百姓的贴心线、平安线、幸福线。

我是 1995 年 4 月 26 日加入中国共产党的。从那一天起，我一年四季都姓党，做党的人，听党的话，办党的事，单位上干公务勤勉敬业，回到家做家务孝老爱亲，社会上尽义务奉献爱心。我加入了 8 个公益组织，资助了 19 个残疾人困难家庭。2014 年 2 月，我捐献了 290 毫升造血干细胞，挽救了一名 15 岁白血病小姑娘的生命。小姑娘的父亲送给我一床被子，他在信中说："好心人！祝你一辈子幸福快乐！"

上班 33 年了，我做了自己应该做的一些事，党和人民却给了我很多很高的荣誉，我 65 次立功受奖。2015 年 4 月 28 日，我当选为全国先进工作者，第二次走进了人民大会堂。当我接过那枚沉甸甸的奖章时，心情无比激动，我想，当一名白云式的模范检察官的梦想，今天，终于实现了。

荣誉高，心不飘。当上劳模以后，我发挥党员和劳模的表率作用，多干活、多办案、多奉献。甘肃女孩小晴在聊城上大学的时候被车撞伤，23 万多块钱的赔偿款没有得到执行，了解到这一情况后，我们一方面督促法院强制执行，一方面为小晴审批了 5 万块钱司法救助金，专程送到她的家中。她母亲拉着我的手说，山东检察官千里送救助，让我们感受到了党和政府的温暖，感受到了新时代社会大家庭的温暖。

幸福都是奋斗出来的。2017 年 9 月 19 日，我被授予全国社会治安综合治理先进工作者，第三次走进人民大会堂。习近平总书记接见我的时候，我紧紧握住总书记的手,激动地说:"总书记好!今天,是我这一辈子最幸福的时刻!"合影的时候,我就站在总书记身边,感到无上光荣和自豪。

有人问我,当白云式模范检察官的梦想实现了,受总书记接见的梦想也实现了,你还有什么梦想啊?我说,荣誉只能代表过去,在第二个百年奋斗目标新征程上,我还得撸起袖子加油干,为党和人民的检察事业再立新功!为建设社会主义现代化强国再立新功!为实现中华民族伟大复兴的中国梦再立新功!

即使折翼也要高飞

德州恩慈家政服务有限公司总经理 姜秀智

我叫姜秀智，今年55岁，是一名农村妇女，一名宫颈癌患者，听力残疾4级，还是一个曾经吃低保、靠社会救助的人。而现在，我是德州恩慈家政服务有限公司经理，先后被评为"德州市好人之星""山东省自强模范""全国优秀农民工"。

10年前，我在查体中得知自己得了宫颈癌，并且已经渗透转移，5年中做了4次癌症手术，不但花光了所有积蓄，还欠了一屁股债。公公、婆婆年逾八旬且都卧病在床，还有两个正在上学的孩子。最难的时候，我在早市上捡过菜叶，到饭店讨过剩饭，馒头蘸着菜汤就算是一顿丰盛的"大餐"。经济压力、病痛折磨，我几乎丧失了活下去的勇气。我甚至想，干脆死了算了，一了百了。幸运的是，我生活在社会主义大家庭，街道的同志知道了我的情况，主动给我办理了大病救助和低保，帮我渡过难关。

政府关怀、社会关爱，让我有了生活下去的信心。这期间，儿子当兵入伍，成为一名光荣的解放军战士。可儿子在临退伍前有好几天没跟我联系，当我向邻居抱怨时，邻家大姐拿出手机给我看，说这是前两天你儿子给我发的信息："阿姨好，我随部队去参加重大事故紧急救援，怕我妈为我担心，我没告诉她。万一我牺牲了，可以给她留下一笔抚恤金，让她一定继续治病。请帮我照顾好我妈妈，让她一定要坚强，好好生活下去。"

我颤抖着手拨通了儿子的电话，电话里传来粗重的喘息："妈妈我安全回来了，可战友走了……"我瞬间感到了生命的可贵，我没有理由消极，我一定要坚强起来，战胜病魔，只要每天看到早上升起的太阳就是希望，多活一天就是幸福。

我要自立自强，于是我从熟悉的家政行业做起，成立了一家家政公司。令我感动的是，区残联资助了我第一笔创业启动资金5500块钱，2016年我成立了德州恩慈家政服务有限公司。创业是艰难的，记得我接的第一笔业务是开荒保洁，市场价格每平方米4元，客户拼命压低价格，以3元钱成交。我和两名大姐从上午10点，一直干到下午6点，保洁费共438块钱，客户又讨价还价地说就400块吧。而且，又要求我们把门口的装修垃圾弄走，否则不给钱。我们花8块钱买了10个蛇皮袋子装垃圾，三个人楼上楼下共搬了27趟，终于在晚上8点半全部清理完了。客户却像施舍似的给了我们10块钱，说是报酬。我看着手里的10块钱泪流满面——除了买蛇皮袋的8块钱，我们仨人两个半小时就挣了2块钱……这位"刁蛮"的客户也被我们实实在在的服务打动了，陆续给我介绍了很多顾客，他说："恩慈家政的阿姨干活实诚，把活儿交给她们，放心！"

2021年的大年三十，我接到一个特殊的订单，一位摔伤行动不便的老人，由于疫情期间子女不能回家过年，心情不好，把气撒到服务员身上。了解情况后，我赶了过去。刚开始，老人对我也是恶语相向，我辛辛苦苦炖好的鸡汤，她用拐杖戳到了地上。我不急也不恼，等老人心情稍微好点，就跟她拉家常，聊孩子。期间，丈夫打电话催我回家过年，还叮嘱我说："别忘了，你还是个癌症病人啊！"当老人听到我的情况后哭了，一个劲说让我回家歇着，还要给被她撵走的服务员道歉。

辛劳的汗水换来了客户的信赖，优质的服务赢得了良好的口碑。就这样，老客户介绍新客户，我们的业务量越来越大，门店也越开越多。目前，河北、北京也有了我们的店铺。

为了帮助更多的人，2018年我成立了恩慈职业培训学校，年培训3000人左右。疫情防控期间，为方便学员学习技能，学校开设了直播课堂。我制定起草了《德州市家政服务市民消费指南》，参与修订了《德州市家政服务地方标准》。今年在市商务局的指导下进行了家政服务改革，推行诚信家政"一人一码一卡"工程及诚信家政进社区"码上服务"活动；承建了德州市家政行业综合服务平台，免费提供给各家政公司入驻，帮助全市家政服务行业走上规范化、专业化的高质量发展之路。

6年时间过去了，我不再是那个等待帮助的人了，我从吃低保成长到可以帮助他人，成为德州市家政行业标准制定者，也获得了社会的认可。现在，我最大的梦想就是尽绵薄之力回馈社会，用有限的生命打造无限的服务，在民生领域勇当领头雁，飞得更远、更高！

我们带你回家

山东航空客舱服务部乘务五分部
乘务员　孙　铄

从2020年新冠肺炎疫情开始，在这特殊的3年里，我永远不会忘记那些身边的抗疫英雄。他们是亲人牵挂的孩子，是子女依赖的父母，是普通而又平凡的奋斗者，同样是年轻的一代，他们用自己的方式回馈国家，书写了一个个动人的故事。

同济医院的医护人员们，在抗疫申请书里写下"我自愿报名申请加入医院各项治疗病毒性肺炎的治疗活动，不计报酬，无论生死……"，"不计报酬，无论生死"，这简单的八个字包含了多大的勇气和担当！

在山航同样也有这样一群逆行者，他们主动请战，送英雄们前往一线。执乘这趟航班的同事们都说，这趟航班是这些年来他们飞过的最特殊也最难忘的一班。在知道请战书被批准的时候，同事们心里十分激动，自己有机会能见见英雄们了，能向他们问一声好，说一声谢谢了。

但是当这些医护英雄真真实实出现在面前时，我们却顿时语塞，因为我们看到了一支不一样的医疗队。医疗队中大多数都是"九〇后"甚至"〇〇后"，他们突然就长大了，穿上白衣，变身战士，这些与我们年纪相差无几的姑娘们为了方便穿隔离服，剃光了秀发。

我们虽不能与英雄同往，但能用鲜花和赞誉接英雄们回家。

在武汉的72个日日夜夜，英雄们兑现了自己的誓言——竭尽全力，除人类之病痛。而我的同事们，也在4月6日，完成了自己的诺言：一个不落，接英雄们回家！

对于英雄们来说，他们心中的梦想，是山河无恙，国泰民安；对于我们普通的乘务员来说，我们的心中的梦想就是随时随地，带你回家。

记得有天从大阪飞回，飞机上有很多海外同胞、海外侨胞。飞机正常落地后，需要在原地等待海关和检疫的许可，并等前面两架飞机检查完毕才可以开门，预计需要等待四个小时。后舱里有三位日籍华侨，是一家祖孙三代，不会汉语和英语。小朋友突然哭闹起来，旁边的女士有些束手无策。原来是小朋友不想等待也不想戴口罩。我把他抱起来，用日语对他说："小朋友你看，是哥哥的口罩好看，还是你的口罩好看？"小朋友一听，从兜里掏出口罩回答道："当然是我的好看。""那我们就比一比，看看你能不能一直戴好，赢了哥哥有奖励。"孩子终归是孩子，一听说有比赛，他立刻跑回座位板板正正地戴好了口罩。旁边的妈妈也是松了口气，默默地向我竖起大拇指。

这时旁边的奶奶告诉我，自己祖籍是辽宁，1959年离开祖国，今年已经71岁了，61年来，第一次踏上返回家乡的旅程，因为中国现在是最安全的地方。受疫情的影响，很多航空公司的国际航班都停运了，唯独山东航空在如此艰难的时刻能带我们回家。

在踏出舱门的那一刻，老太太眼中含着泪光，对自己的孙女说："孩子，我们安全了。"

这几年，我十一次飞行国际客运航线，隔离共计190天。那天我的同事问我，你为什么这么喜欢被隔离呢？我是一名"九五后"，生逢盛世，以前对于职责、担当等词都感觉有些抽象，但当这场没有硝烟的战争波及你我每一个人的时候，我才真切地感受到，不管是抗疫英雄心中的山河无恙，海外同胞向往的国泰民安，还是我们坚持的带你回家，都是我们心中共同的梦想。让我坚守190天的不是因为热爱，而是我们心中的中国梦！

迈向新征程，奋进新时代，让青春在党和人民最需要的地方绽放绚丽之花。我虽不是医者，不是先锋，但我可与英雄并肩。

青春不问西东，岁月自称芳华，无论你在何方，无论你在何地，只要心怀中国梦，我们，带你回家！

豆腐小哥

济南市李记隆乾诚酸浆豆腐
第七代传承人　李　硕

我手里拿的这个叫梆子。梆子一响,老百姓就知道卖豆腐的来了。我就是听着这个声音长大的。

2018年,快要大学毕业的我在青岛实习,参与微电影拍摄。机缘巧合,看到了青岛上合峰会上,王哥庄花样大馒头登上了国际舞台。因为恰是饭点,同行的大哥拍着我的肩膀说:"哎,李硕,你家不是豆腐世家吗?你们家的豆腐若是也能走出国门,荣登国际舞台,你哥我就跟着你干了。"说者无意,听者有心。我心想,我们家里六代人都做豆腐,在青岛上班不缺我一个,但家里的豆腐手艺却需要我来传承,于是我便决定回家做豆腐。没想到,当我跟家里人商量时,却遭到了他们的强烈反对,我父亲说:"人家孩子都往大城市跑,你却回来做豆腐,我白供你上大学了!"我小姑也说:"我和你爸我们做豆腐都干伤了,那么累,还不挣钱,你看看你大学毕业了,好好的工作不干,你回来做豆腐干啥?"

我迟疑了,到底要不要返乡创业,要不要传承这门老手艺,我能不能行?正当我难以抉择时,奶奶把我叫到她屋里,把梆子递到我手上,对我说:"孩子,你要是想干,奶奶就支持你。咱家几代人做豆腐,豆腐养活了咱一家人,十里八乡的都喜欢吃咱家豆腐,丢了这门手艺怪可惜。"听了奶奶的话,我暗下决心,一定要把我们李记豆腐传承下去,做大做强,把这门老手艺发扬光大。

说干就干，可一腔热血也难过"手艺关"。要想做出好豆腐，需要晚上10点起来泡豆，12点开始做豆腐，但每到最关键的点豆腐环节我却屡屡受挫，一直点不好。记得有一次，因为半夜起床，精力不集中，滚烫的浆水一不小心浇到了我的手上，一瞬间，我手上的每一寸神经，像炸了毛的猫一样，不听使唤地乱跳，我一气之下，扔了舀子，一边冲着凉水一边偷着抹泪。我是不是选择错了？我是不是根本不是做豆腐的料？我是不是很笨？那一刻我沮丧极了，甚至有了放弃的念头。

没想到，这一切被奶奶看在了眼里，她拉过我的手心疼地说："孩子，心急吃不了热豆腐，心急更做不出好豆腐！"她弯下腰掏出所有的柴火，仅留下火炭烟锅，边搅拌边下入酸浆，3-4分钟后，一窝热腾腾的豆汁变成了雪花状的豆花，不停地在锅里开心地冒着泡。这时奶奶又重新点火烧锅，白色豆花中的浆水逐渐泛起了淡黄色，一锅香嫩无比的浆豆腐就点好了。奶奶会心地朝我笑了笑，看着她那双多年来早已被酸浆侵蚀出一道道裂纹的手，我再次坚定做好豆腐的信心。我认真研究原料、破豆、泡豆、磨豆、过滤、煮制、点浆直到最后的压包，经过无数次的试验和失败，我终于做出了奶奶的味道。

就这样，我沉下心来做豆腐，一做就是4年。我用"柴火"烧出烟火味，用"诚心"做出老味道，并以零添加、纯绿色、口感嫩、有嚼劲的特点，让我们李记豆腐在莱芜家喻户晓。豆腐坊也从最开始的一口锅、两口锅到三口锅，再到现在几十家豆腐坊抱团发展，实现一条自动化豆腐皮流水线。通过线上线下相结合的销售方式，我们豆腐的销量从每天五六十斤发展到现在的每天两千斤左右。我们家的豆腐先后被评为区级非遗、莱芜名宴、山东名吃，我个人也获得"莱芜青年先锋""济南市乡村振兴好青年"等荣誉称号！现在，我被大家亲切地叫作"豆腐小哥"。

作为新时代的一名"九五后"创业青年，我不仅要把这门老手艺传承下来，更要带领乡亲们一起过上好日子。我通过"公司+合作社+作坊"的发展模式，兴建"豆腐坊"43个，成功转移农村剩余劳动力266名，辐射带动12个村居的近万人受益。小食品也有了它的大作为！

今年，我又承包了30亩荒山，兴建田园综合体，发展豆腐产业链，建起了豆腐文化展览馆。我一定要将做豆腐这门传统老手艺，变成乡村振兴好项目，美食传承大产业！在新的长征路上，留住传统文化的根与魂，贡献青年一代的力量。

我回家乡当书记

烟台市牟平区观水镇埠西头村党支部
书记、村委会主任 林建龙

我是一名来自基层的村支书。6年前我还在外创业打拼，一年也能挣个几十万。要说我为什么当书记，这要从2016年秋天我回村帮着老爹卖苹果说起。

那天我在苹果市场里看到两位老人正费力地从三轮车上往下搬苹果，老大爷佝偻着腰，一个趔趄，差点摔倒。我赶紧上前帮忙，一打听原来老两口70多岁，为了能多卖两毛钱，一个摊一个摊跑，赔着笑脸任贩子挑选，11筐苹果奔波了好几个地方才卖完。大妈粗糙的双手颤颤巍巍地接过卖苹果的钱，一张一张反复点了好几遍，嘴里念叨着："种点地太不容易了。"回村路上，我心里特不是滋味，既心疼又担忧。这几年村里的年轻人都外出打工了，留下的全是老人，设施越来越旧，这样下去可不行。

正巧村里要换届选举，老支书找到我说："建龙啊，咱村以前靠种苹果生活过得不错，但现在村里都是老人，政策弄不懂，也不会在网上卖，挣钱越来越少。思来想去，乡村振兴要有好的带头人，你年轻，懂的也多，肯定能为老百姓做点实事。"

刚返乡时，乡亲们对我带领大家一起致富持怀疑态度，因为当时我才29岁，在大家心中是个"娃娃书记"。不少村民提出了质疑，这个"娃娃书记"能干出个什么光景？能在农村坚持多久？

我干的第一件事是给村里建休闲广场，勘测专家在现场指着一处老宅说："这个位置位于中央是最合适的，但涉及拆迁可能有一定难度。"我当即说："那是俺家，既然合适那现在就拆，就建在这儿。"村里在场的老人却说："孩呀，你同意没用，得你爹同意才行！"农村人对老宅都是有感情的，尤其是老爹在这住了大半辈子，一时很难接受，当着全家人的面指着我的鼻子骂："你是什么东西，你当书记带头拆我老房，真是败家玩意。"我爹骂我我就听着，等他骂完了我再给他做工作，发动我老娘我媳妇一起做工作，后来广场建了起来，老爹也天天去锻炼、下棋，嘴里哼着小曲，别提多高兴了……

3年间，建广场、自来水改造、修山路、基础设施维修我都一件一件完成了，乡亲们上山再也不用深一脚浅一脚，也不用为时常断水而发愁了，大家逐渐看出了我们班子想干事、能成事。

2019年，市里倡导党支部领办合作社，我感觉这是个机会，能带领乡亲们致富。我和两委通过外出考察学习，一致决定让大家入股建樱桃大棚。大家伙开始不理解，"咱们观水家家户户种苹果，现在改种樱桃，弄不好就要赔钱"，质疑声再次响起。我把家里的50万元存款拿出来做前期投资，班子成员和一部分党员也跟着入了股，合作社就此成立。项目开工，我们自己当小工抬钢架覆塑料膜，用自家三轮车一趟趟拉树苗……就这样省着花，准备的资金还是不够，眼看着钱马上花完了，大棚还没建好，我只能跑到银行贷款。那天我揣着房产证到了银行，行长把我拉到办公室，他说："建龙啊，我当你是兄弟，有几句话我得和你说，你是怎么想的？为了村里的事你前后投了多少钱？又不是你自己的大棚，有必要拿房子做抵押吗？要是真赔了，你对得起弟妹和孩子吗？"我说："哥，我知道你是为我好，但我是村里的书记，是大家的主心骨，当初我提议建大棚，现在建到一半没钱了，就这么不管了，我对不起的那是全村的老百姓啊。"就这样大棚建起来了，樱桃树也种好了。目前我们合作社已扩大到 220 户，整合资金 300 万，预计今年收益能达到 60 万。

这几年为了工作方便我一直住在村里，爱人和孩子住在市里，从今年过年到现在我一共就回了两趟家。前两天 4 岁的儿子给我打电话说："爸爸，你是不是不要我们啦？怎么也不回来看我们呀？"我听了心里真不好受，自觉亏欠家人的实在太多，可每当看到乡亲们黝黑脸上露出的朴素笑容，看到小广场上孩子们幸福快乐地奔跑，我觉得一切都值了。

我刚回村时大家都喊我的小名亮亮，后来改叫我林书记了，那是乡亲们感觉叫亮亮不合适了，我长大了，不再是当年那个小孩，我正在慢慢变成一个合格的当家人。现在走在街上，经常有人喊我："哎，林书记，俺家包饺子来吃吧！""林书记，上俺家哈碗面条吧！"我觉得特别暖心，这种朴素的情感，这种接纳和认可更加坚定了我扎根基层的决心和为老百姓办实事的动力。

"林书记"不是终点，而是我奋斗的新起点。接下来，我还要继续把合作社做大做强，发展电商、乡村采摘游等产业项目，让乡亲们的腰包都鼓起来，把我们的小乡村变成人人向往的"金窝窝"！

我的科教强国梦

淄博市临淄区青少年科技馆馆长　索亚敏

在中国农业博物馆的展厅正中，陈列着两件作品，一件是袁隆平院士的作品，另一件是我研发的日光温室自动控制设备，这两件作品还被一起写入了小学教材。能够与袁隆平院士的作品一起陈列，是我的骄傲也是咱山东的骄傲！

从一名学历不高的农村职业学校教师，成长为一名小有成绩的科教工作者，驱使着我不断前行的力量是"科教强国梦"。

我所在的职业学校学生基础很差，年轻人不服输的劲头和责任感，让我下决心通过努力让学生成人成材。

就拿学生刘好营来说，他经常逃课。在家访中得知，他父亲种蔬菜大棚，摔伤了，他想辍学回家挣钱。我回想起有好几位学生家长都有类似经历，就启发他："我们用专业知识设计一套自动控制系统，让乡亲们从繁重的劳动中解脱出来吧！"这让刘好营眼睛一亮："老师，如果我们真能做出这样的自动控制系统，是不是就能避免亲人受伤了？"我说："当然。"

说干就干，我带着刘好营等同学，在实验室和他家大棚里夜以继日、废寝忘食的奋战。一年时间，终于突破了这一难题，实现了大棚的自动卷棚、自动灌溉、自动控温。这项技术得到迅速推广，并荣获山东省青少年科技创新大赛一等奖。经媒体报道，引起农业农村部的注意，认为该技术达到世界先进水平，而且出自农村职业学校师生之手，非常了不起。

去年，我研制的喷药机器人被农业农村部评为优秀科研成果，向全国推广。为什么我的发明受国家部委青睐？我们对比一下，我市引进1台机器人自动咖啡机需要30万元，如果把它用于一个大棚自动喷药就需要10台机器，300万元才能实现。而我们设计的喷药机器人因为设计巧妙，会自动沿着一根铁杆爬行完成喷药，且价格较低，农民拿到手才4000元。以临淄区为例，临淄共有1万个大棚，如果用常规技术解决喷药需300亿费用，而用我们的技术只要4000万元，真正实现了创新不但能用、好用，而且老百姓都能用得起。

这样的例子还很多，2012年我第一次见到3D打印机，感觉太好用了，只需输入图纸就可以打印出产品。德国人看着我们轻蔑地说："德国造，200万一台！"当时我心里五味杂陈："德国能制造，为什么我们不能？我们不仅要制造出来，还要让学生都能用得上。"有了想法，说干就干。我带领团队背着行李住进了实验室，通宵达旦查阅资料，设计、实验了上千次，没有气馁，更没有放弃。

3个月时间，我瘦了20多斤，头发大把大把地掉。我清楚记得2013年4月23日凌晨4点30分，伴随着一阵吱吱的打印声，一个1立方厘米的工件出现在我们面前。成功了，我们成功了！大家激动得跳起来，眼泪夺眶而出。

一个美国企业来找我合作，要出5000万买我们的技术。不卖！我们要争口气，我们中国人有志气、有骨气，不但不卖，还为全国500多所学校免费制作了3D打印机，每台只需2000元材料费。我们的努力，让3D技术在我国迅速普及，中国的孩子有了自己的3D打印机。这个项目获全国青少年科技创新大赛一等奖。

为实现梦想我拼尽全力，却很少有时间陪伴家人。妻子生孩子我把她送回了内蒙古老家。第二天我就想返回山东继续研究课题，可望着妻子不舍的目光和看到我欢天喜地的父母，嘴动了几动都说不出口。四十年党龄的妈妈看出了我的心思，说，儿子，你能为国家做贡献就是我们全家最大的骄傲，你放心去吧，家里有我们。就在我要跨出家门时，妈妈却忍不住哭出了声，边哭边哽咽着自责："都是妈不好，妈这一忙，忘了给你做最爱吃的油炸糕了。"望着白发苍苍的妈妈我竟无语凝噎，泪水盈眶。

自古忠孝难两全。

这些年虽然我为了心中的梦想失去了很多，但作为一名科教工作者，"科教强国"是我的毕生追求。习近平总书记说创新是一个民族进步的灵魂。我将初心不改，逐梦前行！

暖心的早餐

宁津县振华小学副校长　丁智慧

每天早上 6 点钟，宁津县正阳路上的柏源鸡胗店就开始热闹起来，一批批身穿"爱我宁津"黄马甲的环卫工人接踵而至。一个馒头、一个鸡蛋、一碗热粥、一根油条，他们在这里高高兴兴地吃着热气腾腾的早餐。我们的故事，就从这个普通的小店开始……

故事的主人公叫谢金虎，他是这家小店的老板。生在农村、长在农村的谢金虎，最懂得基层老百姓的不容易。1999 年，谢金虎回乡开起了小饭店。由于他诚信经营、踏实肯干，生意越干越红火，店铺也扩大了规模。

生活中的他是一个热心人，乐于帮助别人。那是 2015 年的元旦，天还没亮，谢金虎就来到店里。这时候环卫工人已经在清扫马路了。他正忙活的时候，一个环卫工人进来问："老板，能给俺点热水喝吗？"谢金虎赶忙倒了碗开水递过去。环卫工道了谢，出门坐在了路边，从随身的塑料袋里拿出馒头和咸菜，就着那碗热水吃起来。谢金虎看着冻得有些发抖的老人，心里很不是滋味。他把老人让到店里，让老人坐下来暖暖身子，慢慢吃。在跟老人聊天中他得知：环卫工人们都是早上三四点钟就出门，根本来不及吃饭。忙完了只能坐在马路边上啃凉馒头，能有点热水喝就很知足了。从那一刻起，谢金虎就下定决心，一定要让环卫工人吃上一顿热热乎乎的早餐。

"大爷大妈，到二月二那天早上都来我这吃饭啊，我免费给大家做早餐。"谢金虎要给环卫工人免费提供早餐的消息在疯传，不仅环卫工人不相信，就连他的街坊邻居也是严重怀疑：有人说他是在作秀，吸引眼球；有人说他是标榜自己，为饭店做宣传；还有人断定他是一时头脑发热，坚持不了多久……到了2015年3月21日、农历二月初二这天，60多名环卫工人半信半疑地来到了饭店。谢金虎热情地接待了他们，他端出了软和和的大馒头、脆生生的小咸菜，还有热腾腾的鸡蛋汤，一律不要钱。吃了几天后，有的环卫工人不好意思了，一定要付钱，谢金虎一一拒绝了。他说："俺也是农村出来的，俺娘从小就教育俺要多帮助别人。这点钱跟你们的辛苦相比，不值什么。"

从那一天开始，每天凌晨5点钟，当人们还沉浸在睡梦中的时候，谢金虎的小店里早已是灯火通明。他一个人在整洁的厨房里忙碌着，一口大锅里熬着粥，另一口大锅里热着馒头，手下还不停地洗菜、切菜……每逢节假日，他还会准备鸡蛋或者油条、包子，为环卫工人们改善伙食，尽自己能力让环卫工吃得好一些。

"在金虎这里，每天一碗粥、两样咸菜、三个馒头，看着简单，可让我觉得有这么多好心人默默支持我们。温暖的不仅是身子，更是我们的心。"捧着热粥，咬上一口热馒头，4点就上路清扫的老杨大哥立刻觉得身子暖了起来，浑身好像有使不完的劲儿。"金虎对我们像亲人一样，每天都让我们吃上热热乎乎的早饭。特别是冬天，早上吃得舒心一天都暖和。"常来这里吃饭的刘大娘总要等到最后，每天替谢金虎干点活才安心。环卫工人张大娘老两口相依为命，老伴常年卧病在床，生活不能自理。大娘除了照料老伴之外，还要出去打扫卫生赚钱买药。谢金虎了解后，单独找到张大娘，把2000元钱硬塞到她手里。在乍暖还寒的节气里，小店里变得暖意融融。

　　谢金虎做公益不求回报，慢慢地，环卫工人们将小店当成了"家"。2017年冬天，一场大雪过后，整个城市都被厚厚的积雪覆盖了。谢金虎打算先做完早餐，再出来清扫门前积雪。可没想到，等他忙完出来打扫时，却发现门前早已经清清爽爽。原来，一大早，十几个环卫工人不约而同地来到饭店门口，把积雪清理得一干二净。2020年新冠肺炎疫情来袭，环卫工人周秀兰打来电话："金虎啊，以后别让大伙去你那吃饭啦。你这小店本来就挣不多少钱，现在肯定也受疫情影响，我们都免费吃了好几年了……"还没等周秀兰说完，谢金虎马上说："兰姨，放心吧，只要我这个饭店在，这里就永远是你们的家，你们就安心地来吃！"

　　无论风霜雨雪，爱心早餐从无间断。这份暖心的早餐至今已供应了7年半的时间，谢金虎共为环卫工人免费提供早餐12万余人次，合计支出30万余元。有人为他点赞，他说，这些钱和环卫工人为城市作出的贡献、付出的辛劳无法等价相比，花得值得。他也因此获得德州"诚信使者""山东好人"十大年度人物等称号，获得"山东省道德模范"提名奖，荣登"中国好人"榜。

　　谢金虎的暖心早餐，既暖了环卫工人的身体，更暖了人心，折射出德州——这座幸福城市温暖的光芒。正像那首歌里唱到的："只要人人都献出一点爱，世界将变成美好的人间。"

这支队伍不简单

国家电网泰安供电公司党委党建部专责 孙宁文

2021年7月20日，百年不遇的特大暴雨袭击了河南，仅郑州三天的降雨量就相当于317个西湖的水同时倾泻而下，电力线路遭遇史上最严重的破坏，508条线路停运，126万户停电，群众正常生活中断、无家可归。

对此，习近平总书记做出重要指示，要求始终把保障人民群众生命财产安全放在第一位，迅速组织力量防汛救灾。为坚决贯彻总书记指示精神，国家电网泰安供电公司第一时间响应，组建救援队。报名电话瞬间被打爆，有申请带队的中层干部，有主动请缨的一线员工，还有的人直接跑来"堵门"，说什么都要去。短短3小时，101人的突击队完成了集结。

7月23日下午6时，我们这支队伍风驰电掣般赶往郑州，冒着倾盆大雨，经过5个小时的漫长车程，深夜到达后，就立刻赶往九城区供电中心。一下车，我们被眼前的景象惊得目瞪口呆，屋内围满了当地电力同事，每个人脸上写满了疲劳、无助，生理和精神都已经超出了承受极限。通过短暂的对接才知道，我们的任务是一周内抢修九城区的6条10千伏线路及所接带台区，工作量大、范围广。最令人头疼的还是当地主要力量已经全部投入市政设施抢修，图纸、材料、施工机械奇缺，兄弟单位协调力量非常有限。这些问题仿佛泰山压顶，压得我们喘不过气来。

时间不等人，没有图纸我们就自己巡线手绘；设备不熟悉就挨个打开"解剖麻雀"；缺少材料，我们就地利用小区的水泥砌块做设备基础；缺少货车等施工车辆，我们索性用上了"货拉拉"这种民间资源。就这样，多点发力，效率提升，仅两天，就有一半线路恢复了送电！

一切看似进展顺利，殊不知，更大的困难还在后面。

在观洲国际小区抢修时，需要钻到一个半地下基础内进行抢修，里面就一米多高，人在里面抬不起头、直不起腰，而且一次只能进两人。同事徐东生，其他人都换了两拨了，他还在里面，非要把手头的活干完才出来。等工作结束时，他已经浑身发软，爬都爬不出来，最后被人硬拽出来，躺在地上手脚不停地打着哆嗦。

在未来花园小区，地下配电室的水深达到1.5米，为了找到进线电缆并制作电缆头，我们的队员直接跳进浑浊的污水中摸索，只有肩膀和脑袋勉强露出水面，水的压力和地下的黑暗让人窒息，但没有一个人退缩。队员将探照灯全部打开，彻夜工作，等到抢修完爬出地面才知道天已放亮，原来，他们已经在里面工作了24个小时。

队员们顾不上休息，彻夜抢修，身心疲惫，可想到身边千千万万的郑州老百姓，我们再苦也要咬牙坚持，再难也要挺过去，让居民们都早一会儿用上电，早一点回家。

救援过程中，河南老百姓听说我们是山东来的，把我们当亲人一样对待，主动加入抢修队伍，让我们感受到浓浓的情谊和深厚的感情。

在未来花园小区，听说我们要架设电缆，男女老幼齐上阵帮我们输送，有白发苍苍的老人，还有衣着整齐的白领和稚气未脱的孩子，整个队伍像一条七彩的长龙；在观洲国际小区，看到我们加班加点、不分昼夜抢修，周边商铺业主纷纷带来了拿手菜，一桶排骨、几盒凉皮、几提小笼包。有一位妈妈背了一大桶自己熬的绿豆汤，一个七八岁的孩子一杯一杯地给我们盛好放在身边。这样感人的场面还有很多很多。

当地老百姓对我们生活上无微不至的照顾和后勤保障，给了我们加快进度、苦干实干的动力。7月28日晚上10点46分，随着开关柜一声清脆响亮的合闸声，小区成功送电，千家万户立刻散发出了明亮的灯光。来电了，来电了！整个小区星光点点，灿若星河，我们还没有来得及高兴，业主们已纷纷走出家门，打开了手机闪光灯为我们喝彩，他们高喊着："山东电力辛苦了，山东电力辛苦了。山东电力救援队，河南人民感谢你。"

本应一周完成的任务，我们提前了3天。准备返程时，郑州的父老乡亲眼含热泪，握着我们的手久久不愿松开，一遍遍诉说着感激和挽留的话。有位老大爷深情地说："确实不错，确实不错，非常感谢山东人民对河南的支持，真的，谢谢。"

这支队伍，是人民的队伍，"你用电我用心"是我们对人民群众的庄严承诺；这支队伍，是党的队伍，"人民电业为人民"是我们永不变的政治底色。时光荏苒，青山巍巍。我们将以实际行动传承和发扬新时代泰山"挑山工"精神，用心用情点亮每一盏灯，随时随地把光明送到千家万户。因为，这支队伍不简单！

重新绽放的花蕾

枣庄市市中区医疗保障局办公室科员 房 倩

有这么一种罕见的疾病，它的全称是脊髓性肌萎缩症。这是一种极其严重的疾病，发病后全身的肌肉会慢慢萎缩，呼吸、吞咽等功能也都会慢慢地退化，直到最后死亡！

2017年12月3日，一个可爱的小生命降临到这个世界上，看着这个粉嘟嘟、胖乎乎的男婴，爸爸妈妈给他起了名字，叫"小佳树"。

看到孩子吃奶后，在睡梦中笑着咧开了嘴巴，一家人甭提有多幸福了。然而，在小佳树出生42天后，一个惊天的噩耗就彻底击碎了这一切。小佳树被确诊为脊髓性肌萎缩症（SMA）。

能救小佳树的只有"天价救命药"——诺西那生钠注射液。之所以称为"天价药"，是因为一次注射5毫升的药水价格就近70万，一毫升是20滴，一滴就是7000元。第一年需要注射6次，花费420万，以后每年要注射3次，花费210万，注射到18岁就至少需要3150万。而这个药，终生都不能停！这是一个让他们彻底绝望的数字！小佳树的爸爸妈妈可能不得不眼睁睁地看着自己的孩子，一点一点地消瘦，一点一点地枯萎，最后闭上痛苦的眼睛，离开这个世界，这是一个多么残酷的场景。

虽然小佳树的家庭是一个低保家庭，但也没有放弃对小佳树的治疗，能借的都借了，能卖的都卖了，仍只能在当地采取保守康复治疗。2021

年12月3日，这一天是小佳树4岁的生日，妈妈为小佳树做了一碗面条，炒了他最爱吃的西红柿炒鸡蛋，看着吃力露出笑容，但却动弹不得的小佳树，妈妈转过身偷偷地流下了眼泪。而也就在这一天，"'天价药'进医保"的喜讯传来了，70万一针"天价救命药"诺西那生钠注射液纳入了国家医保药品目录后价格降至3万多！这意味着在医疗报销后，每针药品的费用由70万元降到1万余元，对于小佳树这样的低保家庭来说，只需要花费几千元。这给处在绝望中的小佳树带来了巨大的希望。

得到这个消息，我们医保人沸腾了，迫不及待地想把这个好消息告诉他。进入家徒四壁的房间，4岁的小佳树在一个破旧的宝宝椅里蜷缩着又黑又瘦的小身躯，两条麻秆一样的小胳膊，无力地垂放着。看到我们，他有点害羞似的冲着我们笑了笑，那一刻，他就像一朵小花，一朵无力迎接任何风雨的、娇弱的小花。当我们把这天大的喜讯告诉佳树妈妈以后，她颤抖的双手紧握着我们，就像抓住了救命稻草一样，反复地问我们："这是真的吗？真的吗？"当得到肯定的答复后，这位饱受磨难的母亲，扑通一声跪下了："感谢政府，感谢党，小佳树这回有救了！"看着一贫如洗的家，看着小佳树一双渴望的眼睛，我们说："党和政府给了小佳树一个生日礼物，我们医保的叔叔阿姨努力争取给你一个新年礼物，让你尽快打上这一针。"

离开他们家后，其实我们心里也在打鼓，我们枣庄从来没有治疗过这种病，更何况枣庄目前医疗机构对这种病的诊疗资质为零、药品配送渠道为零、运输资质为零，更何况国内这种药品极其短缺。可是，为了实现和小佳树的约定，我们迅速与医院、药企、配送企业、属地等多方积极沟通，建立了多方联动机制，经过28天不眠不休的努力，1500多通协调电话，上百次交流、会商、培训，才克服了药品进院程序、鞘内注射资质、药品转运贮存、费用报销结算、功能康复、量表评估、诊疗培训等重重困难，成功打通了医院救治全流程、药品供应全环节。但更大的问题却出现了，药品极其短缺，当分管领导心急火燎地赶到济南，见到药企负责人时，他动情地说："从来没有想到，一个政府部门为了一个这样的孩子，打四五百个电话还不够，还专门追到了济南，我也被你们的精神打动了，我再向总部打一次报告，给你们争取。"令我们没有想到的是，12月28日，注射的针剂就到达枣庄。2022年1月1日早上7点，新版药品目录执行首日，4岁的小佳树顺利完成SMA靶向药医保全国首针注射！

那一天，小佳树的眼睛特别的明亮，高兴地进入注射室，在门口他对妈妈说："妈妈，等我好了，就可以站起来了，可以跑了，你就追不上我啦！"注射很成功，当我们再次到他家的时候，小佳树正在妈妈的搀扶下练习走路，他一边笑，一边向我们一步一步地挪着，虽然每一步都很小，但他仍努力地向我们挪着，扬起的一只小手，学着建党100周年天安门广场上，少先队领诵员的样子说："阿姨，请党放心，强国有我！"

患病的孩子是不幸的，但他们又是幸运的，他们生活在伟大的国家，党的阳光雨露，可以让每一朵受伤的花朵重新绽放，"每一个小群体都不该被放弃"，这是对人民至上、生命至上最生动的诠释。

奋斗永远在路上

聊城市残疾人联合会组宣部科员　贾红光

1988年我出生于山东聊城，在我6岁那年，我和小伙伴们在地里跑着玩，出于好奇心，我爬上了高压线杆，手触摸到了变压器，高压电流一下子把我击昏过去。等我醒来的时候，我发现我的整个左臂已被截肢，右臂也只剩下三分之二。

事故发生后，因为没有手，我生活基本不能自理，吃饭需要妈妈喂，上厕所需要爸爸帮忙，我想生活不能这样继续下去，于是我暗下决心，我要像健全人一样，我要自理、自立、自强。

从那天起，我就开始用肘关节的拐弯处配合嘴的下巴，练习端碗，很快我就学会自己用碗吃饭了。我还学会了用肘关节的拐弯处做饭，把家人换洗的衣服收到洗衣盆里试着洗。没有手，就想办法将洗衣板固定在洗衣盆里，用臂肘和双脚搓揉，脚蹭出了血泡，臂肘磨出了血，我艰难地把衣服一件件拧干，然后晾起来，心想以后我再也不拖累爸妈了。

我终于走出了家门，迈进了我向往已久的学校。在学校里我学会了用脚的大拇指夹住笔写字，后来我还学会用唯一的胳膊肘配合嘴巴写字、翻书。

高中毕业后，我在村里开过超市，养过羊，但都没有成功。于是，我开始读书学习，读很多模范人物的事迹比如当代保尔——张海迪，模范共产党员孔繁森，他们的事迹深深地打动了我，让我懂得一个人活着要做一个有用的人。"我要出去！我要走出这个村子！我要到外面的世界看看！"

一次偶然的机会，我在北京水立方观看了北京残奥会比赛盛况。那一刻我被震撼了，他们那种拼搏精神深深感染了我，赛场上我一会儿为他们加油喝彩，一会儿为他们揪心呐喊。我激情澎湃，久久不能平静。当时我就下定决心，我要学游泳，要像他们一样参加奥运会！

当聊城市残联的领导得知我想当游泳运动员的消息后，时任组宣部部长杭千芳随即把我送到了聊城市残疾人游泳队。就这样我正式成为聊城市残疾人游泳队的一员。

由于教练的科学训练以及个人的刻苦努力，2009年8月（北京）中国残疾人游泳锦标赛男子S7级100米仰泳比赛中，我取得了第三名的好成绩。锦标赛夺得了铜牌，初露锋芒，省残联的领导决定让我参加备战全国第八届残疾人运动会的集训。于是，我就开始了更加艰苦的强化训练。

集训期间，我每天只睡四五个小时，除了吃饭基本都是在水里训练。从开始的每天游5000米，慢慢地积累到一天游1万米。一次，高强度的训练中，因腰部用力过猛，我一下子趴在地上起不来了。为了增强体质，我又增加了跑步、举杠铃之类的训练，胳膊磨出了血是经常的事，但我从来不退却，从来没有中断过训练。

2010年第八届山东省残运会上，我一举拿下9枚金牌，被聊城市人民政府记二等功。

在全省赛出骄人的成绩后，我更加信心百倍，进一步加大了自己的训练强度。在2011年10月，我又一举拿下全国残运会100米仰泳冠军，并打破全国纪录，至今这项纪录仍无人打破。为此我也得到山东省政府和聊城市政府表彰和奖励。当年11月15日，我正式入选国家队，备战2012

年英国伦敦残奥会。

伦敦残奥会是我第一次代表中国进入国际赛场，在赛场上我竭尽全力全身心投入比赛，最终以1分14秒的成绩在男子S6级比赛中夺得了亚军，赢得了一枚银牌。回国后，山东省委、省政府给我荣记"一等功"。

2016年我征战巴西里约残奥会，这届残奥会我荣获两银一铜三枚奖牌，刷新了山东该项目在残奥会上的最好成绩。

2017年—2019年，我相继参加了两届全国残疾人游泳锦标赛，共获得3块金牌；再次参加山东省运动会获得8金1银，又在全国运动会获得3金1银2铜的好成绩。

2020年我第三次出征残奥会，8月26日，男女混合4×50米自由泳接力比赛中，我和队友默契配合，最终获得该项目团体金牌，并打破该项目的世界纪录。接下来我在个人50米蝶泳、200米混合泳中获得银牌和铜牌，9月3日在100米仰泳S6级决赛中以1分12秒72的成绩夺冠，这是我三次参加残奥会荣获的第一枚个人金牌。我终于让我们鲜艳的五星红旗飘扬在东京奥运会领奖台的上空，让我们的国歌奏响在奥运会赛场上。

从正式接触游泳训练到现在，我用了整整13年的时间，站上了世界最高领奖台，让五星红旗高高飘扬在奥运赛场，让国歌响彻全世界。

我被共青团中央、全国青联授予"全国五四青年奖章"，被中华全国总工会授予"全国五一劳动奖章"。这一切的荣誉都是党和国家培养的结果。

回想起过去的13年，伴随着伤痛和荣誉，我感受到各级党委政府部门领导、残联部门领导、教练、亲人朋友对我的支持关心呵护。从第一枚铜牌开始，我一步步地从聊城队游到了山东省省队，又从省队进入国家队。从2008到2021，在13年的时间里我拿了57枚奖牌，其中金牌41枚，银牌11枚，铜牌5枚；到过十几个国家和地区参加过上百场国际比赛。

这其中有我自己的努力，更有领导、教练、家人朋友对我的关心，没有他们的关爱，就没有我的今天。

2022年1月我被北京冬残奥组委会选为传递火炬手。我很荣幸能够作为第十七棒奥运火炬手，在北京天坛圜丘传递冬残奥会火炬。这是我人生的又一个起点，感谢国家、感谢残联给我这次机会。没有国家的培养，我一个失去双臂的农民家孩子，不可能走到奥运赛场，站在世界残奥会的冠军领奖台上。奥运赛场上获得金牌不是我的终点而是我的起点，以后我会更加努力回报社会，努力帮助更多的残疾孩子走出家门走向社会。

人在路上，心在路上，奋斗在路上！我要用我毕生的精力，携手更多的残疾人朋友走出家门走向世界，在各种赛场上唱响我们雄壮嘹亮的国歌！

情系高铁鉴赤诚

中国铁路济南局集团公司济南机务段
机车乘务员 李向成

人称国铁济南局"高铁试飞"第一人的孔祥配，是我们所有火车司机的偶像和骄傲。因为他不仅见证了火车时速从120公里到350公里的跨越，同时也驾驶着"中国名片"奏响了山东铁路高质量发展的动人乐章。

十几年前，在一次值乘当中，还在驾驶着电力机车的孔祥配被对面飞驰而来的动车组深深震撼了。孔祥配说："当时不知道是动车组，因为没有这个概念，我就给自己立下目标，一定要开上中国最快的火车。"随后，孔祥配将所有的业余时间都投入了规章和业务学习之中，这期间，他读过的书籍摞起来与他的身高基本相同，5个厚厚的笔记本记满了将近40万字的笔记。凭借勤奋的学习和钻研，24岁的他成为全路最年轻的动车组司机。

驰骋钢轨十几年，孔祥配承担了多项"第一次"通行试车任务，也见证了山东高铁日新月异的发展。2011年京沪高铁即将开通运营时，孔祥配又有了一个新的身份——"高铁试飞员"。

试飞员，本是航空界的一个名词，指的是专门担任飞行试验任务的飞机驾驶员，而所谓"高铁试飞员"，是一个新的名词，也是一个新的工种，主要担任新建高铁线路正式开通运营前联调联试的驾驶任务。这项任务对高铁司机的综合素质要求非常高，既要有深厚的理论知识，有丰富的运行经验和高超的运行技能，更重要的是要有良好的心理素质。通过短时间内上百次的驾驶试验，收集数据、总结经验、发现问题。可以说每一次联调联试，都是一次对智慧和意志的挑战。

孔祥配把全部的热情投入到了这项艰巨的任务中。十年来，孔祥配参与了山东省内8条高铁新线的联调联试，也成为济南局集团公司唯一全部全程参与这8条线路联调联试的动车组司机。每次联调联试任务都非常重，凌晨4点起床，22点下班，过程中不仅要对12个大项、500多个小项进行测试，还要不断冲击最高试验速度。每次"试飞"结束后，他都会及时记录下这趟车的操作关键点。十几年的"试飞"生涯，孔祥配撰写了6本近60万字的行车日记，他总结提炼的各种行车法和操纵法，实现了新线开通后高铁停车精准对标、车上立硬币不倒等诸多奇迹。

2019年9月，日兰高铁开始联调联试，连续19个夜班，孔祥配一天在车上的时间长达10多个小时，回到驻地已是第二天凌晨5点。就在即将冲击时速385公里最高试验速度的前夜，一场意料之外的强降雨不期而至，面对线路湿滑、能见度低等不利因素，孔祥配连夜与机务专家探讨、论证，演算暴雨条件下的操纵要点。凭借过硬的技术和完善的预案，调试团队以"零误差"圆满完成任务，为恶劣天气下安全行车总结了经验。今天，孔祥配之所以没能来到现场，正是因为此时此刻，他正在济莱高铁的"试飞"现场，驾驶着试验车，驰骋在那条即将通车的新线路上。

大家可以看一下，这是孔祥配十年来参加的所有高铁联调联试的登乘证，每次试验结束回到家后，他都会把登乘证作为礼物送给儿子。今年期末考试，孔祥配儿子所在的班级组织写作文，作文题目是"我的XX"，他写的作文《我的传家宝》得了满分。他写道："在我的书架中央，放着我珍爱的宝藏。那是我与父亲分别的见证，8张硬质的卡片，它们样子相近，颜色不尽相同，上面印着"联调联试"字样。虽然每当我见到这样的卡片时，便知道又要与爸爸分别几个月了，但是每每想到爸爸是去'试飞'火车，我就从心底里为他感到自豪，而这些卡片和我一起见证了爸爸了不起的工作。"

参加工作 21 年，孔祥配累计值乘列车 5400 趟，安全行车 330 余万公里，相当于绕地球赤道 80 余圈。他先后获得"全路技术能手""山东省五一劳动奖章"等荣誉，今年他被授予了"全国五一劳动奖章"。毫不夸张地说，如今的孔祥配正被笼罩在一个个绚丽的光环之中。可每当问起他对荣誉和成绩的看法时，他总是会说一句话："为祖国开好车，让每一个人都享受到中国建设发展的成果，这才是我们的初心，更是我们的使命。"

"疫"记·在一起

龙口市中医医院院感科医师 陈婷婷

今年3月，新的一轮新冠疫情再次来袭。大"疫"当前，匹夫有责，作为一名医者，我再次请缨奔赴一线。

3月10日凌晨1点，领队紧急通知我为902房间隔离人员采集核酸标本，昨天他的核酸检测阳性，而且是我采集的标本。我内心莫名地紧张，脑海中瞬间闪现了无数个念头：昨天我采核酸时他有没有朝我咳嗽，我的防护服穿得是否标准，我脱防护服时有没有污染到我自己……马上我又要和这位阳性患者再次接触，我该如何面对？然而时间紧迫，不容多想，我迅速穿好防护服进入隔离区，顺利采集到鼻、咽、痰、血四份标本，复核完转出患者，终末消毒通道以及房间，全部忙完已经是下午3点。虽然身体疲惫，我的内心却很坦然，原来当真正面对阳性患者时也没有那么可怕，既然选择了一线工作，就要脚踏实地把这件事干好。

因为一些隔离人员的不理解，我们的工作也遇到了不少困难。4月26日，一位招远的老大爷入住隔离点，可无论工作人员怎么劝说，他就是不进自己的房间，坐在前台大厅的椅子上嚷嚷着："俺要回家，俺不在这隔离，赶紧送俺回去。"没办法，我只能扔下手头的工作，跟老大爷唠唠家常。老大爷说："闺女啊，俺家母羊刚抱羊崽，这是头一回抱崽，俺这不放心啊，再说俺一个人在山上住，平时就几个亲戚来串门，不可能感染新冠"。为了安抚老大爷,我赶紧联系了领队,辗转联系到老大爷村的负责人,详细反馈了老大爷的情况。很快,我们收到了负责人发来的视频和照片,了解到自己家中有专人照顾母羊,一切安好,老大爷这才稍稍放了心。又得知去过他家的一位亲戚核酸检测阳性,已经转运至定点医院,老大爷刚放下的心又提了起来:"闺女啊,这可怎么办,俺会不会感染了?"我连忙安慰他别担心,帮他做了核酸检测,引领老大爷入住房间,告诉他有任何不舒服,第一时间联系我。接下来的几天,老大爷很是配合工作。

在隔离区,因为工作需要每天核酸采集时间是凌晨2点。无论是隔离人员还是工作人员,连续休息不好,大家的情绪都处在崩溃的边缘。5月1日凌晨3点,一个睡熟的孩子被叫起来抽血,孩子才3岁,哭闹得特别厉害,血管位置很难确定,我们"○○后"小护士急得头顶的汗水落下了一层又一层,护目镜上全是雾气,视线更不好了。家长的不满瞬间爆发了,一把把小护士推出去老远:"你能不能行?不行赶紧换个人,要是一针抽不出来,我就投诉。你们这天天的干什么,让不让人睡安稳觉?!"听到争吵声,我赶紧上前安抚家长、做工作,并帮忙逗弄孩子,又安排几个业务高手前来支援,终于"一针见血"。回到清洁区,小护士趴在我的肩膀委屈得直哭,是啊,她们也还是个孩子,在家里都是父母的掌上明珠。我紧紧地拥抱她,一直等她宣泄完委屈。后来这位家长冷静下来也理解我们的难处,主动向我们的工作人员诚恳道歉,双方隔阂消除,我也松了口气。

我在家乡抗疫一线的同时,我的爱人也正在700公里之外的南京抗疫一线,队友们调侃我们俩——"打仗父子兵,抗疫夫妻档"。纵然我们两地分居,我们的心在一起,那就是:战胜疫情,践行医者仁心!同为医者是我们的幸运,我们亦师亦友,既能共同分担工作上的困扰,也能在长年累月的忙碌中有着更多的理解和支持,然而亏欠的是不能承欢父母膝下,不能更多陪伴孩子的成长。儿子想念我，多次打电话要来隔离点看我，被我狠心拒绝。他只能缠着爷爷偷偷在隔离酒店外远远张望，被领队发现了，安排了一次见面，虽是隔窗相望，也满足了儿子小小的心愿。儿子在玻璃上画了两颗心紧紧相依，还写下了"在一起"几个字。儿子说，同样的防护服，爸爸穿着，妈妈也穿着；爸爸在南京，我在龙口；妈妈在院里，我在院外。长大后，我要成为你；在南京，在院里，一家三口，在一起！

焊花飞溅绽芳华

济宁能源金桥煤矿职工　李丹丹

我是一名在农村长大的"八〇后",从小跟着爷爷奶奶生活。小时候,爷爷经常骄傲地给我讲他参加游击队的故事。"丹丹啊,知道爷爷是咋打小鬼子的不?不是躲在草堆里,就是趴在土坑里,一待就是好几天,饿的时候连树皮都啃过。就因为爷爷听党话,能受罪,16岁咱就入了党。"新中国成立后,爷爷留在了村里,成为一名村支书。不管时代怎么变,爷爷急难险重任务抢在前的作风却始终不变。村里交公粮,天还没亮,爷爷就装好高高的粮食垛,拉着排车第一个到村口。村民去挖河,年过半百的爷爷不服输地和年轻人比着干,一边干一边高喊着:"我可是个打过鬼子、当过兵的人,能吃苦、能受累,有的是劲哩!"在爷爷的耳濡目染下,吃苦耐劳的精神在我心里扎下根,成为像爷爷一样不服输的人,也成了我不变的价值追求。

大学毕业后,我来到了金桥煤矿机修厂工作。至今我还记得第一次走进车间的情景:游走的天车、炫目的电焊弧光、闷热的环境和刺鼻的气味,刹那间让我感到一阵阵眩晕。车间的工人师傅们用怀疑的眼光打量着我,好像在说:你看这小姑娘细皮嫩肉的,身材又瘦瘦弱弱,能吃得了这个苦?干得了这个工作吗?

于是我决定拜我们厂技术最精湛、要求最严格的于师傅为师。"于老师，我是新分配来的李丹丹，我想跟着您学电焊！"于师傅头也没抬就直接说："我从来不收女徒弟，再说你也不合适这份工作。""为什么？哪里不合适，我好好改正啊。""我看你啊，哪里都不合适。"说完他头也不回地就走了。我可不放弃，抓起电焊面罩就追了上去。一连几天，我寸步不离跟着他。记得有次焊接配件时，焊花直接溅到我鞋子里，我一动没动，硬是咬牙坚持到师傅焊完才脱下鞋子，脚面上烫起了泡，钻心地疼。就是这时候，师傅看我的眼神变了，动情地说："我都没想到这么瘦弱的女孩子，还真能吃得了这苦，今天我就破天荒地收下你，好好干，可别给师傅丢人。"

看着容易做着难。几天实际操作下来，我发现，这电焊真的和我想象中完全不一样。电焊产生的烟雾和气味让我止不住地咳嗽，眼睛被弧光灼伤后流泪不止，手上、胳膊上、腿上常常被飞溅的焊花烫伤，真是旧伤没好又添新伤。有一次师傅问大家有谁愿意焊接槽子。正当大家犹豫不决的时候，我第一时间站出来，主动承担起这个工作量大又是室外作业的任务。焊接时，我才发现作业空间狭窄，只能蹲着或者躺着施焊。顶着炙热的骄阳，手上拿着焊弧温度可达到6000℃的焊枪，脚下踩着滚烫的地面，一个月下来，我瘦了整整十几斤，但几百个焊口硬生生地让我一个人保质保量地完成了。在那一刻，我终于成了师傅眼里合格的女徒弟，也成了大家眼中名副其实的焊花女尖兵。

后来，厂里组织工人做液压支架封车工作。封车不仅是个力气活，还具有一定的危险性。为了保证10余吨大型设备的封车质量，需要把拇指粗的钢丝绳通过转动缠绕至余量的极限，将大型设备与平板车牢牢地捆绑封固在一起。哪怕有一个人配合不好，力量失衡，都会出现翻车的危险，所以厂里都是挑选身强力壮的男同志来承担这个艰巨的任务。而当我喊着几个姐妹们一起学习封车时，路过的工友们都笑着说："俺在煤矿干了一辈子,还没见过女同志干这个,这还真是大姑娘上花轿头一回呢。""哎哟,丹丹你也在啊,那个封车绳都比你都沉吧?"我还就偏不信这个邪!为了找准支架的中心点,我们拿着尺子一遍一遍地量;为了保证支架不偏斜、不窜动,我们几个垫着脚尖、一步步地往前推着进行封车绳的缠绕;为了上紧螺丝帽,我们手脚并用,咬牙坚持。流火的七月,厂房里的温度接近40℃,工作服都热出了一片片的白汗碱,摊开手上面全是血泡,吃饭的时候,胳膊直哆嗦,甚至拿不起筷子……但当我们保质保量地完成了液压支架封车工作任务时,在厂里引起了轰动,大家纷纷点赞说:"你们是真厉害,男同志都害怕的活,你们居然干成了,佩服佩服!"从那以后,我们就有了一个响亮的名字——"女子封车队"。

习近平总书记曾说:"只要有志气有闯劲,普通劳动者也可以在宽广舞台上展示自己的人生价值。"工作十年来,我在焊花飞溅中钻研焊接技艺,在挥汗如雨中成就别样芳华,依靠勤奋和努力,收获了属于自己的荣誉,赢得了身边人的赞美和尊敬,用奋斗擦亮了青春的底色。奋进新时代,筑梦新征程。作为新时代的煤矿工人,我会牢牢将个人梦与中国梦焊接在一起,践行好新时代的"工匠精神",为实现中华民族伟大复兴的中国梦加油助力!

善行者务其远

**中国铁路济南局集团有限公司
济南站客运员　胡善辉**

眼前的这张照片是 2005 年中国希望工程 15 周年纪念活动中的一张合影。右边是大家都熟悉的"大眼睛",左边是"小光头",而中间的就是我。我就是中国希望工程的代表人物之一——"大鼻涕"。

这张"大鼻涕"照片是著名的摄影师谢海龙叔叔 1991 年在我的老家,大别山革命老区河南省新县八里镇的一个山村小学拍摄的。当时我正上小学一年级。

也正是这张照片改变了我的一生。我是在党和国家,还有社会上许许多多好心人帮助下一步步成长起来的。没有他们,也就没有我的今天。谁言寸草心,报得三春晖。党和国家对我的这份恩情,我将铭记一辈子。从此,回报社会成了我人生的梦想!

当年因为父母身体不好,家境贫穷,为了早点承担家庭责任,不再给社会添麻烦,15 岁那年我便走上了打工之路。

18 岁时我报名参军,到部队这所大学校里继续锻炼提升自己,做一名优秀士兵,用实际行动去回报社会。在部队期间,我先后荣立三等功一次,获得嘉奖四次,获评优秀士兵七次。

13 年的军旅生涯很快过去了,我又一次站在人生的十字路口。当时可以选择的道路有很多,经过深思熟虑,我选择了去铁路,因为在铁路工作可以更好、更直接为国家和为人民群众做贡献，我离自己的梦想又近了一步。

2017年我成为济南西站的一名客运员。工作中我除了尽职尽责干好本职工作以外，还利用工作间歇和休班时间，主动承担起为体弱多病或行动不便的特殊旅客提供帮扶服务。

起初，也有旅客不愿意接受我们的服务，因为担心我们提供的是有偿服务。班组小伙伴也很心疼我，日常工作本身就比较繁重，休息日连轴转怕我身体吃不消。可我想得更多的却是怎样才能让旅客和同事理解与支持，于是我将尘封20多年的"大鼻涕"的故事讲给大家听，公益善行在于传承，作为希望工程受益者的我，更要有奉献意识和社会责任意识，我要把这份爱心一直传递下去。

在我的倡导下，有更多的同事加入了我们的行列。特别是铁路实施客运提质计划以来，济南西站成立了以我名字命名的"善辉善行"重点旅客帮扶团队。

志愿者服务队成立三年多了，我们帮扶重点旅客两万多人次，我们的队伍也由起初的三五人发展到如今的二十多人。虽然每天忙得像陀螺一样，但每天能听到旅客的肯定和感谢，就是我梦想的实现。

2021年7月的一天，我们接到车上打来的求助电话，一位境外旅客需要我们提供接站服务，因为当时疫情相对严重，一般对入境旅客还是有些担心的。看到旅客因脚部受伤无法行走，我就把她从车上背下来放到轮椅上，细心照顾，送到广场的120急救车上。她当时非常感动！一个多月以后她专程到车站送来了锦旗、感谢信和一些特产，感谢我们在特殊时期为她解决了困难。我说这都是我们应该做的，而且劝她收回了礼物。在工作中遇到这样的事情还有很多很多，这些服务旅客的点点滴滴是我人生不断奋力前行的动力。

  2019年，我被国铁集团评为优秀共产党员和集团公司的先进生产者，在庆祝建党100周年中国国铁集团表彰活动中我们的"善辉善行"服务队被授予优质品牌。

  当年的大鼻涕男孩如今已经长大，感谢党和国家给我这么好的机会让我的梦想得以实现，让我的人生得到升华！站在新世纪的新征程上，我还会把那张照片贴在墙上，不断地激励自己永远不忘党和国家还有社会好心人对我的帮助。

  我要把"善辉善行"服务队做得更好，做得更优！一切为了旅客，为了旅客的一切！在中国梦的引领下，在新世纪的新征程上越走越宽，越走越精彩！

不能丢掉一个人

菏泽市牡丹区黄堽镇马厂村党支部书记兼村委会主任　李华栋

我两岁半的时候，独自外出买冰糕，不幸被人贩子拐卖。全家人着急万分，老支书振臂一呼："小地瓜叫人偷走啦，在家的全都出去找，咱们村不能丢掉一个人！"俺村和邻村的老少爷们都纷纷出动，有条件的骑着自行车，没条件地拿上干粮走着去找我。终于在20天后找到了我。爷爷老泪纵横地抱着我，给我说："小，咱这挨边几个庄上的人都是你的恩人哪，你可不能忘喽。"从记事开始，我便记住了"我是农民的儿子，是众乡亲给了我第二次生命"。

18岁那年，我应征入伍，5年的军旅生涯锤炼了我坚毅不屈的意志，也铸就了我永不服输的性格。退伍后，我只身一人在外闯荡打拼，上工地、干建筑，从一名普通的打工仔做起。返乡后，我组建了自己的建筑专业队伍，同时又和媳妇在市区开了一家餐饮店，用青春和汗水打拼，靠国家好政策和个人诚信经营，挖到了"第一桶金"。但爷爷的话我始终没忘，自己致富后，我就一直念想着回馈家乡，报恩父老乡亲。

2021年4月，我参与了村党支部换届选举，高票当选为村党支部书记。新班子成立第一天，村里几个老人就找到了我："小，你是乡亲们看着长大的，你得给大家办点好事，让大家都过上好日子。"经过了解，村里下水道损坏严重，一到阴雨天，街里积水排不出去，整个大街污水横流、泥泞不堪，根本没法走。修好下水道和路是全村人最迫切的期望，我决定再困难也要把这件事办好。

"上任即实干"，村两委一班人干劲十足，决定先从修下水道开始。说干就干，因为雨季马上来临，为了省点工钱，我们村委5人，留一位女同志在大队部值班，其余4人全部到工地上打杂、搬砖、和灰、清污泥，干得是热火朝天，也弄得满身恶臭。苦干了20多天，下水道终于修好了。刚修好就迎来了连续不断的暴雨，下水道正好发挥了大作用。

"要致富，先修路"，下水道修好了，我又开始筹划修路。按照政策我们需要缴纳十几万的配套资金，村集体本来就没有多少积累，修下水道刚花了三四万，到哪里去弄这十几万块钱呢？在我一筹莫展的时候，几个老党员找到我，对我说："修路是造福子孙的好事，我们几个带头每人先捐五百。"就这样，在几位老党员的带动下，3天里，我们收到了7万多元的捐款。我个人又拿出5万元加上属地企业的赞助，凑齐了资金。资金解决了，征地又遇到了困难，村里的盲大爷说："修路可以，但是不能占我的地"。开党员会时，一位党员拍着桌子说我："修路是为大家伙办好事，其他人都同意，就他不同意，路就不修啦？你就带着挖掘机过去给他推了，能咋？连这点脾气都没有，你当啥支书呀？"其他党员也同意来硬的。我对大伙说："虽然修路是好事，但如果硬来，反而会把好事办砸。我们再想想办法、做做工作。"我带着几个家族长辈到了他家，反复说明修路对全村的重要性，在大家的苦口婆心的劝说下，他最终同意了修路方案。

施工那天，是我最自豪的一天。当天，施工队刚开始施工，我们村男女老少拿着铁锹、扫帚等各种工具浩浩荡荡到了施工现场。可把工头吓个不轻，急忙说："我们的工人够，不要人了，您些人都来干活，我挣嘞钱还不够开工资嘞。"我笑着对工头说："别怕，我们这些群众一不要你的工资，二不用你管饭，他们都是免费来帮忙嘞。"工头竖起了大拇指说："你们村的人团结，心真齐。"这一刻我深深地为我们马厂村的群众感到自豪。修路带来的经济效益那是立竿见影，土地流转由原来的每亩不足1000元增加到1500元，扶贫车间的租金由20000元增加到58000元。

我们又成立了菏泽市马厂经济发展有限公司，通过发展特色产业；提供物业保洁服务，安排了23名脱贫户就业。承接各种工程，组建了36人的专业安装队伍，每年可增收130多万元。

我始终记得老支书的那句话"不能丢掉一个人"！我要让每个曾经冒着酷暑满世界去找我的老少爷们觉得这个小孩找值啦。一个人富不算富，在实现乡村振兴的新征程上，俺要把咱老百姓的心聚在一起，带领群众共同致富！

我师傅的工匠梦

临工集团企业文化中心宣传干事 赵俊杰

他是"全国劳动模范""齐鲁大工匠",他获颁"全国五一劳动奖章",享受国务院特殊津贴。他只有高中学历,平时少言寡语,他呀,看起来挺普通的,可是他干出的成绩却不一般。他就是我的师父邱峰,今年59岁了,平时同事们都叫他老邱。

从普通电工成长为行家里手,再到卓越的工匠,他是怎么做到的呢?

这还得从1985年说起,22岁的师傅从水泥厂调到临工集团做了一名维修电工,当时厂里已经引进了许多进口的高端设备,那时设备一旦出现故障,我们自己人修不了,只能聘请国外专家来维修。有一次,外国专家在修设备的时候,工友们鼓动着师傅:老邱你过去学一学,咱花这么多钱请他们来,你要是学会了就不用老外再来了。师父听了以后慢慢地凑了过去,可是刚想开口,哪知道这个外国专家却不耐烦地挥手:No, no, no, go out!那意思是:不能看,看了你也学不会!本来师傅脸皮就薄,硬着头皮想过去看看,还被人家撵了出来……作为厂里的维修工,修不了自己厂里的设备,他是吃不下睡不香,他下定决心,一定要攻克进口设备维修的难题。

下决心容易,但是真想搞懂这些进口设备的维修原理,太难了!别的不说,光是那厚厚的英文设备说明书,对于只是高中毕业的师傅来说,就像天书一样。

那段时间他随身揣了一本英汉词典，拿着进口设备的说明书，一个字一个字地对，一句话一句话地顺，不论是走路还是吃饭，甚至是上厕所嘴里都不停地嘟嘟囔囔，还时常发愣。工友们见了好奇地问他："唉，老邱，干吗呢？""啊，哦，我在背词典呢。"同事们就都笑了："咱们老邱真是一根筋哪。"

功夫不负有心人，就是凭着这股"一根筋"的韧劲儿，1995年之后，外国专家来临工的次数就越来越少了，2000年以后，就再也不需要外国专家来给我们修设备了。

2005年，公司从老城区整体搬迁到经济开发区，当时有20多台进口设备需要搬迁。公司首先考虑让外国公司派专家前来指导搬迁，给出的报价是5万美元/台，20多台设备要800多万人民币。

师傅听说后，经过一番慎重考虑，决定主动请缨，带领同事们自己搬，为厂里把这笔钱省下来。国外厂家得知我们要自己搬迁的消息后，威胁说如果在安装调试过程中出现问题，他们将不提供服务。但是师傅没有被吓倒，他制定了一套详细的搬迁方案，经过几天几夜的连续奋战，设备终于安装完成。可是没想到进入调试阶段的时候，设备怎么也启动不了，经检查发现原来是保存着机器参数的启动软盘坏了，而国外厂家又对机器参数保密，眼看着搬迁后投产的日子一天一天临近，设备调试不好，就不能正常投产，师傅晚上睡觉都会突然惊醒，急得满嘴都起了泡。

后来，他就用笨办法，反复尝试，把机器参数一项一项记在本子上，分析内容找出规律，再把正确参数逐一输入到启动程序中进行调试，经过几天的反复试验，机器终于正常运行了起来。当大家都在欢呼、祝贺的时候，我看见师傅佝偻着身子，悄悄地擦着眼泪走出了车间……

师父虽然平时不太爱说话，有些"一根筋"，但他内心是一个非常勇敢的人，他不停滞于已有的成绩中，而是勇于突破，敢于创新。

在工程机械的传统生产制造过程中，零部件需要燃油叉车搬运配送，不仅人工成本高，排放的尾气还污染环境。

为了解决这个问题，2012年，师傅带领团队开始自主研发磁导航越野式无人搬运车（AGV）。这是一款自动导航的智能搬运小车，当时国内专业研发AGV的厂家也都才刚刚起步，没有老师可以请教，也没有经验可以借鉴。不知熬过了多少不眠之夜，更记不清承受了多少压力和挑战，我们的第一代AGV小车终于欢畅穿梭在车间里。后来师傅又带领团队研发出国内首创的重载越野式AGV、大扭矩自动拧紧机等长期被国外品牌垄断的自动化设备，现在我们的自动化产品遍及全国各地，为国内20余家企业成功解决了自动化瓶颈问题。

"一花独放不是春，百花争艳春满园。"这些年来，师傅先后为公司及社会培养了一批电气自动化、机电一体化等生产一线急需人才，其中40人已经成长为企业的技术骨干，他的徒弟中两人获评"山东省五一劳动奖章""山东省首席技师""齐鲁首席技师"，多人在省市级技能大赛中获奖。2017年，邱峰劳模创新工作室被评为"国家级技能大师工作室"。

每当提及荣誉，师傅总是说："其实我也没干什么。"师傅他不善言谈，却用实际行动告诉我们，我们工人的力量就应该体现在工匠精神和创造精神上，拥有硬核实力，依靠技能报国，我们中国工人有力量！

传　承

山东盖伊尔集团董事长　尚金花

我出生在一个红色的革命家庭。父亲尚孝良，14岁参加东北抗联，是历经抗日战争、解放战争、抗美援朝战争的老革命军人。他跟随部队三下江南、四保临江、决战辽沈、鏖战华南，从严寒的白山黑水到酷暑的天涯海角，戎马征战数十年，先后立过大小战功6次，战后落下严重的脑震荡。

20年后，哥哥尚根和接过父亲"手中的枪"。1984年7月，在对越自卫反击战中，他咬破手指写下血书，三次请命，坚决要求参战。他在写给党支部的决心书中激动地写道："每当危险的时候，我要把生的希望让给战友，把死的危险留给自己。""宁可前进一步死，决不后退半步生。"他以为国家抛头颅、洒热血的决心和豪情壮志奔赴了战场。

1985年2月，在我军攻打松毛岭地区140高地的战斗中，他舍生忘死冒着敌人的炮火和来自三个方向的高机、重机火力的严密封锁，在3000多米的危险地段上，连续奋战了32个小时，抢救、护送伤、逝战友28人，运送弹药15箱。最后，在抢救战友的途中，不幸壮烈牺牲，年仅19岁。部队党委追认他为中国共产党党员，追记一等功，他被誉为"战地英雄"。

哥哥在牺牲前的最后一封信中写道："宁可站着死，绝不躺着生，只要还有一口气，誓与敌人拼到底！亲爱的爸爸妈妈，战争是无情的，战争必然要流血牺牲,如果我牺牲了,请你们千万不要难过,因为,我是为这场正义的战争而死,你们应该感到骄傲和自豪。我还剩下仅有的11元钱,就替我交最后一次团费吧,如果党组织吸纳我,也可作为第一次党费。这次战争让我看到,祖国需要强军,国家需要建设,为了祖国的繁荣昌盛,如果可以,请父亲一次性替我交上40年的党费。"这是一封家书,更是一封绝笔,在信中,他写出了为国牺牲、死而无憾的情怀,写出了对美好生活的向往和期待,更写出了对家人的不舍与牵挂。

1985年9月19日,父亲代他向党组织一次性交上了40年的党费。40年的党费,是哥哥以身许党的最后承诺,也是一个共产党员,对党的赤诚热爱和无限忠诚。

哥哥虽然牺牲了,却给我留下了一笔最宝贵的精神财富。他的事迹,一直激励着我在平凡的岗位上努力前行。

1993年,我因单位破产下岗,父亲和哥哥不怕流血牺牲的精神激励着我,让我选择了自主创业。从个体小门店起步,风雨无阻20多年,终于打造出年营业收入达20亿元的山东盖伊尔集团。我本人也荣获"全国巾帼建功标兵""省三八红旗手""市劳动模范"等荣誉称号,并多次当选为市人大代表。

天有不测风云,2012年9月底,我公司担保的两家企业相继破产,4600余万元的贷款由我们代为偿还。这意味着我苦心经营的公司,就这样血本无归了。面对巨大的打击,有人劝我,放弃吧,要是承接了,就一辈子都翻不过身来了。不,我不能放弃,我也不能倒下,我更不能当"逃兵"。我是英雄的后代,我不能置员工和客户于不顾,我要勇于担当,敢于亮剑!为了这一句承诺,我克服种种困难,此后,累计为担保企业代偿了4600余万元,至今,连本带息损失近亿元。

我诚信担当的义举，就像一块巨大的磁铁，凝聚了各方力量。公司员工纷纷拿出钱来和企业共渡难关，党委政府领导及时召开会议，帮助企业解决困难；莱商银行也及时追加了4000万元贷款，帮助企业重整旗鼓。这些不仅挽留了企业生命，也挽救了企业前程，让我们实现了浴火重生！

企业发展不忘回馈社会，我们发动成立了"1%计划"公益基金。参与者自愿从收入中拿出1%，用于帮扶社会贫困群体，目前已累计捐助160余万元。我们相信"世界的改变不是少数人做了很多，而是每个人都做了一点点"。

一代人有一代人的使命，一代人有一代人的担当！战争年代，父兄以生命赴使命，用热血铸忠魂；新时代、新征程，我以父兄为榜样，传承革命精神，走好新时代的长征路，为实业报国奋斗终生！

「白衣天使　晓卉绽芳华
山东第一医科大学附属省立医院临床
医学检验部副主任技师　赵胜梅」

"白雪无私悲草木，佳卉有节傲寒春。"2022年的料峭春寒里，一句诗被吟诵，一个名字被铭记，她就是白晓卉。

我和白晓卉相识近20年。20年来，从青春学子到治病救人的医生，从青年小白到泰山学者青年专家，我目睹了她作为一名医者，在实验室里日夜忙碌的身影，见证了她作为项目负责人，承担国家自然科学基金三项，中国博士后科学基金两项，山东省自然科学基金三项，发表SCI论文50余篇的累累硕果。

我曾问她为啥这么拼，她看着我，爽朗地笑着说："作为医生，我愿意以我所学，尽我全力，用心守护患者健康。"

2020年6月，北京新发地疫情频发，山东省第一时间组派医学检验队支援北京。白晓卉主动请缨，带队奔赴抗疫一线。

作为山东医学检验队队长兼临时党支部书记，白晓卉将山东队员与北大人民医院检验科人员混编，停人不停机，24小时轮班工作。面对临时改建的实验室存在分区、压力和洁污走向不符合新冠病毒核酸检测标准的难题，白晓卉说："不要紧，办法总比困难多，咱们想办法解决。"她召集队员们集思广益，确定最优解决方案。一时间，队员们都有了特殊的身份，有的是"木工"，有的做"保洁员"，而白晓卉则成了"总设计师"。

在她的带领下，队员们分工协作、争分夺秒、加班加点，在48个小时内紧急改造完成了布局相对合理、符合生物安全要求、具备四个试验区和高压灭菌间的新冠病毒核酸检测实验室，投入使用后每天可检测1万份样本，创造了令北京同行赞誉的"山东速度"。

刚结束北京20多天的战斗，新疆突发疫情，还处在隔离期的白晓卉写下请战书"若有战，召必回，战必胜"。她再次作为队长，带领山东第二批援疆医学检验队从济南出发，奔波近万里，驰援新疆。

在喀什，她和队友们与当地医院的工作人员通力合作，累计完成了28.7万人份的核酸检测任务。为了提高喀什地区的整体核酸检测能力，她又执起了教鞭，通过"以干代教"的方式对当地检测人员进行从理论到实践的全面培训，培养了60多名技术骨干，真正为边疆留下了一支带不走的新冠病毒核酸检测队伍。

离开新疆时，白晓卉深情地说："等到疫情消散，我一定会再回来，好好领略大美新疆！"遗憾的是，这却成了她永远无法实现的愿望。

抗疫三载，四次出征，转战五地，一次次冲锋，一次次逆行，北京、喀什、郑州、滑县、威海，都留下了白晓卉坚毅无畏的身影。

今年3月，山东省疫情发生，3月8日晚接到省卫健委支援命令，白晓卉作为支援威海疫情处置省直检测队领队，带领我们6名同事组成山东第一医科大学附属省立医院检测队，再次踏上抗疫征程。3月9日凌晨4点抵达威海后，白晓卉立即前往实验室现场勘察、调试设备，下午2点就投入核酸检测工作中。

在威海的第一周，白晓卉连续上了四个夜班，疲惫的她在工作间隙靠在椅背上打着哈欠，当得知下一批样本马上要送达实验室时，立刻又打起精神布置任务，带头投入新一轮战斗。每次检测工作都要持续几个小时，其间不能喝水吃饭、不能上厕所，加上防护服厚重封闭，一轮实验下来，往往衣服被汗水浸湿，脸上布满了压痕，白晓卉却无怨无悔。她常说："提供及时准确的检验结果，是我们作为医学检验人的使命和职责。"

3月19日凌晨3时，白晓卉结束夜班后返回酒店休息，中午还和我们共进了午餐，到了下午4时48分与队友微信联系后即再无回复。大家渐渐感到不安，那个原来总是不时地在工作群里布置检测任务、协调后勤保障的白队长已经很长时间没有说话了。晚上11时，当我们放心不下去查看时，看到的却是已经倒下的白队长……20日清晨6时45分，艰苦奋战一线11天的白晓卉永远地离开了我们，她的生命永远定格在了42岁。

在疫情防控的关键时刻，山东省医学界痛失英才，全省人民为之悲恸，大家用不同的方式向表示深切哀悼。我们心疼，她这么年轻、优秀、敬业，然而天不假年，英年早逝。

在白晓卉的手机里，最后一条朋友圈信息这样写着："人生的艰难困苦无法选择，但可以让自己无坚不摧、战无不胜。"她甘愿化身为护佑人民安康的铠甲，用实际行动诠释生命至上、护佑苍生的医者仁心，书写一名共产党员的担当与胸怀，用青春和生命铸成抗"疫"路上的丰碑。

地层深处的驱油"女侠"

胜利油田石油工程技术研究院员工 韦 雪

我的师傅王涛是中石化胜利油田的一名石油科技工作者，也是全国劳模。18年来，她以家国情怀筑梦，以科研创新报国，以榜样的力量深深影响、激励着我。

师傅常说，她的父亲是一名"老石油"，1971年从部队转业来到胜利油田。当时条件非常艰苦，周围一片盐碱滩，住的是芦苇房和土坯房，喝的是河沟里的水，啃的是窝窝头。尽管当时条件非常艰苦，可是师公整天乐呵呵的。他说："我们那一代人都是这样苦过来的，一想到能为国家做点儿贡献，浑身就有使不完的劲儿。"在父亲的感染下，以国为重、热爱石油的情怀渐渐地在师傅心里生了根。

2004年，她拿到中国科学院理学博士学位。她可以选择留京，也可以出国。面对抉择，哥哥的话深深地触动了她："国外稠油降粘，加几个药片就行，而国产的却不行，难道我们中国的就比不上外国的？"她毅然谢绝了导师的挽留，回到了胜利油田。

工作后，她坚持以"为油田开发提供强有力技术支撑"为责任，以制约油田开发的技术难题为研究方向。为掌握第一手资料，她常常跟随施工人员到现场，向老师傅们请教，她坚信搞科研决不能脱离实际，最好的科研工作者就要"裤腿带泥"，她的许多科研成果也都得益于在现场获得的灵感。18年来，她先后研发出聚合物微球等10余项行业领先科研成果。

成果越来越多，名声越来越大，一些国内外企业和石油高校纷纷向她伸出橄榄枝，但她从来没有动摇，"想想这么多年油田的培养，想想油田开发后期对科技创新的迫切需求，我怎能离开！"

师傅执着，看准的事情从来都是不遗余力，全力以赴。多年来，她始终坚守科研工作者的本色，在持续奋斗中绽放着自己的芳华。

2006年底，师傅怀孕了，为了在生育前完成项目研究，她加快了进度，一直坚守在实验室。为了确保实验数据的一致性和重复性，她坚持手筛几百公斤油砂，起身时昏倒在实验室，被送进医院。量完血压，医生急了："低压50，高压80，你还要不要孩子了？你必须立即卧床休息！"师公也劝她："不是不让你搞科研，但生孩子也是大事啊！"其实这些道理师傅都懂，但如果不提前规划，就会影响项目进度。于是，她只在家简单休整了两天，就又回到了实验室……

2007年底，师傅承担了一项国家863课题任务。当时，孩子才5个月大，正是嗷嗷待哺的时候，但因为合成试验单体有毒性，为保证孩子的安全，她忍痛给儿子断了奶。那段日子，她承受着因断奶带来的身体不适，全身心投入实验中。

孩子上学了，在师傅答应陪他郊游却又一次食言后，孩子很认真地问师傅："妈妈，是我重要，还是工作重要？"师傅眼眶湿了，许久无言以对，最后，她一个字一个字哽咽着说："当然你重要，但妈妈身上还有责任……"

从2013年起，师傅带队攻关二氧化碳驱油技术。经过1000多个日夜的艰苦攻关，研制出具有国际领先水平的二氧化碳封窖技术，为国家节能减碳以及二氧化碳驱油技术在全国的推广奠定了基础。

经师易遇,人师难求。身为王涛的徒弟和团队的一员,我感到非常幸运。

作为油田年轻的科研带头人,师傅经常受邀参加各种场合的事迹报告会。我曾经问她:"师傅,您平时搞科研这么辛苦,为什么还要挤时间参加这些学术意义不大的活动?"师傅放下手上的实验工具,抬起头盯着我,认真地说:"我们虽是科技工作者,但石油精神才是我们最重的底色,我们攻关取得的成绩,都是建立在老一辈石油人战天斗地、无私奉献的基础上,因此,我有责任让更多的人了解那段历史、传递这种精神。"

每次上台前,她都要做最充足的准备。记得有次陪她去参加一个青年女工素质赛,1分钟的多媒体演示,她整整练习了一中午……每次下场后,她又会第一时间掏出随身携带的资料,争分夺秒地研究技术和数据。师傅这些年取得的成绩,是无数汗水浇灌出来的。追寻着她的脚步,我早早地成为单位技术首席,参与并主持了多项重大课题。

传承是最好的致敬!这也让我更加坚定地接过老一辈石油人手中的接力棒,牢牢铭记"我为祖国献石油"的责任,传承石油精神,弘扬石化传统,踏踏实实扑下身子攻坚克难、锐意攻关,不断从创业走向创新、从"胜利"走向胜利!

父亲的座驾

东营市垦利区民族宗教事务管理中心主任 刘 强

　　我的家乡是东营市垦利区黄河岸边的一个百年老村——大三合村。1989年，在家里庭院养鸡三四年后，父亲攒钱买了他第一辆座驾：橘黄色嘉陵小摩托。那辆小嘉陵几乎承载了我童年的全部记忆。每次跟着出门，父亲总会让我站在踏板上，我穿着一身警察服、戴着"大盖帽"，扶着把手笔直地站在那里，威风极了。父亲则小心地说："手别用力晃，扶着就行。"

　　这辆小嘉陵时常"负重前行"。父亲骑着它不分冬夏起早贪黑去赶集卖鸡蛋。赶完集不论多晚，他都不舍得在集上买饭，反而是给我和年迈的老奶奶买包"冰水"或几根油条打打牙祭。童年的我更喜欢小嘉陵放家里的时候，我拿着透心凉的冰水，把小嘉陵当成当时很火爆的动画片《百变雄师》里的变形摩托，愉悦地在上面上蹿下跳，静默状态的小嘉陵已然成了我儿时最好的伙伴。

　　1995年，那时我家养鸡从一二百只到了三四千只的规模，在政策的倡导和父亲的带动下，村里三分之一的农户都开始养鸡。虽然当时村里弥漫着一股鸡粪味，但是村民们的生活条件有了明显改善。随着养鸡规模的扩大，那一年我们村还被评为全县养鸡冠军村。

　　那年冬天的一个晚上，我和妈妈都已经躺下，忽然听到了父亲开院子大门的声音，一道亮光在漆黑的屋里划过。我下了炕，把门闩拉开往外看。好家伙，父亲弄了个"新成员"回来，一辆崭新的摩托车——金城100！深蓝色的主色调，漆黑的皮坐垫，圆鼓鼓的油箱像极了车肚子！我兴奋地问："爸爸，爸爸，这是你新买的吗？这是咱家的吗？"听到动静，妈妈也裹着棉袄从里屋出来："花了多少钱？""嘿嘿，那个小嘉陵开着不大行了，坏了也不好修，狠狠心，花了四千买了辆新的。""嗯，你还挺有钱来。"妈妈的这句话意味着承认了新成员的到来。

这辆金城100完美地继承了小嘉陵的工作：风雨兼程跟着父亲赶集。而我也能在假期的时候沾沾光，跟着父亲到双河大集卖鸡蛋，趁机吃一顿水煎包。我至今忘不了这样的场景：卖完鸡蛋，父亲骑着金城100风驰电掣往家赶，我坐在后座上，一只手搂着父亲的腰，一只手拿着包子大口吃，灌着风、眯着眼，那种感觉既酸爽又幸福。

2004年，我考上大学，父亲当选为我们村的党支部书记、村委会主任。父亲把帅气的金城100送给了家庭条件不太好的一位亲戚，转而买了一辆二手的老道奇商务。这辆老道奇既是我们家庭出行的工具，也成了父亲往超市送鸡蛋的货车。

那几年，父亲和村两委带着乡亲们在村北规划建设了高标准养殖区，成立了蛋鸡专业养殖合作社，养鸡户陆续地从村里搬了出来，摆脱了庭院的束缚，养殖规模空前扩大，每户可以养8000-10000只鸡。合作社还申请了鸡蛋商标"三合情"，我们村的鸡蛋渐渐地走入了信誉楼、银座、胜大等周边各大商超。村里环境也改善了，弥漫多年的鸡粪味成了过去时。

后来，我也学出了驾照，经常和父亲一起送鸡蛋，父亲悠闲地坐在了副驾驶位上，还不住地向我灌输他的人生哲学："过日子就像开汽车，有加速也有慢行，遇到红灯就看看路、想想事，绿灯亮了就瞪起眼跑。"

2012年，老道奇到了"退休"的年龄，而我们也早已不需要自己开车去超市送鸡蛋，每天鸡蛋收购商都会开着大箱货车在养殖小区等着把车装满。父亲把老道奇卖了，买了一辆新款自动档轩逸轿车。从此，轩逸和父亲成为形影不离的好伙伴，他们穿梭在村里的角角落落，一会儿在文化大院组织村晚，一会儿到村北农田商讨土地流转，一会儿又到村民家中拉起了家常……

有时，我带着爱人和孩子们回家，偶尔也会开一下父亲的座驾，每当坐到驾驶座，脑海中就慢慢浮现出这样的一支小队伍：橘黄色小嘉陵、帅气的金城100、老道奇商务，还有这辆已陪伴父亲10年的轩逸，而父亲正驾驶着它们，从身强力壮的小青年到现在两鬓发白的老支书，从老村的土坯房子、羊肠小道行驶到了现在的村容整洁、文明兴旺的新村。

我总觉得，父亲的年纪大了，可他那颗心却还是那么年轻，似乎雄心仍在。对"大三合"的坚守，就是他作为一名普通的农村党员对信仰的坚守，这种坚守是他的力量源泉所在。我的老支书父亲，我为您骄傲，就让我也加入您的座驾行列，载着您和您的梦想、您的初心，满怀深情，勇毅前行，携手为我们的家乡发展续写一段新的征程！

"一带一路"上的胜利旗帜

胜利油田东胜蒙古公司员工　熊林锐

2003年,为响应国家石油行业"走出去"的号召,胜利油田在蒙古国首都乌兰巴托注册成立蒙古公司,获得宗巴音、查干油田的勘探开发权。宗巴音曾是蒙古国石油重镇,也是苏联重要的军事基地。在石油开发最为兴盛的时期,这里油井林立,人口一度超过2万人。苏军撤走后,这里的油田废弃,人口骤减到1000多人,小镇一片萧条。之后,美国、澳大利亚等国的石油公司也曾开发该油田,但并未获得工业油流。

在其他国家的企业相继撤走后,宗巴音火车站陷入入不敷出的境地,正打算撤销时,我们东胜蒙古公司的物资、设备源源不断地从国内通过铁路运到这里,生产的原油也从这里外运,不仅保住了货运,还增加了客运,为当地居民增加了一条走向外界的通道。如今,镇上的火车站因为原油销售得以正常运转,可以容纳500人的大剧院因为小镇经济的复苏也经常有文艺演出,250人容量的室内体育馆也经常人满为患,凋零的石油旧镇,重新焕发出了生机与活力。

20多年来,我们为宗巴音提供助医、助学、救援救灾、公共基础设施建设等,累计超过100万美元,并为蒙古国提供分成、税收、就业赞助达1亿美元以上,以实际行动赢得了当地政府和居民的肯定。

东胜蒙古公司的到来,不仅让小镇恢复了生机,更为当地居民带来了就业和发展机会，许多人的生活因此而改变。

巴图青格勒是一名厨师，大女儿临近高中毕业时，家里因为没有钱供她上大学而发愁。恰在此时，公司招收当地雇员，巴图青格勒和丈夫双双报名应聘，并顺利进入公司工作。13年间，他们的三个孩子都顺利读完大学并参加工作，家也从蒙古包搬进了楼房。她不止一次地跟身边人说，"是中国公司带来了这样的好日子"。在中国留学7年、说一口地道中国话的图门纳斯特，家中拥有庞大的家族企业，然而毕业后他并没有选择继承家业，而是应聘到东胜蒙古公司担任翻译。他常说："你们都是好人，是我们的恩人，我想和你们成为一家人！"

在一次与当地居民的共建联欢会上，曾任宗巴音镇长的布日古德巴特尔动情地说："我当镇长的时候，这里骑摩托车的人都很少见，现在绝大多数人都开上了小轿车。我们的好日子，都是你们带来的啊！"目前，公司有蒙古籍员工130余人，占宗巴音镇居民总数的7.5%，众多员工完成了从牧民到石油工人的转变，越来越多的居民有了稳定的工作和富裕的生活，我们和蒙古国当地人民携手实现了共建、共享、共兴。

2021年11月，全球新冠肺炎疫情形势依旧非常严峻，我们已经在蒙古国戈壁坚守了680多天。

受疫情影响，边境口岸二连浩特市货运通道被紧急关闭，这就意味着公司生产的原油无法按期运回国内。随着储油罐被逐渐存满，我们不得不关停所有油井。2022年1月中旬，终于盼来好消息，集装箱类货物运输恢复。但由于当时多种进口货物中核酸检测呈阳性，口岸也因此升级了疫情防控举措，之前使用的原油换装流程行不通了。

怎么办？情急之下，公司代表连夜赶往二连浩特市与当地政府沟通原油运输问题。经过协商，双方最终达成一致意见：建立密闭换装空间，加装视频监控系统，按照"进入施工一次，隔离14天"的闭环管理要求，合理安排施工人员轮班和隔离。经过4个月的紧张施工，密闭换装空间建成并通过验收。

然而这时，国内合作的炼厂却突然"变卦"了。受国际局势影响，国际原油价格剧烈波动，原本有业务往来的几家炼厂，因为难以确定原油收购价格，导致合作搁浅。

路通了，油却销不出去了，转运工作又一次陷入困境。面对这种情况，公司立即派出工作组多方寻找销路。经过一次次咨询、对比、谈判，最终敲定了一家符合资质的炼厂合作。

运输渠道打通，销售渠道敲定，原以为顺理成章的事，却又出了问题。当地政府表示，目前国际油价较高，希望我们销售的原油价格可以再上调一些，从而获得更多分成。暂停键被再一次按下。

高油价下，油销不出去就是损失！公司代表每天蹲守在蒙古国石油局门口，抓住一切机会与当地进行谈判。等、谈，再等、再谈……反复多次协商，最终谈定双方都可以接受的销售价格。

2022年7月7号，2079吨原油装上列车运往国内。7月20号，列车到达二连浩特市货运口岸换装站完成换装，运往炼厂。这一幕，我们足足盼了246天！

一分耕耘，一分收获。20多年来，东胜蒙古公司为国家运回原油86.5万余吨，以实际行动践行了为国找油、保障国家能源安全的神圣使命，赢得了宗巴音当地政府和居民的肯定，为中国石化在国际市场赢得了声誉，让"胜利"旗帜在"一带一路"上高高飘扬！

稻花香里说"鱼台"

济宁市鱼台县王鲁镇镇长　郁　文

其实,我不是鱼台人,可我为什么在这里说鱼台呢？2013年,通过中共山东省委组织部统一选拔,我成了一名大学生村官,被分配到素有江北"鱼米之乡"之称的鱼台县。2015年,县委宣传部在全县举办"中国梦——我的价值观"宣讲活动。我一听,这是好事呀,立即积极报名参加。说实话,到底讲什么,心里还真没底。领导看出我的焦虑,语重心长地对我说:"郁文呀,既然是讲我们的价值观,我建议你讲讲咱们鱼台的'稻改'精神。"经领导这么提醒,我就有了方向,开始查阅资料、拜访亲历者,了解鱼台的过去和那一段让鱼台改天换地的"稻改"壮举。

20世纪60年代以前,鱼台是十年九淹,老百姓饱受水患之苦,年年食不果腹、入不敷出。当时有这样的说法:"春天白茫茫,夏天成汪洋,秋天泪汪汪,冬天去逃荒。"全县22万人口,外出逃荒要饭的就有7万多人。为了根治水患,改变贫穷落后的面貌,1964年12月,鱼台县委科学规划,提出"旱地改水田、变患为利种植水稻"的战略决策。全县人民怀着满腔的热情和饱满的精神斗志,挖沟、排水、抬土、筑堤,男女老少齐上阵。没有沙石,壮劳力到湖东山区采石运沙;没有机械,大家用肩扛用手抬;缺钱少物,老百姓自发捐赠。

原石集乡白庙大队有个青年叫陈大贵,刚定了亲,女方家提出唯一的要求就是结婚要盖间新房。为此，家里准备了石料，只等把房子盖起来，就可以娶媳妇了。但当陈大贵听说工地建排灌站缺石料时，一夜没合眼。天刚放亮，陈大贵就叫醒两个弟弟，说："走，把咱家的石料都送到工地上去。"这件事轰动了全村。"媒婆"指着陈大贵的脑门直数落："捐了石料，你还怎么盖房子讨老婆？"见陈大贵低着头不说话，气得媒婆狠狠地甩了一句"活该打一辈子光棍"的话。后来，还是未过门的媳妇刘永兰上门解了围。刘永兰不仅支持陈大贵捐石料，还说："我们都穷怕了，也饿怕了，要和以前那样，年年逃荒要饭，向人低头，就是盖了新房也住不安生啊。"在陈大贵的带动下，村民们纷纷捐钱捐物。东邻新娶的媳妇捐了嫁妆，西邻84岁的老汉捐了自己的棺材板。

全县人民战天斗地、顽强拼搏，于1964年冬大干150多天，终于完成了总体排灌工程。到1965年6月底，全县顺利插秧，当年喜获丰收，平均亩产达330斤，彻底甩掉了"吃粮靠统销、花钱靠贷款、治病靠减免"的"三靠"帽子。把一个十年九不收的贫困县变成了余粮县。外出逃荒的7万多人都回来了。鱼台人民同心同德书写了"战天斗地、改造自然"的奇迹。

那次宣讲让我深深地喜欢上了这个北国江南、鱼米之乡的鱼台。

半个多世纪过去了，鱼台人民始终秉持艰苦奋斗、拼搏奉献的精神，在稻米产业上不断注入"科技"力量，研发新品种，走出了一条"从有到优"的特色农产品发展之路，呈现出"昔日涝洼地，今朝鱼米乡。和风吹绿浪，满目稻花香"的丰收景象。

2017年，鱼台县实施"新稻改"，即水稻种植实行"五统一"模式，新稻改的核心就是优质品种。如何在种子上有新的突破，实现高质高产？说到这，不能不提一个人，他就是鱼台育种专家杜中民。1988年，从农大毕业后，他毅然回乡，搞起了水稻育种，这一干就是 30 多年。

那是 2013 年的夏天，新品种润农 -99 的研发已经到了第 5 个年头。为缩短稻种培育研发周期，杜中民带着团队来到他老家进行育种实验。试验田里，杜中民挽着裤腿、戴着草帽、躬身劳作的身影感动了乡亲。有老乡问："老杜，你好不容易考上大学，走出了农村，咋又回来遭这个罪？"杜中民笑着说："学了文化才能给水稻加上科技，农业没有科技是不行的。"在杜中民的感召下，乡亲们都自发地去试验田浇水拔草施肥。艰辛的工作换来成功的曙光。2016 年润农 -99 号种子成功获得审定，因米质好、产量高，每亩地农民可多收入二三百元。新时代的鱼台大米插上了科技的翅膀。秋收季节的鱼台大地上，丰收的喜悦与清新的稻香交融在一起，可谓是"满目水田稻花香，鱼台百姓笑脸扬"。

2021 年年底，我被任命为王鲁镇镇长，带领全镇人民把稻米品牌做大做强是我义不容辞的职责。王鲁镇是传统的稻米产业发展核心区，从种子研发到稻米观光，从种植托管到集中收储，从集散加工到营销推广，都插上了互联网的翅膀，正朝着"三生三美"的乡村振兴之路进发！

手中有粮，心中不慌。习近平总书记多次强调："我们有信心、有底气把中国人的饭碗牢牢端在自己手中。"新征程上，我们将继续发扬"居弱图强、同心同德、艰苦奋斗、拼搏奉献"的稻改精神，向着袁隆平先生提出的"禾下乘凉梦"奋进，再创鱼米之乡新辉煌！

联户长连着百姓心

济宁市鱼台县唐马镇宗庄村村民 闫玉侠

"玉侠,俺家的厕所咋坏了?咋摁都不出水。""玉侠,俺家厨屋的灯泡坏了,恁叔不在家,我不敢换,你能来趟不?"每次接到这样的"求助"电话,我总是乐呵呵地前往。说到这里您可能会想我是干啥的,告诉大家,我是一名联户长。

联户长是干啥的?字面意思就是联系户主帮忙解决实际问题的。在俺们鱼台县,有个"两长制"。城市社区以住宅楼为单位,推选出楼长(单元长),农村以街巷为单元推选出巷长(联户长),简称"两长"。我的家在农村,2021年2月经组织推荐,我当上了一名联户长,负责一个街巷的23户人家。虽然不是个啥职务,也没有报酬,但帮乡亲们办实事,我就多一份荣誉、尽一份责任、守一方家园。

在去年"上任"之初,我就先建了个微信群,用心起了个温暖贴心的名字叫"咱家群",把23户人家都拉进来。凡是有重要通知,我都在群里发两遍,一遍文字,一遍语音。比如疫情防控期间外来人员如何报备,养老金、医保金如何缴纳等,方便每个人快速知晓。很快,我自己的电话就变成了热线。电话一响,我随叫随到,竭尽所能为他们解困帮难。

2021年8月的一天,我接到村里张大妈带着哭腔的求助电话,说她3岁的孙子不小心把自己反锁在屋里了。我边联系开锁公司,边往大妈家跑,师傅开锁期间,我就从窗户里逗着孩子玩,让孩子放松心情。当房门打开后，张大妈拉着我的手，激动地说："玉侠，看你刚才比俺还着急，你这联户长真是连了俺的心啊。"一年多来，我也没干什么惊天动地的大事，干的都是像这样鸡毛蒜皮、家长里短的琐碎事，但我用真情换来了居民的真心感谢。

我包保的宗大爷是我们村远近闻名的"倔老头"，在开展安装反诈中心APP工作时，就给我结结实实地"上了一课"。第一次上门，宗大爷很不配合："不安，不安，啥用没有。"可是不安不行啊！一次不行，第二天再去。"我就是不安，我手机里没钱，卡里也没钱，我不怕骗，恁天天就没点正事。"这让我有点委屈，也有点犯愁，咋办？我就天天赔着笑脸给他搭讪，连续拉锯了五天。大爷绷不住了，问："公家月月给你多少钱啊，就因为我一个老头子，天天跑好几趟。"我说："大爷，公家月月就给我30块钱的电话补贴，咱先别说给我多少钱，就说这个APP，国家花这么大的力气研究出来让我们安装，肯定有好处。咱平心而论，你的钱被别人诈骗完，对国家有啥影响，对我又有啥影响？但是这些钱是你辛辛苦苦大半辈子挣的，万一被别人骗走，冤枉不冤枉？到时候后悔就晚了。"最后大爷成功安装上了APP。现在大爷每次看见我，隔着老远就和我打招呼，喊我去家里坐坐喝口水。解决群众小事情，做足民生大文章。大爷的一声招呼是我们联户长打通服务居民"最后一米"的最好诠释，大爷的一口水至今滋润着我为民服务的心田。

听民声解民忧，是我联户长的职责。今年6月的一个早上，邻居三矿急慌慌地跑来喊："玉侠，快去看看，吵起来了。"原来是两户邻居因晒粮占地产生了纠纷。"这地儿是你家的啊，不让晒粮？""那也不是你家的，谁先晒是谁的！"两家吵得不可开交。我笑嘻嘻地走过去，先安抚双方情绪，然后劝说道："大家都是老邻居了，为这点事伤和气多不好，再说了，咱村不是一直在宣传'三资'清理政策吗？门口、道路、村广场的空间不是任何哪一个人的，是集体的，人人都有份，有事商量着来。"听了我的话，两位邻居都有点不好意思了，握手言和，直夸我这个联户长连出了和谐邻里情。我心里暗暗有点小骄傲，也深切体会到为老百姓解纠纷，只要一碗水端平，就能得到百姓的信任；只要用真心做群众工作，就能做到群众的心坎里。自从有了联户长，我们村的纠纷有人劝，小事有人管，难事有人帮，诉求有人问，形成了"守望相助、暖心服务"的良好氛围，营造了和谐邻里新家园。

自己做联户长，也有不容易的一面。我的孩子今年上初中二年级，因为琐事太多，好多时候不能看着孩子起床、不能送孩子去学校、不能给孩子做饭。孩子有时候也会噘着嘴抱怨："我想天天吃妈妈做的饭。"老公有时候也会调侃："看你一天到晚忙忙叨叨，话不离嘴，嗓子都用毁了，听声音跟个男的似的！"我知道他看似抱怨，实则是心疼。我的舍小家顾大家得到了组织的肯定，今年3月份，我被评为鱼台县"模范两长"。在鱼台县，像我这样的联户长有7349名，他们都默默地奔走在小区和村庄，为老百姓解难题、化矛盾，为社区的平安和谐、百姓的幸福安乐忙碌着。现在鱼台百姓都习惯说，有困难找"两长"。我们这一群普通的联户长做着最平凡的工作，却用为民服务的真情照亮了万家灯火。

2022年4月6日，时任省委书记李干杰到鱼台，视察了我们的"两长"工作，给予了充分肯定。李书记强调要进一步发挥"两长"的服务和管理作用，引导群众积极配合防疫措施落实。这既是对我们的鼓励、鞭策，也为我们下一步的工作指明了方向。走进新征程，只要用心用情用力做好群众工作，群众就会和我们心贴心，联户长就连着百姓心。

八旬赤子　仍为少年

山东理工大学管理学院正科级辅导员　孙　婷

我想问大家一个问题：大家有喜欢的"网红"吗？今天，我想向大家介绍一位我喜欢的网红。让我们一起来看一下他的走红视频。

对，这就是我喜欢的网红，是一位年逾八旬的老人。2018年，这位老人在网络上背后投篮、百发百中的抖音短视频火速蹿红，累计点赞量达到400万，成为名副其实的网红。他就是山东理工大学的退休老教师——张元成。网红究竟是怎样炼成的？在张老师的修炼秘籍中，我看到，有这样三个关键词。

修炼秘籍的第一个词是"忠诚"。作为一名1975年入党的老党员，张元成始终不忘保持共产党员的理想信念。2019年7月1日，是党的98岁生日，那天晚上，张元成老师怎么也睡不着，他叫醒了身边的老伴问道："我们党已经快100岁了，今年又是新中国成立70周年，所以我想交一次特殊党费，你同意吗？"他的老伴，同样是老党员、我校退休教师的柳玉珍笑着说："这是好事，我举双手赞成。"两位八旬老人越说越激动，最终，他们决定交5万元特殊党费，每人2.5万元，代表着红军二万五千里长征取得伟大胜利，也表示老两口一心跟党走。当学校的工作人员从他们手中接过这沉甸甸的特殊党费时，大家的眼睛湿润了。他们都了解张元成老师的家庭情况——他的老伴患有心脏病，常年吃药，花销很大，两个孩子的经济条件也并不宽裕，5万元对他来说不是小数目，但是他们依然满怀深情地交了一笔特殊的党费。张元成老师说："没有共产党就没有新中国。我永远听党话，永远跟党走。在职时我是共产党员，退休了我仍是共产党员。我对党旗宣过誓，就一辈子是党的战斗队。"这就是一名老党员，对中国共产党的赤子之心。

修炼秘籍的第二个词是"奉献"。除了交特殊党费，张元成老师还悄悄资助过多名学生。多年前，在一次外出途中，他遇到一名考上大学却交不起学费的贫困学生，他二话不说，立马拿出了3200元钱，解决了学生的燃眉之急。与辅导员聊天时，辅导员无意间说起一位品学兼优的学生家境贫寒，张老师立马去银行取出现金找到辅导员要求转交给学生，帮助学生渡过难关……这样的故事已经数不胜数。作为一名老师，他不仅慷慨解囊资助学生，他还时时惦念着学生的成长和发展。严寒酷暑，晨光熹微的校园中，我们常常可以看到他蹬着三轮车，行色匆匆赶到办公室，与学生打电话、开视频，了解、关心已毕业学生的工作、生活情况。没有仪式，更不声张，却是雪中送炭，他解决了贫困学生的燃眉之急；绵薄之力，滴水之恩，却是暗室点灯，他成为照亮梦想的那束光。张元成用无私奉献诠释了"有仁爱之心"好老师的真正内涵。

修炼秘籍的第三个词是"热爱"。来到山东理工大学，你可能会在第二体育场邂逅如风奔跑的张老师，你可能会在篮球场偶遇抬手三分球的张老师，你可能会读到他作的诗歌，你可能会看到他写的书法……当我们问道："张老师，您都八十多岁的高龄了，有必要这么拼吗？"张元成老师认真地回答道："我热爱篮球、热爱跑步、热爱书法，但我更想通过这些热爱找到与同学们的共同话题，我想多和大家聊聊天。"

"中国人民一辈子吃了两辈子的苦，而取得三辈子、四辈子的成就。""党的伟大成就三天三夜也说不完。"——这都是张元成与学生聊天时常说的话。他精神矍铄、活力四射的现身说法，使得枯燥的道理也鲜活起来。与他聊过天的学生都感慨道："张老师是我们的偶像！""理想不散，宝刀不老！"……这就是山东理工大学的网红，人民网给出了短小精悍的评论：老当益壮！果然热爱可抵岁月漫长。

历尽千帆，初心如磐。每天下午，在山理工的操场上，张元成老师依然在继续奔跑，他的身影已经成为稷下湖畔的一道风景，他赤子的初心与坚持感染着一代又一代青年学子。即使年华老去，即使白发如银，即使脊背如弓，张元成仍然心如赤子，一如少年。

绣花妹子的致富梦

山东省金昇工艺品有限公司总经理 卞成飞

我是费县手绣这一山东省非遗项目的传承人卞成飞。我能绣的东西可多了，有虎头鞋、虎头帽、耳枕、肚兜等，今天带来的这件荷包也是其中一种。我于2003年从艺术学校毕业，当初父母让我上这个学也是为了将来能找个风吹不着、雨淋不着的活儿，可我就是喜欢绣花。为了提高自己的手绣技艺，我向周边县乡所有老艺人请教，一次不行就两次，直到用真心打动老师傅们，教给我绣花的真功夫。时间久了，邻居们的闲言碎语就来了："这么大个姑娘，天天窝在家里倒腾破布绺子，图什么？"

就在我迷茫的时候，我和我的丈夫李德学相识了，虽然他家住在省级重点贫困村崔家沟村，但他是一名退伍军人，能吃苦还很能干，跟他在一块觉得生活也有奔头。所以不顾家人反对，我们认识8天就订婚，第66天结婚，靠借来的钱才完成了终身大事，订婚买的手链和项链一共才花了13.5元钱。

婚后创业面临着一没有场地二没资金的窘境，怎么才能迈开这创业第一步？于是我贷款3万元在城里开了装裱店，刚开始生意冷冷清清，一年后生意慢慢有了起色。往往是干了一天的活儿，晚上哄孩子睡着了，自己再起来绣荷包，一绣就绣到半夜一两点钟。

几年下来，我创作的手绣作品达到了300多件。功夫不负有心人，

2013年费县手绣成功入选临沂市非遗名录。

申遗后参展的机会就多了，业务也不断扩大。我们成立了公司，需要更多的手绣艺人，但民间手艺有"传内不传外，传男不传女"的传统，现在会这个手艺的老人很少了，我想让手绣更好地传承下去就要开拓流通市场，有了经济效益才能吸引更多人加入，才能成规模化发展。于是我从周边的婶子大娘开始，采用"送活到户、培训到家"的方式，一对一地教她们做手工，有时绣片绣坏了我也从不抱怨她们，工钱照发，不断地鼓励着让她们把这个手艺学会了。三年下来绣坏了3000多个绣片，价值两万多元，对刚刚创业的我来讲还是很令人心疼的。渐渐地，公司也从开始的一两个人发展到三四十个人，规模越来越大。

正当我对未来充满信心的时候，突如其来的一场大雪压塌了我的梦想，刺绣、雕刻的所有产品都砸在了厂房下面，当时是叫天天不应、叫地地不灵，急得我直掉眼泪。第二天早上，邻居和朋友们听说后不顾大雪封路，步行从各处赶来帮我搬运货物，整整搬了四天。当时我就想，我一定要把费县手绣做大做强来回报他们的这份恩情。

2015年，我丈夫老家崔家沟村因"就业难、就医难、娶媳妇难、行路难、上学难"五大难，实施了易地搬迁。但搬迁下来的村民如何就业成了难题。我与丈夫商量，对搬迁下来的贫困户和妇女进行手绣培训，教会他们做手绣，好让这个"贫困村"变成"绣花村"。后来就在小区内成立了手绣扶贫车间，有了场地，我又开始挨家挨户地寻找绣花工人，每找到一位，就距离我那"手绣村"的梦想更近一步。

当得知东胡家村双腿行动不便的张凤兰大姐也想学习做手绣过上好日子时，我就带着针线和图纸找到她家里，手把手地从零教起。当年张大姐就收入一万多元，拿到钱的时候，她拉着我的手说："谢谢你！俺现在也是个有用的人了"。消息一传十，十传百，大家都来找我学做手绣。"不出门不出院，看着孩子做着饭一天能挣几十块。"扶贫车间里二大娘激动地对我说："俺们种了一辈子地，没想到快八十了还能做绣活儿赚钱，原先这可都不敢想啊！"我觉得这些话是世界上最美的赞扬，所有经历的困难都是值得的。

2017年的时候，手绣扶贫车间的就业人数就有140多人了，其中贫困户52人、残疾人30多人，手绣产品也增加到了24大类1000多个品种，有效带动周边1500多名妇女、困难户、残疾人创业就业，人均年增收1.5万—3万元。一想到这里，我心里就美滋滋的。

最让我感到自豪是，流传千年的沂蒙民间手绣艺术走出了国门，我先后代表中国优秀传统文化传承人，从地方走进北京，又从北京飞到韩国、马来西亚、瑞典、巴西等国家进行展示，在场的外国友人不仅现场体验制作费县手绣，还戴起了虎头帽，挂上了香荷包，竖起大拇指称赞中国手绣"太美了！"

一路走来，我与手绣相伴近三十年，作为一名非遗传承人，让传统延续，让非遗走进现代生活一直是我的追求，我将继续育工匠之心、担富民之责、怀爱党之情，肩负新使命，不忘初心、不负新时代，奋进新征程。

"黄金籽"结出"致富果"

潍坊自然邦生态农业科技有限公司
董事长 梁其安

我叫梁其安，今天我和大家分享的是作为一位新农人，带领村民一起致富的故事。

2015年之前，我是惠普一名IT工程师，2015年返乡创办农产品电商平台，成为全国最早的一批农产品电商创业者。一次收西红柿时，我遇到一位农户，他向我抱怨："我种了两个棚的西红柿，4毛钱1斤，一共卖了不到3000块钱，连孩子的学费都交不起，明年不种棚了，出去打点零工，总不至于亏钱。庄户人太难了。"一席话让我百感交集，我也是庄户孩子，虽没种过地，却深知农民的苦，心想：农民这么难，我要是能帮帮他们就好了。

我开始线上线下多方考察市场，发现西红柿需求量大，但品质高的不多，甚至有滥用激素现象。如果能种出老味道的西红柿，价格一定能卖得更好。于是，我萌生了种植西红柿的想法。

说干就干，我成立了农业公司，到古城店村承包了100亩地。听说我转行，风言风语就来了："人家都是从乡下到城里去，他偏要从城里到乡下，就是吃饱了撑的，来瞎逞能的。"

转行路确实难走。原来定的模式是公司投入100万元用来整地，管技术和运营，村民自建大棚。但前期工作做好后，面对10多万元一个的高标准大棚，村民却打怵了，都在观望。村支部书记带着我挨家挨户去做工作，磨破了嘴皮子也无济于事。村民建不了就得公司建，可预算里没有这笔钱，要想干成，就得想办法再去筹钱。妻子着急了，她说："其安，咱们现在过安稳日子就挺好,为什么还要去折腾?万一赔了咋办?闺女还小,你让我们娘俩儿跟着你咋活?"我对妻子说:"我之前做的事情都成了,你让我再拼一把,我有信心这次也一定能成。"一句"一定能成"既是信心满满,又是斩断了所有的退路。妻子被我说服了,我也豁出去了,抵押了房产找银行贷款,又向亲友借,凑了400万元建了28个高标准大棚,让村民协议使用。

我们在西红柿品质上下足了功夫,先后筛选了100多个品种,采用最原生态的种植模式,但作为一个转行农业的"种地新手",因为种养经验不足,大棚建好后的第一茬西红柿以失败告终。一些等着看笑话的人就说:"看着就不像是能干成的,当初说他逞能还不信。"

资金不够、种养经验不足,一个个现实问题摆在我的眼前,就像一座座大山将我压得喘不过气来。我妻子开玩笑说:"其安,你搞了农业后都拥有了婴儿般的睡眠了。""婴儿般睡眠"不是睡到自然醒,而是因为压力太大了每晚都哭醒好几次。正在我犯愁时,村支部书记找到我,拍着我的肩膀说:"其安,我跟大伙都说好了,这次不分红了,虽然这次没挣着钱,但是我们蹚出了一条新路子,大家都相信你,咱一定能干成!"听了这话,我一个大老爷们儿不争气地哭了,有这么好的乡亲,我怎能不好好干。

鉴于前期的教训,我到省农科院、青岛农业大学找专家教授求教,也不忘自学,看了300多篇博士论文,在专家的指导下,我们给西红柿做上了"健身栽培"训练,吃上了三文鱼发酵肥,用上了精准水肥一体机、温度自动控制系统。乡亲们没白没黑地在棚里干,功夫不负有心人,终于种出了籽粒饱满、一口爆浆的西红柿,15元一斤的价格供不应求。大家感慨地说:"我们心比金坚,才种出这么好的柿子来,就叫'黄金籽'吧。""黄金籽"品牌应运而生,种西红柿的村民也尝到了甜头,一个大棚净收入两万元以上。8月的一天,菜农张德良来大棚找到我,说:"其安,我这波柿子刚卖完,让你嫂子炒俩菜,来家里喝点。"我带了两瓶酒去了他家,饭桌上，张德良眼里含着泪，笑着给我敬酒："兄弟，这些年，我和你嫂子一直盼着在自己家的宅基地上再建一套新房，再买一辆像样的车，得亏跟着你种'黄金籽'柿子，俺们这些想法都干成了，俺是庄户人，不会说好听的，希望你一直带着俺们干。"从原来村民眼中的"瞎逞能"到今天乡亲们口中的"能干成"，听着淳朴的话语，我的眼泪又一次不争气地掉下来，这次是开心的泪水，感觉自己做的一切都值了。

2020年突如其来的新冠疫情又让我措手不及，基地每天有20000斤西红柿成熟，因快递发不出，不是烂了就是拉去喂了牛，村民疼哭了。再想不出办法，只能是死路一条。互联网出身的我想到了直播带货，我在天猫、抖音等平台开了直播间，带着2个人没白没黑直播吆喝卖柿子，嗓子都喊哑了，就这样坚持了1个多月才勉强渡过了难关。经过这次教训，我深知直播的路非走不可，我跟大家说："咱们的西红柿这么好，咱们一起从网上卖。"疫情过后，我们联系专业直播培训机构来园区做培训，培养周边的村民做直播，让手机成为新农具，直播成为新农活儿。现在基地全年销售额超过了5500万，跟着干的村民每户年净收入10万多元，带动多个村集体增收超过100万，地里播下了"黄金籽"，网上结出了"致富果"，我们共同致富的案例还登上了《人民日报》、中央电视台。

习近平总书记指出："中国要强，农业必须强；中国要美，农村必须美；中国要富，农民必须富。"作为一名基层农业人，为乡村全面振兴添砖加瓦、为群众共同富裕加油助力，一直是我的奋斗方向。我会持续推动农业现代化和电商助农，为乡村振兴注入潍坊力量，让农业现代化阔步前行，让希望的田野生机勃发！

故事类

我为残疾孩子建个家

日照市莒县启德培智学校校长　丁天宝

"全面建成小康社会,残疾人一个也不能少。"习近平总书记对残疾人这个特殊困难群体格外关心。

2002年7月,我刚刚大学毕业就站上了教书育人的神圣讲台。也正是在这个讲台上,我第一次接触到残疾学生,第一次了解到特殊教育,从此我与特殊教育结下了不解之缘。那是我刚参加工作的第二年,一位孤独症孩子的妈妈来到学校,她边哭边向我倾诉着她带着孤独症儿子一路走来的辛酸历程,异样的目光、家庭的破裂让这位坚强的母亲已经心力交瘁。说着说着让我意想不到的一幕发生了,她突然扑通一声跪在了我的面前,紧紧拉着我的手说:"求求您,收下我的孩子吧,求求您收下我的孩子吧。"我不知道在我之前她带着儿子去过多少所学校,求助过多少位老师。孤独症孩子上学就这么困难吗?从那以后,我的内心深处就产生了一种强烈的渴望,我想尽自己最大的努力去帮助残疾孩子搭建一个家,我想让残疾孩子也能像健全孩子一样背着书包去上学。

随着与更多残疾孩子以及残疾孩子家长的不断交往,脑瘫、唐氏综合征、阿斯伯格综合征……一个个陌生又沉重的名词,深深地刻进了我的心里,家长声声乞求的话语、颗颗无助的泪水,残疾孩子咿呀不全的语言、蹒跚扭曲的步态,一幅幅画面萦绕在我的脑海里挥之不去。

2007年9月，我果断地辞掉了原来的工作，开始了创办特殊教育学校的奋斗征程。没有校舍，没有教师，没有资金，甚至连最基本的教学设备都没有……当我真正着手去做这件事时，我才发现困难重重。再难也要办特殊教育！我抱着坚定的信念，踏上了外出学习之路。终于，2008年5月在县妇联、镇党委政府和莒县残联的帮助下，"莒县启德培智中心"成立了。2009年4月，中心通过教育局的验收，更名为"莒县启德培智学校"。日照市第一所培智学校就这样成立了。

爱是永恒的教育理念。对于残疾学生来说，任何一点不起眼的进步都需要老师付出常人难以想象的努力，任何一个不起眼的细节都可能导致大问题的发生。老师不仅要教学生们知识，还要当他们的"妈妈"，帮助他们穿衣、洗脸，照顾他们吃饭、睡觉、上厕所。有时，调皮的学生会毫不吝惜地把我花了几天时间才做好的教具弄坏；有时，无知的学生会毫不知羞地把大小便弄得浑身都是；有时，这些特殊的宝贝又会在我不经意间狠狠地咬住我的胳膊、咬掉我的指甲；有时，因为我不经意的一句话、一个动作，他们又会大哭大闹、不停地自残，弄得鲜血淋漓……

小梅是一名智障儿童，一岁时父亲去世，她随母亲改嫁来到莒县，在这里她有了一个同样智障的弟弟小斌。可是，偏偏祸不单行，因为家庭矛盾，小梅亲眼看见了继父用铁锤将母亲残忍杀害的全过程。继父获刑入狱后，家中只留下了瘫痪在床的奶奶、小梅、小斌三个无依无靠的人。为了能够让小梅和小斌接受康复教育，民政局将姐弟俩转介到启德培智学校，从此这里成了两个孩子温暖的家。现在小梅已经上到小学四年级了，小斌也已是小学三年级的学生，在老师和同学的帮助下，姐弟俩从入校时的惊恐不安、沉默寡言，逐渐变得乐观阳光、积极活泼起来。

2019年7月26日，为学校操劳了10年的父亲因突发疾病住进了医院。

在他住院的 3 天时间里，我为了照顾这些特殊的孩子，没能陪伴在父亲的身边，可是，让我意想不到的是父亲的病情急转直下，让我永远失去了陪伴的机会。父亲临终前还叮嘱妹妹说："不要让你哥到医院里来，他实在是太忙了。"我不知道父亲的话里包含了多少的宽容和期盼。选择了特殊教育就是选择了艰辛，选择了智障孩子就是选择了付出！

残疾人的家庭不仅需要承受沉重的经济负担，还要面对沉重的精神负担。本着"为家长分忧，为社会减负"的宗旨，我们在为残疾学生提供康复、教育的同时，还接纳他们寄宿托管，真正实现了"康复一人，解放一家，造福一片"的目标。学校自成立以来，共为 2000 余名残疾儿童实施过康复教育。目前，学校还常年生活着 393 名来自省内各地的残疾学生，这里不仅是一所特殊教育学校，更是残疾孩子名副其实的家！

20 年的教学工作，15 年的办学经历，让我真正体会到，只有我们不忘初心，在各自的岗位上砥砺前行，才能够实现中华民族伟大复兴的中国梦！

全面建成小康社会，残疾人一个也不能少！实现中华民族伟大复兴的中国梦，残疾人一个也不能少！

攥紧中国"种子"

山东登海种业股份有限公司
科技处助理 李琪

2016年我毕业于美国亚利桑那州立大学。在海外求学的时候,我就听说了玉米大王李登海的故事,他是中国紧凑型杂交玉米之父,与袁隆平先生并称为"南袁北李"。怀着对他的崇拜,毕业后,我慕名加入了登海种业,也想像他一样为国家的农业做点事。

来之前就有人跟我说,在这上班的每个员工都要参加田间劳动。果然,入职第三天我也下地了。我在城里长大,从小没干过农活,锄头不会使、铁锨不会用,笨得跟熊似的,没干多长时间就累得腰酸背疼、满头大汗。这个时候来了一位身材壮硕的大叔,穿着跟我们一样的工作服、黄胶鞋,戴着一顶旧草帽,仔细一看正是李登海院长。他拍着我的肩膀跟我说:"小伙子,农活这么干可不行,我教你吧。"说着,就手把手教我使用各种农具,就这样,我们一起干着,聊着,慢慢熟悉了。

休息的时候我问他:"是什么推动着您五十年如一日,奋斗在育种第一线呢?"他说:"我所处的那个年代,国家困难,粮食产量低,玉米一亩地最多才能打三百斤,远远赶不上发达国家。我初中毕业,回乡看到那些饿肚子的乡亲们,心里难过啊。就想着去改变这个现状。还记得我们的目标吗?开创中国玉米高产道路,赶超世界先进水平,就是那个时候立下的。"这次接触给我留下了很深的印象,之后,我逐渐了解了我们团队的奋斗历程。

  1978年秋天，30岁的李登海带着村里几个年轻人，揣着几粒珍贵的玉米种子去海南为育种寻找新的出路。从山东到海南2300多公里，一路上他们汽车转火车，火车倒轮船，轮船再倒汽车，最后用脚走，8天8夜才终于到了海南的崖州。在那里他们选了一块荒地，住进了一间废弃的茅草屋。他们吃着从老家带去的干粮，虾酱生了蛆，用纱布滤滤；干粮长毛了，撕掉一层接着吃。三个月的时间，他们不知道挖掉了多少树根，用坏了多少扁担、铁锹、刨锄和箩筐，把一块荒地硬生生培育成一块好田，种子种下去的那一刻，一个崭新的"农民育种基地"诞生了！这些年轻的山东大汉像温柔的妈妈呵护婴儿一样，精心照料着这些种子。怕人偷、牛吃、猪啃，就日夜守在田间地头。那地方毒蛇蚊虫多，他们就头上套一条麻袋，腿上绑两条麻袋；晚上困了，就躺在潮湿的垄沟里睡一会儿，起来接着干。有一天，不知从哪儿窜出来一头牛，啃了刚长出来的玉米苗，30岁的李登海哭得像个孩子……很长时间，他一听到牛叫就头疼欲裂。功夫不负有心人，1979年，他们成功选育出我国第一代"紧凑型杂交玉米"品种"掖单二号"，亩产量达到了1553.8斤，书写了我国玉米高产的新篇章。

  随着公司实力的一步步提升，2002年，美国实力最强的种子公司之一杜邦先锋与我们成立了合资公司，由我们来控股。正是有了这种不畏艰险、勇攀高峰的奋斗精神，才有了我们的发展壮大。

  如今我们年轻人传承了老一辈精神，沉下心来踏实工作。白天，要在玉米地里工作八九个小时，到了海南，更是要在中午冒着酷暑在玉米地里一个穗一个穗地授粉。晚上则要在实验室做各种辅助试验，经常一熬就熬到了深夜。就这样，经过不懈努力，我们在技术上取得了新的突破。就拿育种来说吧，用传统方法，一个品种的选育周期长达7-8年，现在，我们在实验室把小米粒大小的玉米胚用专业工具从玉米粒中一个一个剜出来，放进营养液里，再转移到温光培养室进行催苗，待苗长到一定程度后移栽到地里。通过这些新技术，我们将育种周期缩短一半以上，大幅度提升了育种效率。前段时间，一个朋友看到我说："你这个洋学生，怎么下地干起农活了？"我笑着说："我们的实验室就是庄稼地啊，我已经是一个老农民了。"前辈们像是一粒粒珍贵的种子把这种"为国争光、为民谋福、让百姓吃饱饭"的信念播种在我们心中、激励着我们在育种的道路上一往无前。

50年来，我们登海种业在李登海院长的带领下，不畏艰难，勇于探索，成功选育了超过200个新品种，累计推广14亿亩，创造经济效益1400多亿元，7次打破全国夏玉米高产纪录，两次刷新世界夏玉米高产纪录。

如今，玉米虽然不再是我们餐桌上的主食，但我们吃的玉米油、肉蛋奶、淀粉等很多东西依然主要靠玉米来转化，这些东西大大丰富了我们的餐桌，使我们不仅能吃饱，更能够吃好。所以，玉米依然是我国的战略农作物。

习近平总书记说："只有用自己的手攥紧中国种子，才能端稳中国饭碗，才能实现粮食安全。"我们新一代育种人，将牢记总书记的教导，把种子精神一代代传承下去，在新的征程上，继续努力为国育种，把饭碗牢牢端在咱中国人自己的手中！

蒙山七代护林人

临沂市平邑县林业发展中心职工 文 娇

说起当下最流行的旅行方式，很多年轻人都会选择露营。想象一下，置身于森林原野感受大自然是一件多么浪漫的事情啊。可是，如果在大山里，没有路，没有电，没有网，待一辈子，你愿意吗？

我的师父就在大山里待了一辈子。他是蒙山大洼林场的护林员杨西路。

2年前，我第一次跟着师父上山，就坐在他这辆摩托车上，山路又窄又陡，路的另一边就是深深的山谷，把我吓出了一身汗。他说，这条小路他们一家人修了整整5年，以前摩托车都不能骑，只能步行，上山下山需要4个多小时。

山路难行，但这也正是杨家先辈选择到这里居住的原因。清朝末期，师父的祖先为了躲避战乱，从外地搬到海拔1000多米的蒙山深处，从这里安了家，植绿造林，繁衍生息。新中国成立后，他的爷爷杨佩明把杨家几辈人所造的9000多亩山林树木献给了国家。20世纪80年代，护林任务传给了他的父亲杨金山，20年前师父抛弃了城里的生意，又回到大山，成为杨家第七代护林员。

六点多起床、吃饭，七点多收拾行装，拿着煎饼，带着水，拎着斧子，几十里的山路一去就是一整天。他说："一天不巡山，心里就不踏实。"

巡山、植树、护林，这样重复的工作让他每年都得用坏两把斧头、两个手锯、三把锄头，崭新的衣服一个月就划得补丁摞补丁，一双军用胶鞋不到两个月就穿烂了。

有时候我也会跟着师父一起巡山，他不仅给我讲护林知识，还会和我讲许多他和这座大山的故事。

2005年6月，他在山路上突然滑倒，怎么都站不起来，腿受了伤，呼呼流着鲜血。在山上，手机根本没有信号，他只能在摔倒的地方等着。到了晚上，妻子到处找他，才发现他受伤躺在路边。妻子连夜下山，求医生上山诊治。他腿上缝了11针，但因为等待过久，药品不足，伤口感染，静养了两个多月才能下地巡山。这两个月里，妻子总是劝说师父，咱们下山住吧，就不用在山上吃这么多苦了。他不同意，妻子也只能陪着他一起倔强。

我问师父："让家人跟你住在这么苦的山上，你舍得吗？"师傅沉默了，师傅哭了……他说，那年父亲生病，因山路崎岖，交通不便，亲戚用椅子把父亲抬下山时已经错失了最佳的抢救时间；他说，孩子到了上学的年纪，不能再天天爬山，只能寄养在亲戚家里，几个月也见不到一次；他说，女儿出嫁时按照当地风俗要车接车送、脚不沾地，这样才有福气，可因为山里路况不允许，闺女一步步从大山里走了两个多小时才出嫁。我知道，师傅不是没有动过下山的念头，可守好这山林，是爷爷的爷爷、父亲的父亲传给他的家族使命，也是党和人民的嘱托。

如今，这片林场有了更多的守护者，我们这些年轻护林员的到来更是让师傅觉得开心。每当我们用起无人机进行巡山，师傅总会感慨："高科技就是厉害，这小飞机可赶上俺十双眼睛啦！俺也得让俺儿子考个林业大学，回来用这高科技替国家继续护林护山！"师傅笑了，笑容里满是欣慰和憧憬。

随着国有林场改革的顺利推进，大洼林场已经成为生态公益型林场，森林覆盖率达到98%，成为当地最有优势的旅游资源，路修起来了，网通起来了，越来越多的人进山写生、旅游观光，农家乐也是家家爆满。这片平静的绿色山林，又重新焕发了勃勃生机，祖祖辈辈守护的绿水青山，变成了带动群众增收的金山银山。

直到今天，师父依然在这片山林中行走、植树、护林。但是守护这片山林的，不只有师傅，不只有师傅一家，还有我们大洼林场20多名护林员。生命不息，护林不止，将来，还会有更多的年轻人延续我们的坚守，守护这片绿水青山。

真情守护夕阳红

青岛市市南区台西老年公寓总院长 姜薇

说起养老院，大家都不陌生，随着我国人口老龄化的发展，越来越多的老人走进了养老院，这里成了老年人人生最后的驿站。作为养老服务从业者，今天，我要和大家聊聊我们养老院的故事。

由大爷是我们院最早入住的一位老人，老伴儿突然离世后，他卖掉房子搬来养老院，唯一的儿子不能接受，父子之间几乎是断绝了关系。刚来院的时候，由大爷情绪一直十分消沉，总是自己一个人坐在院子的角落里默默地抽烟，每每看到此景，我都会走上前去和他攀谈。我总是对他说："我就是您的闺女，这儿就是您的家！"渐渐地，我俩熟络起来，上到国家大事，下到家庭琐事都是我俩聊天的话题。在一次查体后，当看到由大爷淋巴癌晚期并转移的确诊书，我的眼泪不由夺眶而出。老人病情发展得很快，身体快速消瘦下去，不久便卧床不起，双眼看不清东西，脑子时而清醒，时而糊涂。我还能为他做点什么？费尽周折，我与老人的儿子取得了联系，告诉他："老人剩下的时间不多了，他想和你见见面。"不料老人的儿子却跟我抱怨：老人只想着自己，卖房子都不跟他商量，现在生病却想起他了！经过三番五次的劝解，他的儿子终于前来看望，老人心里的疙瘩也终于解开了。在最后的日子里，由大爷只能分辨出我的声音，当我走到他的床边，他还能轻轻抓住我的手，说着只有我才能听得懂的话，每当这时我都会发现他的脸上露出欣慰的笑容,我知道,他在告诉我,他没有遗憾了。就这样,我陪伴在老人身边直到他走完生命的最后一程。这些年我以一个女儿的身份送走了 30 多位老人,他们走得是那么安详而有尊严。

在养老院里,像这样对老年人的服务,除了大家熟知的生活照料,更重要的是情感抚慰。

徐爷爷没有子女,几十年跟老伴儿相依为命,自从患有阿尔茨海默病后,在家里整宿整宿不睡觉,吵得四邻不安,大便经常涂得满屋都是。到我们这儿后,他除了老伴谁都不认识。有一段时间,老伴儿患病住院,不能来探望。一个多月见不到老伴儿,他开始焦虑、烦躁,对日常护理也非常抵触,经常抓、咬护理人员。我知道,他是想老伴儿了。从那天起,我每天专门抽出时间,去跟徐爷爷聊天,告诉他我的名字,给他讲述自己的所见所闻,和他分享生活中的趣事。渐渐地,徐爷爷开始信任我,好久没有开口的他,突然跟我说了声:"谢谢!""姜薇、姜薇……"他一遍遍念叨着,生怕自己好不容易记住的名字转眼儿就忘了。

在后来的日子里,我鼓励他走出房间,到户外晒晒太阳赏赏花。我轻轻抚摸着他的双手,告诉他,很多人都在关心你,老伴也同样在思念着你……慢慢地,徐爷爷的精神越来越好了,不仅饮食、睡眠得到恢复,还愿意主动跟别人打招呼了。徐爷爷笑了,笑在脸上;我也笑了,甜在心上。

2020 年,由于疫情防控的需要,整个院区实行了封闭式管理。老人不能外出,家属不能探视,有的老人虽说离家不远,却难与亲人相见,可谓是咫尺天涯。老人见不到自己的家人,时间久了便思念成疾,有的沉默寡言,有的脾气暴躁。我是看在眼里,急在心上。怎么办?我一边尽最大可能变着法地改善老人的伙食,一边绞尽脑汁丰富老人的每日活动,尽可能排解老人的焦虑情绪;同时还不能让家属担忧,我每天在家属群里发布一百多位老人的生活照片和日常饮食等，让家属对自己老人在养老院里的情况了如指掌。

即便是这样，仍然会有老人在寂静的夜里辗转反侧，当老人用热切期盼的眼神看着我时，我的心中隐隐作痛。我知道什么样的疫情都割不断亲情，什么样的病毒都打不败思念！我决定推老人到院子里和站在大门外的亲人远远地见上一面。见到亲人后的老人像孩子一样激动，有的拿出手绢擦起了眼泪，有的张开双臂和亲人隔空拥抱。喜悦之情洋溢在院里院外每个人的脸上。

养老院作为老人晚年生活的最后一站，他们把余生无条件托付给了我们，这是对我们多大的信任，也是一份沉甸甸的责任，正是这份信任与托付，激励着我们在养老服务行业的道路上不怕困难、执着前行。

14年了，这份当初以为的职业，已经深深扎根在我的生命里，成为我人生的重要使命。

习近平总书记提出，要让所有老年人都能有一个幸福美满的晚年。作为省第十二次党代会的一名基层代表，我一定不负使命所托，用我满腔的责任和奉献，赋予"夕阳红"以新时代幸福美满的内涵！

我的"第三战场"

国网山东省电力公司昌乐县供电公司
运维检修部信通运检班班长 李 亮

16年前我入伍成为一名解放军战士,戍卫边疆、保家卫国是我的"第一战场"。10年前退伍来到供电公司工作,守护光明、点亮万家灯火成为我的"第二战场"。7年前,我和几个志同道合的朋友开始接触民间救援。一段难忘的救援经历,让我萌生了组建一支专业化救援队的想法。

那是2015年8月的一天晚上,下班回家途中,我看到一群人在湖边围观,一打听才知道是有个孩子溺水了,等到把溺水者打捞上岸,孩子早已没了生命迹象。孩子家人趴在孩子身上撕心裂肺哭喊的一幕,让我一直忘不掉,从那时我就想,如何能避免这种人间惨剧?我想通过自己的力量,避免更多这样的悲剧发生。于是,我开始着手组建潍坊市第一支民间公益应急救援队,开辟了我人生的"第三战场"。

救援队成立后第一场救援是在千里之外的江苏盐城。2016年,江苏盐城的阜宁县遭遇了强冰雹和龙卷风的双重灾害。我们驱车到达灾区现场,就被眼前的惨状惊呆了:整个村子被冲毁,三层小楼只剩半层,电力铁塔就像麻花一样被甩在地上。村民看见救援队来了仿佛看到了救星,跑过来把我们围成一团哭诉,眼神中充满了焦虑和期许。村子里都是些上了年纪的老人,他们的方言我们都听不懂,手忙脚乱的比划后才知道,家里的粮食全都压在房屋最底下,一旦被淋湿,很快会腐烂。因为我们是第一支进到村里的救援队，现场没有大型的救援机械，我们就徒手进行搜救，手套磨破了就一扔，手磨破了皮，擦擦血继续干，用肩扛手抬的方式，最终为村民们抢出了 15000 余斤粮食。村支书握着我的手说道："感谢千里之外的朋友，帮我们保住了粮食。只要有粮食，我们就有了重建家园的信心。"

回来的路上，大家谈了很多感想。这是救援队的第一次"实战"，救援的成功、群众的感激和团队的氛围，更加坚定了我的公益救援之路。

公益救援几乎成为我业余生活的全部，很多次答应家人的事都没有做到，这让女儿经常叫我"大骗子"。

2017 年 4 月 3 日晚上，女儿突发高烧，刚送到医院安顿好，我就接到一个急需支援的电话，淄博市张店区一名 2 岁半的幼儿不慎跌入十几米深的废机井，情况万分危机。跟妻子解释了一下那边的情况，她看着女儿很不情愿跟我说："你去吧，路上慢点。"赶到事发地点，20 多台挖掘机正在参与救援，但这种救援方式进度慢、效率低，井口只有 30 厘米，救援人员无法直接下井营救，根据经验，用竖井提升器救援是最安全、最快的方法，但现场没有装备，从外地调入来不及，我们只能现场商量着制作了一台简易提升器，下放蛇形摄像头观察小孩状态，并用下放的对讲机稳定孩子的情绪。经过大家紧张有序的努力，孩子终于成功地被救了上来，现场一片欢呼！被救孩子的爸爸号啕大哭，当场给我们磕了三个头。事后专家评估说，自制 L 型竖井提升器是救援成功的关键，这是全国第 2 例竖井救援成功案例。

凌晨 3 点，我匆匆赶回医院，见到妻子忙问女儿烧退下来没有，妻子第一反应却说："孩子真的救出来了！"原来她们从新闻直播上看到了现场的情况。这时正在打点滴的女儿说："爸爸不是骗子，爸爸是个救人的大英雄。"那一刻，我感到值了，在外边的风风雨雨和组建公益救援队伍的艰辛，都抵不过女儿的一句肯定。

应急救援会面临各种危险，2019年8月，"利奇马"台风席卷潍坊，我父母所在小区也被淹了，当时我正忙着跟家人封门排水，忽然接到一个求助电话，荆山水库下游的大南岩村有14名村民被洪水围困，一旦溃坝，后果不堪设想。我二话不说赶紧集结队友向南岩村进发。到那儿一看，村子被洪水围成了孤岛，只能驾驶冲锋舟过去救人，但水流太急，稍有不慎就会船翻人亡。我心想：我是队长，更是一名党员，我不上谁上？我驾驶冲锋舟刚进入水流，船就被冲出10多米远，万幸没有翻船。在尝试了多个横渡角后，冲锋舟终于在偏离目的地20多米的地方到达对岸，往返多次最终把14名村民全部救了出来。此时的我已是筋疲力尽，两腿打战。被救村民紧紧握住我的手，哭着说："幸亏你们及时赶到，再晚几分钟，我们就没命了！"一句句肺腑之言，难掩村民的感激之情，队友们也为之动容，觉得付出再多都值得！

一步步走来，我们救援队从最初的9个人，慢慢发展到现在的280多名队员。四川茂县泥石流、河南特大洪涝灾害、野外搜救等等都留下队员作战的身影。我们先后参与救援任务300多次，直接救助人员136人，受益群众23万余人，为老百姓挽回经济损失800余万元。

有人曾问我："这条路这么艰难，是什么支撑你一路走下来的？"的确，7年来我的业余时间大部分都投入了应急救援中，对家庭满怀愧疚；但有家人的理解、百姓的感激、社会的认可、政府的肯定，没有什么困难不能克服！我坚信，在公益救援的道路上，只要我们怀着一腔热血和永远在路上的信念，就一定能汇聚起奋进新征程的磅礴力量，在建功新时代的潮流中绽放绚丽光彩！

我为朱水湾代言

淄博朱水湾露营旅游开发有限公司
董事长　杜春霞

　　我叫杜春霞，曾经是一名下岗女工，经历过多年创业打拼，生活逐渐富裕起来。2012年的春天，表哥来说村里有十几亩土地，让他交几百块钱由他来耕种，可他没钱交不起，应他的邀请我和爱人来到了朱水湾。第一眼看到的是，破旧不堪的村庄，连条像样的路都没有，我心里很不是滋味，和爱人一合计，当场捐出5万元交给村书记修路。

　　也正是从那时起，我动起了心思，我要为朱水湾代言，我要让家乡的老百姓跳出穷窝窝，过上好日子，我要为乡村振兴出把力。于是，2012年底，我和当地政府签订了土地流转协议，投资生态农业建设。

　　我来到朱水湾干的第一件事，就是让村民喝上干净井水。村里原来修了一个大水泥池子，夏天雨季到来从河道引水到水池，村里本有个水井，可用水要掏电钱，老百姓没钱，就只能常年喝水池里的水。我来到后，修了村里水管的管道，换了井下的水泵与管道，电钱由我出，老百姓终于喝上了干净的井水。

　　我干的第二件事是修进村道路。5万元修的路一年就不成样子了，我又出资100多万元修进村路和村委门前广场，购买了拖拉机、脱粒机、电影机，不仅让老百姓出入方便，还要有个晒粮食的场地。

　　十年来，每逢春节和中秋节，我都会给全体村民发放福利。但是，这也只能解一时之渴，就业才是脱贫的根本出路。这些年我提供的工作岗位解决了100多个村民的就业。

刚来朱水湾那会儿，村里有位老人家，领到第一个月1500元工资时，激动得老泪纵横，他说，活到这把年纪，第一次拿工资，第一次领这么多钱。我问他多大年纪，他说"84"，他老人家在我的企业工作了3年，每当问到他的年龄，他总是回答"84"。

扶贫路上不是一帆风顺的，在修上山路那会儿，村里有个荒山承包人总是百般阻挠不让修，还带人在我们的园区刨路打人，把我们刚建的大门用镢头给劈坏了。这还不算，他还硬说我们施工工地上有他家祖坟，师傅们找了半天哪有什么祖坟，他一听就炸了，动了俺家祖坟就是断了俺的香火……多亏村里一群老人死命拉着他，才避免了一场眼看就要爆发的流血冲突。冲突是压了下去，可俺家老周却犯了急性心肌梗死，做手术放了心脏支架才保住了一条命。站在手术室门外，从不服输的我哭了："老天哪，想为乡亲们做点好事咋就这么难？朱水湾，我再也不干了！"就在我濒临崩溃的时候，当地政府领导们来了，他们给了我巨大的安慰和支持。

渐渐康复的老周看出了我的心思，他攥着我的手说："春霞，咱们回乡创业图个啥？不就是想让老百姓早一点过上好日子吗？你常说一闭上眼睛就看到乡亲们那眼巴巴想刨掉穷根的眼神，你放心，这副担子再难咱们一起扛，不要怕，乡亲们都是支持咱的。"我含着眼泪默默地点了点头，大颗大颗的泪珠热乎乎地砸在我们攥在一起的手上。

回朱水湾那天，乡亲们高兴地在村口迎接我们，有位快80岁的老大娘把刚爆的一包爆米花塞到我手里："闺女啊，你们来了我们才喝上了干净水，有了收入有了盼头。"我望着老人家那满脸的期盼，决定不走了，坚持干下去！

实现乡村振兴，其实说到底要靠产业振兴。只有把朱水湾项目做好才能实实在在地帮到老百姓。经过十年的打造，朱水湾度假村已经成为淄博市的一张文化名片，吸引着全国各地的游客，朱水湾也由原来的省级贫困村发展成现在的全国美丽休闲乡村，村民年人均收入从 2014 年的 1500 元增加到现在的近万元。

看到乡亲们那一张张舒展的笑脸，我所有的委屈、所受的苦，都化作了获得感和幸福感。

我为朱水湾代言了十年，她变美了、变富了。新征程，共同富裕的路上，我将继续为她代言，朱水湾会更美更富。

"煤矿铁军"是这样炼成的

山东能源集团鲍店煤矿团组织负责人 田 薇

张矿军是山东能源集团鲍店煤矿运搬工区的一名职工。他是全国五一劳动奖章、山东省富民兴鲁劳动奖章的获得者,也是山东省技术能手、突出贡献技师,齐鲁首席技师。今年6月,他光荣当选党的二十大代表。

张矿军给人的印象是英气勃发、铁骨铮铮,我采访他的时候,他说的最多的一句话就是:"打铁还得自身硬。"这几乎成了他的口头禅。就是这样一位硬汉,背后却有着许多鲜为人知的故事。

上学的时候,为了尽早减轻家庭负担,他不顾班主任多次劝导,放弃高考而选择了兖矿技校。1995年,他毕业分配到鲍店煤矿从事机电维修工作。那个时候的张矿军就是一个机电迷,除了虚心向每一位老师傅请教维修技能,他还买了很多专业书籍,一遍一遍地在实践中反复揣摩书本上的知识,书翻烂了,笔记也记了厚厚的十几本,用他自己的话说就是"背多了,书就印在了脑子里,连标点符号都不会错"。每逢设备检修,都是他最兴奋的时候,分秒必争地泡在现场,师傅让他回家休息,他说检修才是学习的最好时候。为了弄明白设备的运行原理,他曾连续七天刻苦攻关,不分昼夜;为了把千米电缆撤旧敷新,他曾连续一个月驻队不归,以队为家。工友半开玩笑地说:"这哪里是矿军呀,这简直就是铁军啊。"

功夫不负有心人,经过十几年的刻苦钻研和积累,张矿军练就了一套电机车操作和维修的过人本领，在 2012 年省管煤炭企业职工职业技能大赛中一举夺魁。

从那时起，张矿军的事业就开启了极速模式，在一次次急难险重的任务中他勇当先锋，在一个个攻坚克难的项目里他屡建新功。他和他的团队先后完成创新成果 36 项，有 3 项获国家专利，12 项获两级公司表彰。

业务技能提升了，工作就更忙了，留给家人的时间也就越来越少了，妻子为了不让他工作分心，担起了所有家务，洗衣、做饭，照顾两个孩子和生病的老人，布置弟弟婚礼、筹备妹妹嫁妆……家里家外打理得井井有条。她对家中的每个人都照顾得体贴入微，却唯独忽略了自己。2017 年 4 月，长期劳累的妻子被查出得了乳腺癌。

这个时候，正赶上张矿军牵头负责 8301 工作面单轨吊安装进入关键时期，妻子要做手术要去化疗，张矿军急得直挠头。妻子看出他的左右为难，强撑着说："快去忙吧，别辜负大家的信任。我一个人能行。"

可是真的能行吗？走出病房的张矿军放心不下，折回去的时候却看见妻子正吃力地扭着身子从床底下拿盆儿，盆儿还没拿到就吐了一地。瞅着当年一见钟情的"灯房姑娘"被折磨成这样，张矿军心都碎了。

知夫莫若妻啊，缓过神来的妻子还是催他："快去上班吧，我自己真的能行。"张矿军一步三回头离开病房，眼里噙满了泪水。来到井下，围着 2500 米的单轨吊巷道，一走就是几个来回。连续 18 个小时，故障处理完了，他整个人也虚脱了。匆匆赶到病房陪一会妻子，又赶回井下和工友们轮班蹲点观察 56 小时，拿出了一套既能同时起吊集装箱和矿车，又能避免矿车损坏的车辆吊运装置方案，并马上加工应用到现场。趁热打铁，他又对八采区单轨吊进行了多项改造，大大提高了现场安全保障系数。

张矿军工作一点没耽搁，妻子的病却不见起色。2019 年，妻子急需更换新药，又赶上鲍店煤矿全力推进智慧化矿山建设，他负责辅助运输智能化改造，张矿军再次陷入两难，妻子也还是那句："快去忙吧，我一个人能行。"也是在一次次的两难中，妻子耗尽最后一丝力气，舍他而去……

生死两茫茫，不思量，自难忘。

当年的"灯房姑娘"走了，灯房里依然充盈能量满满的千万盏矿灯，那是张矿军和众多矿工兄弟的眼睛，更是无数个矿工妻子坚强相守的表情。这眼睛照耀着在磨难中淬炼成铁军的矿工们，把"小我"融入"大我"的征程。这表情支撑着无数个矿工家庭，舍小家为大家，在习近平新时代中国特色社会主义现代化建设中担当使命！

泰山之巅的忠诚卫士

泰安消防救援支队桃园消防救援站副站长　王乐川

在泰山之巅上，有这样一群人，他们手抬担架穿梭在人流如织的游客当中，他们救助受伤游客、帮助寻找家人，他们义务指路、维护秩序。哪里有游客，哪里就有他们的身影；哪里有险情，哪里就是他们的战场。你要问我他们是谁？他们就是泰山消防救援站的指战员。

记得2006年8月8日，警铃突然响起：一名儿童在十八盘不慎滚落100多级台阶，生命危在旦夕！我站7名指战员立即出动。1000余级台阶，仅用10分钟就赶到了事故地点，只见受伤儿童右腿骨折，意识模糊，口中不停吐着鲜血，孩子的爸爸在旁撕心裂肺，不停地哭喊："谁来帮帮我，快救救我的孩子，我的孩儿啊……"我们第一时间对孩子进行紧急救护，输氧、固定、包扎、止血，迅速抬上担架向中天门飞奔……10分钟，仅用10分钟我们就把孩子送上了救护车，由于救助及时，孩子得到了成功治疗。事后，孩子的爸爸激动地说："我无法用语言表示感谢，如果用磕头能表达的话，我愿意给你们磕头，是你们给了我的孩子第二次生命呀……"

类似的警情不胜枚举，暴雨如瀑的雨夜盘道、昂霄耸壑的青山绝壁、火魔肆虐的深山老林，都有我们战斗的身影，只要群众有危难，我们必定会第一时间挺身而出，迎难而上。

就在今年元旦那天，一名游客从悬崖不慎坠落。"救救我，快救救我！"当微弱的声音从电话里传来时，我们的心也紧张起来，一刻不能耽搁，立即救援。漆黑的深夜，刺骨的寒风，漫天的大雪，万丈的高崖，我们沿着陡峭的崖壁用绳索一点点向下探寻，由于天黑崖陡，这期间，不知撞了多少次石壁，在空中悬垂了多久，终于在一棵大树下发现了奄奄一息的游客。返回的路难上加难，为了保持游客身体的稳定，不因颠簸而受到二次伤害，我们将他紧紧地固定在担架上，又用绳索连接到我们的背后，这样即使碰撞到崖壁，我们还能充当一个靠垫。九十度的陡坡，高耸的断崖，整整三个小时的漫长跋涉，终于将受伤的游客从鬼门关拉了回来。

"誓言如山，尽责至善"，这是泰山消防救援站的一个口号、一条站训，更是我们这支践行雷锋精神的队伍，向党和人民许下的铮铮誓言。我们没有消防车，出警救援，靠的是一双铁脚板、一副铁肩膀，还有一身铁担当。由于常年高强度训练和山上严重的湿气，站上的许多指战员都患上了关节炎，即使这样，面对一声声警铃、一次次群众呼救，我们依然选择争分夺秒、奋勇向前。消防站政治指导员叫李令政，不仅是我们的榜样，还是群众心目中的大英雄，唯独在他的家人心中，他却不是个好丈夫、好父亲。

李令政的妻子徐娜在泰山索道运营中心工作，这么近的距离，可工作起来的的李令政，一个月也不见回家一趟。徐娜早已习惯了一个人买菜做饭，一个人站在叠了几层的椅子上更换灯管，生病时一个人去医院看病，家中老人孩子、大事小事，都是她一个人抗。有一次，她和我们说，好几次都想打电话给李令政让他回来，可一听到李令政疲惫的声音，又把话咽了回去，转而嘱咐他注意身体。每次他出警，徐娜都担惊受怕，恨不能一起跟去。那一身裹着汗酸和烟熏火燎味道的战斗服哪怕自己再累再难也愿洗，只要李令政能平安归来。这，就是李令政家庭生活的缩影，更是我们泰山消防救援站指战员生活的缩影。

一年 365 天，谁都可以休息，唯独泰山消防救援站不能休息；一年中无数节假日，谁都可以举家团圆，万家灯火，唯有泰山消防救援站不能。因为只要泰山在、群众在、誓言在，我们就在。

谁把人民举过头顶，人民就会把谁放在心上。出警救援 3300 余次，救助游客 3000 余人，挽救生命 600 多条。一封封真挚的感谢信、一面面鲜红的锦旗，就是我们最好的军功章。在党和政府的大力支持下，在人民群众的高度认可下，泰山消防救援站被国务院、中央军委授予"泰山卫士"荣誉称号，被中宣部授予"学雷锋活动示范点"称号。2021 年 11 月 4 日，还被评为全国应急管理系统先进集体，李令政作为代表受到了习近平总书记的亲切接见，这是党和人民给予我们的至高褒奖。

泰山顶天立地，党旗高高飘扬。作为"泰山卫士"，在这里，我宣誓：即使刀山火海也决不后退，即使悲壮离开也永不后悔。我们将永远牢记习近平总书记的训词，那就是"对党忠诚、纪律严明、赴汤蹈火、竭诚为民"，随时准备为党和人民牺牲一切。泰山消防救援站，将永做党和人民的忠诚卫士！

尽美故里的"红色号手"

潍坊市王尽美革命事迹教学基地
服务中心教师 杨 洋

  我来自中共一大代表王尽美的家乡潍坊诸城，是一名"九五后"红色讲解员。作为一名讲述革命先辈故事、传播地方红色文化的"红色号手"，"在王尽美的家乡讲党史"成为我的职业使命和人生追求。我想和大家分享一下我在传播红色文化过程中的几个故事。

  那是去年7月，我接待了一批"光荣在党50年"老党员参观团，其中，一位拄着拐杖的老人引起了我的注意。他在王尽美的照片前静静地站了很久，若有所思。我走上前，给他讲起了这张照片的故事。爷爷，这是王尽美唯一留存下来的一张照片，当时他正在北京冒着生命危险营救罢工中被捕的同志，为了向母亲报一声平安，他专门去照相馆拍下了这张照片，托人带给母亲。战乱时期，照片被他母亲用泥巴藏在家中的墙缝里才保存下来。1949年，毛主席指示，要收集整理好王尽美烈士的遗物。工作人员来到了王尽美的老家，见到了王尽美的母亲，向老人说明来意。老人眼眶湿润了，她颤颤巍巍的，一步、一步走向那面土墙，哽咽地说："娘的儿，你听见了吗？是毛主席，毛主席派人来接你啦。"说完，用手一块儿、一块儿地抠下墙皮，泪如雨下。

  老爷爷听得很是入神，听我讲完后，他在照片前颤颤巍巍地鞠了一躬，偷偷地抹了一下眼角，又探头去看另一张照片里王尽美母亲的样子，轻轻地说了一句"这样就没有遗憾了。"那一刻，我仿佛进入了一条时光隧道，成为连接历史和今天的心灵使者，看到老人和尽美母亲进行了一场时空对话，心里满是欣慰和感动。

有一次，纪念馆来了一群外地游客，我在讲述的过程中唱了一段王尽美唱过的《国际歌》，一位阿姨带头跟着唱。当我讲到王尽美在生命的最后时刻，坚持让家人用门板把他抬到青岛继续革命的时候，我发现那位阿姨哭了。整个讲述过程，她都听得很认真，一直用手擦拭着眼角的泪水，讲解结束后，她绕到我面前，攥着我的手，连声道谢："小伙子，你讲得太好了，太感人了。""这哪里是我讲得好，我只不过是用语言讲述先辈们的故事，讲述他们为了信仰，无惧生死。"我对阿姨说，"欢迎您常来做客，只要您想听，我们一定会把更多的红色故事讲给大家。"

有时候，我不仅是讲课人，也是听课人。有一次我坐早上6点钟的大巴车去外地参加活动，因为匆忙，半路上才想起来西装外套没带，于是我在顺风车平台上找到一个订单，微信沟通想请师傅帮我带一下这件衣服，但师傅回复说不太顺路，他要去另外一个方向。正当我不知所措的时候，也许师傅是看了我的朋友圈，又问了一句："你是讲尽美红色故事的吗？""是的。"对话框里弹出了这样一段话："我免费给你捎过去，希望能帮上你，把红色故事讲给更多的人……"我心里热乎乎的，我感受到了一份期望，更感受到一份需要用热爱和担当长期坚守的责任。是的，这就是我们尽美故里。在诸城，还有许多像我一样的"红色号手"，不论是出租车司机还是餐馆服务员，跟外地人讲起尽美故事都是头头是道、满是自豪，讲好尽美故事、传播红色文化已经在这座红色小城蔚然成风。

去年夏天，我到济南宣讲尽美故事。在那次出差前，我心里一直牵挂着一件事：姥爷病情恶化，身体状况很不好。在首场宣讲的前一天晚上，我接到电话，姥爷去世了。妈妈说，临走前，他还念叨着我的名字。我强忍着内心的悲痛，把所有的情感都融进了故事里。听见观众席响起的掌声，我的眼泪再也止不住了。宣讲结束后，我没有回家，我去了英雄山，我想去烈士陵园看看。走到王尽美烈士墓前，内心久久不能平静，我跟他说了很多话，在墓碑前深深地鞠躬。回去时，我注意到小路两侧长眠着无数革命烈士，其中，有很多连名字都没有留下来。那一刻，我好像明白了，明白了王尽美寄给母亲那张照片的意义。我们这一代人，没有经历过战火纷飞的年代，先辈留给我们的是一个富足强盛的时代，我们更应该竭尽所能，奋斗新时代。

总书记说："有责任有担当，青春才会闪光。"当年，26岁的王尽美，在铁路沿线宣讲革命精神；如今，26岁的我在他的家乡宣讲红色文化。这本身就是一种传承和赓续，更是一份责任和使命，我想继续扎根这片红色沃土，当好红色号手，把红色故事讲给新时代的你们、他们、我们。

平凡小事与"人生大事"

聊城市人民医院工会副主席 温静君

我是一名医务工作者,同时也是我省唯一一家宁养院的义工。宁养院是为晚期癌症患者免费提供镇痛治疗、护理指导、心理纾缓等服务的机构。在11年前的一次志愿者活动中,我第一次走进宁养院,看到许多晚期癌症患者急需帮助,我便加入了宁养院义工的队伍。今天,我就想给大家讲一讲,我在宁养院做义工时发生的一些平凡小事。

彩虹是我遇到的第一位宁养院晚期癌症患者。16岁的少女被确诊为骨肉瘤晚期,剧烈的肿瘤疼痛让她不能久坐,只能长期卧床,花季的生命随时可能凋谢。有一次我在给她护理时问她:"彩虹,有什么愿望吗?告诉姐姐。"她眼里闪出亮光,轻声说:"我想上大学,可是我这样……真想去大学看看啊!"看着她期待的眼神,我暗暗下定决心:一定要帮她实现这个愿望!

那是一次不同寻常的爱心旅程,往日里总是火急火燎的救护车,开着后舱门,缓缓行驶在大学校园,彩虹头朝外,趴在担架上,贪婪地看着自己从未见过的景象。

她兴奋地把自己看到的大学记录在了日记中。回家的路上,她拉着我的手说:"姐,我最大的遗憾是没机会上大学了,可是你帮我圆了大学梦,我也就没啥遗憾了!"听着她的话,我的眼睛湿润了,没想到,自己一个简单的举动,带给彩虹的却是满满的幸福。感动之后,我更坚定了为晚期癌症患者服务的信心和决心！

我开始为先后成为晚期癌症患者的小燕夫妇寻找能收养他们儿子的好心人，为婚后12天便开始照顾植物人妻子的胃癌晚期患者刘叔叔安排后事；为接送80岁的肾癌晚期患者王大爷做透析而奔波等等。11年来，我们一直在为让晚期癌症患者有尊严且无遗憾地离去而努力着。

2022年5月16日，著名的山东快书表演艺术家张明东老人，因不堪忍受贲门癌手术后放化疗的痛苦，住进了宁养病房。端午节前我看他情绪有些低落。原来，作为德高望重的老艺术家，每年这个时候都有全国各地的学生前来探望他。看到学生，他就像看到了自己艺术生命的延续一样。可是今年疫情严重，学生们不能前来团聚。我想：要让老人过好这个也许是他今生最后一个的端午节！节日当天，我们特意在病房里为老人们举行了晚会，在晚会高潮时，播放了我们联系到的张明东老人全国各地的学生发来的节日祝福视频。看着视频，老人激动得热泪盈眶，在场所有的患者也都被这份浓浓的爱所感动着！"生如夏花般绚烂，死如秋叶般静美。"2022年6月17日，张明东老人在爱人和孩子的陪伴下，于宁养病房安详地离去。

生老病死，乃人生大事。11年来，我们就是这样用一件件的平凡小事服务着宁养院患者的"人生大事"，给患者以最暖守护，使活着的人心安，为患者了却遗憾，陪他们读好人生这本书的最后一页。

习近平总书记指出："人民对美好生活的向往，就是我们的奋斗目标。"美好生活既包括有价值有意义地活着，也包括有尊严无遗憾地离开。新时代新征程，为让临终关怀惠及越来越多的百姓，让每一个生命的"谢幕"更有尊严，我们将继续尽自己的微薄之力，无怨无悔！

土地流转圆了富民强村梦

邹平市明集镇里六田村党支部书记、村委会主任　田纯锋

十年前，在我们明集镇有句顺口溜叫："明集镇脏不脏，看里六田和大张。"可见，那时俺们里六田村是全镇有名的落后村，"脏""乱""差"成了俺们村的代名词。现在我们村可大变样了，不仅成为先进村，还是省级美丽乡村。这个变化，很大程度上得益于俺们村大力推动了土地流转。

土地是农民的命根子，四十多年前的家庭联产承包作为中国农民的一次伟大创举，填饱了老百姓的肚子，俺们农民又一次尝到了土地改革的甜头！但随着社会的不断发展变革，外出打工的、企业上班的逐渐多了，慢慢地村里的"七〇后"不愿种地，"八〇后"不会种地，夸张地讲"九〇后"不知种地为何物。种田种地的基本上都是老年人，农业缺少了"活力"和"动力"。

作为村支部书记我看在眼里，急在心里，多次召集村两委成员为村庄的发展献计献策。最终我们紧紧抓住镇党委、政府推广施行的"土地流转"政策，自己闯出一片新天地。

万事开头难！当时全村同意土地流转的户占60%，不同意、犹豫的占40%。土地若不能连片经营，就无法实现规模经营。我是书记，我来带这头！

从自己下手！当晚，让我媳妇做了一大桌菜，炖了一锅肉。把十几个自家人请到家来，并与先同意流转的兄弟商量好，等到酒过三巡、菜过五味，喝得差不多了，其中一个一米八的大个兄弟瓮声瓮气问我："哥哥，今天什么情况，有什么事吗？"我讲："咱弟兄们很长时间没聚了。今天聚一下，没有多少事。"这时，我安排的"托儿"开始说话："哥哥你当书记，各项工作干得不错，今年又开展土地流转工作，弟兄们不要拖他后腿。"当时这个兄弟正大口啃着狗腿，他看着我讲："哥哥，你今天摆的鸿门宴吗？"我讲："不管鸿门宴还是绿门宴，今天从我家出去，你们都要说自己的地都流转了。同意的、不同意的，都这样讲。给我在全村造出势来。村看村、户看户，老百姓就是看干部，主要是看干部家属。"在他们带动下，有相当一部分人参与到土地流转中来，同意了土地流转。

土地流转政策真正实施得开，老百姓的钱袋子不会说谎！当时，镇政府规定的土地流转指导价格，每亩500斤小麦、400斤玉米，小麦价格不动，玉米价格竞标。通过竞标，我村玉米达到600斤以上。村民考虑自己种地也是这个利润，基本上同意了土地流转。土地流转后，村民在土地收入不减少的情况下，其他收入连年增长。种粮大户运用科学种田，亩产量也连年增加，实现了"双赢"，甚至是"多赢"。

为什么这么说？

因为我们的土地流转是适度规模经营，大户种植亩数在50-300亩左右，是在不减少农户收入的情况下进行依法、有序、自愿流转土地，流转了土地的农民成为从事二、三产业的主力军。村集体在流转时，划片流转。整片土地、道、沟渠、树荫都算流转土地，这样流转后，我村多出了土地128亩，30亩的林带收归村集体所有。仅土地流转村集体增加收入15万元左右，村集体收入每年突破40万元（以前只有几万元收入）。现在，经过土地流转我们培养出科学种植的种粮大户、家庭农场、合作社，还有懂科学技术的新型职业农民。优质劳动力又回归农业，把以前的要我学科技种田，变成了现在的我要学科学种田。我们创新地开展了土地流转工作，当时我兴奋地写了一首诗："春风拂面杨柳白，土地流转伟业来。撸起袖子加油干，富民强村百花开。"

现在为村集体创收的号角已吹响，我们村党支部领办的农机专业合作社连续两年给村集体分红，村集体要入股的养殖合作社正在筹备中。今年5月份我村孝善食堂已正式运营（75岁以上老人免费一日三餐），因为去年我通过到户走访，看到不与子女一起居住的老人生活太简单，尤其是饮食方面，有些老人做一顿饭能吃两顿，甚至吃一天。我与村两委商议，想尽一切办法让老人们吃上让热汤热饭。75岁以上老人在吃饭时，食堂做了紫菜汤，有几个老人问我："做的什么饭，以前我们都没吃过。"紫菜汤有些老人真的从没有吃过。那天中午食堂里做的猪肉炖茄子，有一位大娘问我："锋唉！做的啥饭，挺烂乎挺好吃。"我说这是猪肉炖茄子，她讲："可不是茄子，茄子发黑。"她快80岁了，做茄子从没去过皮。

习近平总书记曾经说过一句话："确保中国人的饭碗牢牢端在自己手中"。我们村两委正带动村民朝着农业现代化方向前进，带领村民走共同富裕的道路。我相信，在各级党委、政府的坚强领导下，我们的村庄，会越来越富裕、越来越美丽，乡村振兴指日可待。

故事类

让青春在高原绽放

国网乳山市供电公司运维检修部职员 谷高峰

2017年8月14日,为了圆满完成国家电网公司新一轮农网改造升级工程"两年攻坚战"的目标任务,我告别了家人和同事,带着公司领导和同志们的期望和嘱托,怀着对西藏的憧憬和向往,踏上了神秘的青藏高原。

初次进藏,刚下飞机的我就被连绵的高山所震撼。日喀则,平均海拔4000米,含氧量只有内地的60%。正当我沉浸在美景中时,身边的同事提醒我:"老谷,你的嘴唇怎么紫了?是不是高反了?"因为是第一次上高原,并不清楚高原反应是什么感受,我还跟同事说:"没什么感觉啊,我感觉一切都还挺好的。"但是经过两个半小时的颠簸,身体上的反应逐渐显现,一番恶心、呕吐后,我便躺在床上动弹不得。白天还好,到了晚上,更是折磨人,饭吃不下,觉睡不着,胸闷气短,头疼欲裂,胃也翻腾……这,就是我初到高原的第一晚。

入藏初期,高原反应一直伴随着我。夜深人静,难以入睡的时候,我反复告诫自己,不能退缩,公司党委派我来援藏,是对我的信任和考验。走,只能向前!回,只能凯旋!我深知再苦苦不过爬雪山,再难难不过陕甘宁。只要我坚守初心、勇于担当,就没有攻克不了的难关!

高原反应给了我个"下马威",我便买了4个便携式氧气罐来回应它,随身携带,感觉头疼了就赶紧吸上两口。当时还有人开玩笑说:"第一次知道,在西藏,连喘气也是要花钱的。"就这样,我慢慢适应了高原环境。

蓝天白云、洁白的雪山以及成片的牛羊,一说起西藏,可能大部分人瞬间就能想到这样的画面。可我们供电人眼中却是这样的场景:几十里山路看不到一基输电铁塔和一根配电线杆,有的村庄甚至没有通电。夜晚的一片漆黑刺痛了我的心。一想到这,我便觉得肩上的担子更重了,而我唯一能做的就是加快工程进度。

在紧张忙碌的工作中,有一个地方给我留下了深刻的印象。白朗县者下乡热玛村,海拔5030米,常住村民仅有26户。每次去都要走4个小时的山路,吃饭也没有准点,饼干配矿泉水成为常态。但为了不辱使命,为了26户藏族同胞的期盼,我们硬是在一个个人迹罕至的地方,克服重重困难,立起了杆塔,单独架设了22公里的线路。送电那天,家家户户都亮起明亮的电灯,藏族同胞们热情地献上洁白的哈达,看着他们载歌载舞地庆祝,我们也跟着开心得笑了起来,那一刻特别有成就感。后来我把哈达带回了家乡,每每看到哈达,我便会想起那段艰苦而幸福的时光,也会进一步明白什么是"人民对美好生活的向往,就是我们的奋斗目标",什么叫"小康路上一个都不能少"。

西藏既有一望无际的平川,又有险象环生的河谷。每次外出作业,我们几乎都能遇上突发情况。2018年5月,那是我第二次援藏,其中一次"虎口逃生"的经历让我至今心有余悸。当时,我们要为该地区的边防部队通电,工程施工难度大,条件恶劣,沿途要翻越数座海拔超过5000米的雪山,很多路段都是在悬崖峭壁上,稍有不慎就有葬身谷底的危险。一天早上5点多,我们突然接到电话说山顶部队营房没电了。事关边境安危,我和队友没有半点犹豫,迅疾出发。此时的日喀则天还黑成一片,雨后的山路更是崎岖难行。当车子经过一个垭口时,突然遇到山体滑坡,一边是数千米的悬崖沟壑，深不见底；一边是不断滚落的碎石，随时有坍塌的风险。不得已，我们放慢速度，车里几个人大气都不敢喘，死死地盯着前路，心都提到了嗓子眼儿，早起的困意荡然无存。突然，砰的一声巨响，在寂静的夜里显得格外刺耳。现实告诉我们：向前，是未知的风险，悬崖、落石；向后，是安全的营地，被窝、热茶。而使命责任担当让我们义无反顾，继续前进，一定要圆满完成任务。最后抢修工作顺利完成后，我们才发现引擎盖上出现了一个直径10厘米左右的窟窿。现在想想，如果当时落石砸到了车顶上，后果真是不堪设想。

作为一名共产党员、一名退伍军人、一名技术人员，"缺氧不缺精神、艰苦不怕吃苦、海拔高境界更高"的"老西藏精神"一直在激励着我，3年4次援藏，历时415天，行程16万多公里，解决了254个易地搬迁、灾后重建以及无电村用电问题，我深感自豪，因为有我们的付出，23.6万人"靠天用电"的日子一去不复返。这些经历都是时代奖励给我的勋章，我也把在雪域高原上拍摄的照片设置成微信头像，它们时刻提醒着我要不忘初心跟党走、牢记使命立新功。

援藏经历让我明白只有斗志高昂才能披荆斩棘，只有脚踏实地才能行稳致远。新时代新征程，未来的路还很长，我会继续闯新路、创新业，为供电事业做出新的更大的贡献！

小苹果带出大希望

菏泽市鲁西新区黄楼村支部委员　黄雷忠

我想苹果大家都吃过,可是1斤8两一个的苹果您吃过吗?这样的苹果就出自我姨父家的苹果园,它是由红富士进行改良,与上色好、个头大的品种进行杂交的。改良后的苹果个头更大,口感更脆甜,果皮更光滑,香味更浓郁,在菏泽首届"我是苹果王"大赛上斩获金奖。因此,俺姨父侯德华也被乡亲们亲切地称为"苹果大王"。

受俺姨父家的影响,我也流转土地30余亩,全部种上了改良的新品种苹果。通过嫁接、剪枝、压枝等精心培育,到了第三年的坐果期,为了给苹果树增加营养,我在村奶牛场购进了大量的牛粪,给苹果树突击施肥。本想会硕果累累,但谁也没想到,种出来的苹果个个长黑斑、开裂。真是"屋漏偏逢连夜雨",没过多少天,仓库里的苹果大多数腐烂、坏掉,30多亩投入的20多万全部打了水漂。因此,我精神一蹶不振,在床上躺了三天三夜,滴水未进。想想损失的都是父母的血汗钱,加上自己付出了三年的心血,本想一举成功,借此奠基立业,怎么都没想到会是这个结果,我陷入深深的懊恼、自责与悔恨中,当晚终因胃胀气、急性胃炎导致口吐鲜血,家人急忙连夜把我送到了医院。在医院我拒绝治疗,更有了轻生的念头。爹娘更是看在眼里急在心里,于是找到姨父寻求帮助!

后来经询问姨父我才知道,新鲜的牛粪需要充分腐熟后,才能作为有机肥使用，如果腐熟不充分，其中的细菌很容易造成树体病害的发生。另外刚摘下来的苹果在做无氧呼吸，苹果自身组织内会释放乙烯，如果遇上酒精苹果就会腐烂，正是这一连串的连锁效应才导致了这场风波。因此在今后的种植和管理上更需要精细化作业，把腐熟后的有机肥配合煮熟的黄豆、香油渣一起进行追施，种出来的苹果才各个黄茬、冰糖心。

俗话说："自己的土自己的地，种啥都是为了人民币。"苹果是种出来了，可这么多苹果卖不出去，销售又成了难事。都说"老天爷饿不死瞎家雀儿"，近几年网络电商的兴起，使我看到了希望。生性好强的我，为了学好电商，更是发了誓，学不会绝不成家。我每天东奔西跑，废寝忘食，以至于自己的终身大事耽误到了现在，爹娘更是从满头黑丝盼成了白发。

正是党的好政策，让我搭上了互联网销售的顺风车，镇领导积极谋划，组织各村青年免费到天华电商产业园进行互联网销售的培训。通过老师的精心授课、同学们的热情帮助和自己的努力，我不但学到了前沿的理论知识，也学会了网络销售的操作办法，收获良多，正式开启了互联网+农业模式，线下供商超、线上搞团购，不但把自己的苹果卖了出去，也帮助乡亲们解决了销售的难题，当年实现创收80余万元。正是我的坚持，带动了36户村民，发展苹果种植达300余亩，走出了一条属于我们自己的致富新路子。

在入党的那一刻，我身上就多了份责任与担当！2019年，我们邻村建了一个占地达1200亩的生态园，连年的新冠疫情，让他们损失巨大。园区里的刘总找到我说："哥，俺们园子里的无土有机番茄和草莓都熟了，这么好的东西卖不出去咋办啊？这园子可是我倾注了身家资产耗尽心血才建成的，看它就像看孩子一样，我的下半辈子和身家性命都压在了这里。哥！你的点子多，又学过电商，给俺想想法帮帮俺吧！"我看着满棚的草莓、挂满枝头的番茄卖不掉,联想到之前滞销的苹果,确实心疼!说干就干,第二天我就找来我的小伙伴,通过抖音直播带货、联动周边游公众号等各种媒介进行推广!在推广的第三天,就见了成效,当天的客流量就达到了 3000 多人,草莓番茄更是被摘了个精光,销售额达 20 多万元。事后刘总握着我的手说:"哥,我的亲哥,这一下算把我们给救活了!"

如今走进我们马岭岗,苹果园、葡萄园、草莓园到处都是!蝶变后的我们,从贫穷落后到奋勇直追,从单打独斗到抱团发展。作为一名新时代的基层党员,在今后的新时代、新征程上我会更加努力,用自己的所知所学回报生我养我的这片土地!

"傻妮子"成长记

菏泽市鲁西新区岳程街道程海村
妇联主席　程　婷

由于小时候农村重男轻女，缺少教育，造就了我叛逆和大大咧咧的性格，所以俺村里人都喊我"傻妮子"。

2010年我不顾家里反对，嫁到泰安一个偏远农村。送亲的娘家人看到婆家破烂不堪的趴趴屋、生病的公公婆婆，拉着我的手说："傻妮子，你这以后咋过哎！妮，咱回去吧。"可倔强的我，依然坚守自己的爱情。婚后，幸福的生活才刚刚开始，厄运就降临到我的家庭：公公被确诊为癌症！经过多次手术，仍卧床不起，晚期并发症频繁发作，使他高烧不退，腹痛不止。我都是先给公公注射一支缓解剂，再紧紧抱住他发抖的身体，来度过每个发病的艰难时刻。毕竟刚进门的儿媳妇，照顾公公大小便、擦洗身体，确实不方便，看着被病痛折磨得面黄肌瘦，四肢像竹竿一样的公公，虽是难为情，但也不觉得尴尬了。三年间我们济南、上海来回奔波，花费近50万元，还是没能挽回公公的命。接着婆婆改嫁了；为了还债，丈夫要外出打工，整个家就这样散了。我也只能厚着脸皮，带着1岁的儿子回到娘家。

2014年村里公开招聘，我当上了我们村妇女主任，有很多村民不理解，她们认为"嫁出去的闺女泼去的水"，对我指指点点、说三道四，说："咱村这么大，没人了吗？让个傻妮子当官！"村民的风言风语激起了我的犟脾气，为拉近和村民之间的距离，第一时间掌握村里的各项工作，我加入了村民的"八卦"队伍。没事听听东家长，聊聊西家短，同时社区的各项工作，我都积极去参与，尽可能多接触村民，多争取一次和他们说话的机会。

2018年冬天，街道实行统一打更巡逻，巡逻都是男劳力参加，我不管，硬是加入，成为全街道唯一一个女打更巡逻员。寒冬的夜晚，漆黑漫长，有时候雨雪打到脸上，就跟针扎一样冰冷刺疼，虽然大家都穿着厚厚的军大衣，还是冻得直打哆嗦；为了争口气，我把寒冷抛到九霄云外，坚持与男同志一起走街串巷。一次凌晨回到家，看到屋里还亮着灯，俺娘红着眼圈说："你儿刚才都醒了，哭着闹着找你，还一个劲问我：'姥娘，俺妈妈咋还不回来陪我睡觉，俺妈妈不爱我了，是不是不要我了？'"听到这话，我的眼泪顿时夺眶而出，那时小儿子刚3岁，我常是一晚上不回来，确实忽略了两个孩子的感受。整整一个冬天我们夜间打更巡逻的声音成了村民每晚必不可少的催眠曲，不少村民开玩笑说："别管啥时候，只要听到傻妮子的打更声，就能踏实地上床睡觉了。"

有时候面对群众的不理解、不支持、冷言冷语，面对孩子生病需要陪伴的可怜眼神，我也会感到委屈、愧疚！毕竟我是女儿、是妻子、还是两个年幼孩子的母亲。但我更是一名村干部，我有自己的责任和担当，也有自己的幸福和快乐。

2020年重阳节，我们村全体干部正给老年人庆祝节日，这时，我帮扶的重病贫困户的弟弟找到我说："婷姐，你给我叫个火化车呗！俺姐走了。"我一听这，扔下手头的活儿，直奔他家，看见他姐僵直的身体躺在床上，我问他："找人来帮忙了吗？"弟弟说："没有。"因为死者父亲早年去世，母亲车祸住院，家里只剩下这个不到20岁的弟弟和一个五保户大爷，就凭这俩人根本办不了事。我从心里告诉自己：傻妮子你就是他们今天的"大家长",不能推。为村民操持白事我还真是头一回,凭着一股憨劲,和几个村民一起为死者整理好遗体,抬上火化车。到火葬场后,工作人员需验明死者身份,才给火化,天不怕地不怕的我虽然脊背发冷,双腿发软,但是我不能退缩,必须捧好死者头部,配合工作人员完成人脸比对。回到村里后,老少爷们看到我都说:"你这个傻妮子,整天干些老爷们都不敢干的傻事!你咋恁傻哎。"

从 2014 年进入村委工作,8 年如一日,别管是村居环境整治、脱贫攻坚、疫情防控,还是村民养老资格认证,我都用"傻傻"的劲儿坚持服务身边的每一位群众。

2020 年我光荣加入中国共产党,去年村两委换届,我又以高票当选俺程海村的妇联主席。我知道这是俺村的老少爷们认可了我!选举前,大娘婶子见到我都说:"傻妮子,接着干吧妮,俺都投给你票!"

作为一名村干部,我就是想给俺村里做更多的事,来回报大家伙对我的信任,我就是要用我的"傻",去换来父老乡亲越来越红火的幸福生活!

我为祖国炼石油

齐鲁石化胜利炼油厂联合装置
车间技术员 于江涛

我是石化战线上一名石油炼制技术人员。《我为祖国献石油》这首歌，在20世纪五六十年代可谓是家喻户晓、耳熟能详。铁人王进喜那"宁肯少活二十年，拼命也要拿下大油田"的铁人精神，激励着一代又一代石油石化人。但您知道吗，石油是怎样变成我们日常使用的成品油的？接下来，就让我们一起走进齐鲁石化胜利炼油厂，说一说那里发生的人和事。

时间回到1965年，我们国家在山东东营探明的胜利油田，原油年产量达到80多万吨。之后，中央决定，迅速建设原油加工装置。1966年，国家在齐国故都，也就是现在的淄博临淄筹建一座大型炼油厂——胜利石油化工总厂。

于是，一批又一批建设者从四面八方涌来，我的父亲就是其中的一位。他一有时间就跟我讲，在工厂创建的初期，远远望去，整个工地人山人海，巨幅标语上醒目地写着："誓为祖国炼石油！先生产、后生活。有条件要上，没有条件创造条件也要上！"我的父辈们正是在这种精神的鼓舞下，克服了没有建设经验、没有现代化工具等重重困难，仅用一年时间，就将新中国第一套自主设计制造、自行施工安装的大型联合炼油装置建成。成功实现一次开车成功，原油年加工能力达到200多万吨，处在全国领先水平。

退休后的父亲曾经和我这样说："能为祖国炼石油，是值得一辈子骄傲的事儿!"从此,"我为祖国炼石油"也在我的心底留下深深的烙印。后来,我在考学填报专业时,毫不犹豫选择了"炼油专业"。毕业后,也如愿来到父亲曾经战斗过的地方——齐鲁石化胜利炼油厂,这个原油加工量一度位居全国第一的炼油厂!

我首先来到的是炼油厂常减压装置车间。常减压装置是原油加工的第一道工序,有人把它形容成"龙头装置",那黑黝黝、黏糊糊的石油将在我的手上发生华丽变身。您可别小看这套装置,它有大大小小上千台设备,连接这些设备的管线加在一起得有几十公里长。如果操作人员对装置设备、工艺流程不熟悉,不仅会影响装置正常生产甚至会导致安全事故的发生,给企业和国家造成损失。

于是,我就想:怎样提高员工对装置的熟悉程度呢?思来想去,我想到了曾经自学的计算机多媒体技术。如果把装置设备、工艺流程,都一一作成三维立体图,工友们学习时就更直观了。可装置内设备众多,工艺技术复杂,工作量巨大!我行吗?一时间,干还是不干?这个问题困扰着我,让我茶不思、饭不想,晚上睡不着……

有一天晚上实在睡不着,我就爬上装置附近的大虎山。放眼望去,面对眼前这灯火璀璨的十里油城,一种从未有过的责任感油然而生——这是国家的重大投资,这是先辈们历经千辛万苦创下的基业啊,作为新一代石油石化人,操作好、管理好这些装置设备,我们责无旁贷!

我终于下定决心,说干就干!每天回到家,我就一头扎进书房,面对一人多高的图纸一张一张绘制,经常是干到深夜一两点钟才去睡觉。但是,做着做着我发现,这个工程对我来说太浩大了。就在我快承受不住想要放弃的时候,我想到老一辈齐鲁人啃窝头、住草房,手拉肩扛、艰苦创业;师傅们在零下20多度的寒冬腊月,仍坚守在装置生产一线,被汗水打湿的工装上挂满了冰碴子，和他们比，我现在的这点苦和累又算得了什么？于是我便咬牙坚持了下来，这一做就是十年！

当我把成果展现在同事们面前时，他们都惊讶地发现这个3D流程图和现场几乎是一模一样，很快被我们厂和公司用于专业技能培训，深受工友们的好评。今年4月份，我受邀参加了在深圳举行的国家首届大国工匠展，我的这项创新成果引起同行业的高度关注。

责任、传承、坚守与奉献也成就了我。我先后获得了"山东省技术能手"称号、"全国五一劳动奖章"。2020年11月，我被授予全国劳动模范光荣称号；今年，我又当选为党的二十大代表。

一代又一代齐鲁石化人薪火相传、守正创新，发扬筚路蓝缕、以启山林的精气神，以尺寸之功立百年基业，以点滴之力筑美好家园。

走过半个多世纪的齐鲁石化，累计加工原油突破4亿吨，生产出的汽油、柴油、航煤共2亿吨，最大程度上保障了社会能源供应，贡献了国家、服务了经济民生。今天的齐鲁石化，正全面贯彻新发展理念，积极融入全省区域发展大局，擘画高质量发展新蓝图。

万水千山不忘来时路。新时代、新征程，我将与工友们始终怀揣"我为祖国炼石油"的初心和情怀，牢记习近平总书记的殷殷嘱托，撸起袖子，炼好石油，在产业报国的征程中再立新功、再创佳绩！

一串葡萄的故事

山东铝业有限公司职工　高文静

今天我想与大家分享《一串葡萄的故事》。

这串诱人的葡萄不是入口的葡萄，我们的"葡萄串"由31颗"葡萄"组成，象征着一月中的31天，绿、紫、黄、红、白五种不同色泽的"葡萄"代表着不同的行为表现，它就是现在普遍使用的一个安全管理工具——葡萄图，而它的倡导者是我们厂的劳动模范——巩庆刚。

老巩爱转悠，进厂的第二天他就着手对全厂设备设施的运行状况进行摸底、排查，他转悠到哪儿，就和哪个岗位的员工拉到哪儿，那时的我们很疑惑，这个瘦瘦的小老头精神头也忒好了吧？

可当《安全葡萄图管理及综合计分法考评实施方案》下发到我们每个车间支部时，我们才明白自己还是道行太浅，三言两语中你对工作的态度，对岗位的熟知程度人家就掌握了！这不就来对付我们了？什么基础分60得一绿葡萄，什么发现隐患整改了给你贴个紫色的，什么有违章行为的来颗黄的或者红的，这不就变相加活儿，还"要无赖"扣钱吗？

非常不幸，我成了第一个吃葡萄的人！那天，我正惬意地吃着老冰棍，斜靠在化验室的座椅上吹空调，别提多舒坦了，可惜一个电话打断了我的快乐时光。电话那头调度火急火燎地通知说："氯氢岗位要进罐作业，需要办理有限空间作业票，立刻到现场进行检测。我敷衍地应下，挂断电话，漫不经心地拿起设备赶往现场，迅速检测完回到化验室继续我的快乐。可不一会儿，快乐戛然而止。微信群里，老巩@安全科了一个截图，还有一句话"责任人未签名，作业票无效，考核500，贴黄葡萄"。我点开截图，是我刚签完的作业票，瞬间我郁闷了，冰棍此时也不再可口，我不以为意，啥呀，不就一个签名，补上不就完了，这点事至于吗？

可老巩爱较真啊，在调度会上就说了："宁听骂声不听哭声！咱们推行葡萄图就是通过每天计分制真实反映员工的安全履职状况，增强安全意识，不断消除工作环境中潜在的安全隐患，杜绝习惯性违章操作，打通安全管理的最后一公里！可能你觉得就一个名字的事，但是如果岗位上的操作工或者是施工的也有这种想法，贪省劲贪省时间不检测就签上你的名字，违章进入罐体密闭作业造成窒息，责任你承担得了吗？

我低下了头，说真的，我从来就没想过一个小小的签名能带来这一系列的后果，我认了，这个葡萄酸却也值！

老巩爱唠叨，他要求在班组休息室设置"安全葡萄图管理看板、心情看板"，人均一串"葡萄"，根据各岗位作业环境和实际情况，灵活制定考评措施，让员工的安全意识和行为体现在每颗"葡萄"上。通过每天的积分展示，让员工明白自己和别人每一颗葡萄都是怎么来的，颜色为啥不一样，清晰地看到自己安全绩效的变化，把安全绩效从"大锅饭"变为"懂安全、会安全才能多得"。

说实话这个"葡萄图"实行起来，刚开始大家确实不适应，但是按照流程一步步地来，却感觉越来越顺手。作为一名化验员，我以前漫不经心的老毛病、习惯性违章操作自觉地就改掉了：取样时上下楼梯抓好扶手；配置硫酸时、称量烧碱时带好护目镜防护手套；吸取易挥发的盐酸在通风橱内吸取……7月份我被评上了"葡萄图安全卫士"，喜提花生油两桶，把我那被罚的500元又挣回来了!

"葡萄图"改变着我的行为习惯,我会主动去学习各类安全知识,隐患整改工作从被动执行到主动实施,带着感情去护理每一台责任设备,杜绝"小"隐患衍生出"大"故障,真正实现了从"要我安全到我要安全到我会安全"。

你能想到吗?短短三年,一张小小的葡萄图已经做成了一篇大文章,它从我们厂发芽,茁壮成长,现在覆盖了公司的各个企业,成为安全隐患排查与整改最"趁手"的管理工具。老巩说:"我们是高危化工企业,安全就是天字号工程,每一个人、每一个微小的环节都不放过,你只有实实在在地去做,才能让咱厂区周边的老百姓放心,让政府安心!"我们推行"葡萄图",为的就是保证在厂每一名职工的生命安全!

遍植"葡萄树",结满"安全果",现在的我们已经成为各个厂区参观团的打卡地!你听,小鸟唱着歌在带路,每个清晨迎着初升的太阳,花儿吐着芳香迎宾,我们走进美丽的"花园式"的厂区……

这是老巩这几年给我们厂带来的新变化,时刻与员工"想在一起、站在一起、干在一起",他正带领我们向着打造最具安全感、获得感、幸福感工厂奋力奔跑着!为家乡的产业振兴贡献着力量!一个前进的时代总有奋发向上的精神在指引,让热爱与拼搏一直延续,我们等你来打卡!

筑梦小乡村　擘画新图景

日照市岚山区虎山镇张家结庄村党支部书记、村主任　陈　花

我今年53岁，是一名女干部。2017年，在村两委换届选举中，我被上级党组织任命为我们村党支部书记。

我当时很是纠结，因为在我们1557口人的村里从没有女同志当支部书记。我怕我能力有限，耽误村庄发展，辜负了全体村民的信任。我们村村情也很复杂，特别是爱人坚决不同意，让我自己选择：要么离婚当官，要么老老实实地在家看孙女。

我从1994年开始，在村里从事计划生育工作。28年来，工作中的认真、务实、有担当也给全体村民留下了好口碑。面对实在没有更合适人选的现状，作为一名老党员，面对上级党委的信任、村民的期望，我下定决心，拼上命，也要把村治理好。

万事开头难，收账第一难。多年来，由于历史原因，我们村村民欠村集体的账目一直没有算清过，群众意见也很大。

借着产权制度改革的东风，我把清理陈欠作为理顺村工作路子的头号工程。可把多年历史陈账算清，容易吗？不少党员甚至支部成员都和我说，多少届支委都算不清的账，咱也别去捅那马蜂窝。

可我天生一股子犟劲，认定的事，再难也要去干。如果还和以往的班子那样，我宁可不当这个支部书记。

我先从统一支部班子思想开始，苦口婆心地做工作，一遍遍召开党员、村民代表会议，把这个理拉清楚、说明白。听了我的理，大家也都说，确实应该清理陈欠，但你有这个能力吗？你们这个新班子能行吗？我只有一句话，只要是对的，只要态度坚决，只要我们拧成一股绳，就没有我们班子干不成的事。

我和全体党员说：作为支部书记，大家向我看齐，我的近亲家族所有欠集体的账，我负责到底，即使收不上来，我陈花个人给垫上也绝不欠集体的。这是我的军令状。

欠村集体账的近亲属中，有一位78岁的老爷爷是辈分最大的，也是威望比较高的。我反复苦口婆心地做工作，起初老爷爷对我避而不见，或者不搭理我，但我还是三番五次地上门，边和老奶奶拉呱，边帮他们干手边活。终于老奶奶发话了，她说："孩子，我是看着你嫁过来的，二十多年了在家里你是一个好媳妇，在村里你是一个好干部，既然大家都选你当书记，我们就得支持你，但你要一碗水端平。"第二天，村会计就收到老爷爷的第一份欠款。

万事开了头，就不难。党员、村干部们纷纷带头做工作，最终除了特别困难的两户，其他户欠村集体款项共57万元一分不少及时收缴上来。村里的底摸清了，集体经济收入也得到了健康有序发展。党员们有了信心，群众也安心了，我们班子得到了村民的认可。

群众期盼的事，就是支部要干的事。

我们村村前有一条长2000多米、宽7米的河道，20多年来，眼看着村民在这里乱倒垃圾，乱栽树木、种菜，更可气的是还有一户竟然把房子建在河床一半位置上，严重阻碍夏天防汛工作。前两届书记都没有清理掉。一到汛期，防汛尤为紧张，特别是居住在前河边儿的住户，夏天蚊子苍蝇多不说，雨季经常屋里进水，村民怨声载道，对村委也意见很大。

我说干就干，在村民代表会议上，通过三天之内自行清理乱占河道、栽树种菜等各种违建现状的决议。支部示范、党员带头，村民们也都纷纷行动起来。对在河边建房的那户，支部态度坚定坚持到底，最终使其把河床上的房子彻底拆除了。群众都夸奖我们支部真是好样的。那年夏天洪水特别大，村民却没有遭受洪水灾害。我们又向上级申请了门前河治理工程，投资109万元，对门前河进行生态护坡，新建防浪墙，并在墙上装了路灯，河边的小路也硬化铺上了沥青。村民饭后闲暇陪着老人带着孩子走在这美丽、明亮、绿树成荫的小河边，脸上洋溢着幸福的笑容。老百姓对我们竖起了大拇指，我们班子公信力在老百姓中是越来越强。

习近平总书记说："一个村子建设得好，关键要有一个好党支部。"只要有规划、有措施、真抓实干，群众拥护，就一定能把工作做好。感谢党组织的培养，让我感受到了基层党员的责任；感谢党组织的信任，让我有了全心全意带领群众谋发展的舞台。

我深深地爱着这片土地，爱着这片土地上的父老乡亲们。2021年换届选举，我再次高票当选村支部书记。未来的日子里，我将团结带领广大人民群众奔赴小康，在乡村振兴的新征程上更上一层楼！

猎毒沙场许芳华

滨州市公安局滨城分局禁毒大队
副大队长　王晓静

我是一名在缉毒一线奋战9年的公安民警。对抗、拘捕、死亡、威胁，这是缉毒影片中呈现的极致危机，何尝不是现实中奋战在缉毒一线公安民警的年复一年、日复一日？如果说缉毒警察是刀尖上行走的勇者，缉毒女警就是刀尖上绽放的铿锵玫瑰。

2021年4月，我被省公安厅点名抽掉，到云南丽江主战区参加毒品查缉任务。云南，毗邻境外毒源地"金三角"，缉毒执法环境复杂凶险，是禁毒斗争的最前沿和主战场。作为禁毒民警，能够走上云南战场是考验，也是荣耀。

4月的云南已是酷暑，空气湿漉漉的，温度高达40多度，憋得人喘不过气来，我们值勤必须防弹衣、口罩、护目镜、橡胶手套，全副武装，装备加起来十多斤重，不出3分钟，汗水就能把衣服全打湿。

4月23日，一辆白色越野车即将驶进查缉站，走到半路的时候，突然停了下来，十几秒后再次发动，这一异常引起我的注意。

"您好，公安例行检查，请您熄火停车！"车辆停了下来，车窗却紧闭。我敲了敲车窗，示意他摇下窗户，出示有效证件。

此时，玻璃才缓慢地降了下来，我看到司机满脸大汗，双手紧紧握住方向盘。

不对劲，这里面肯定有问题！

凑近车窗，似乎闻到一股海洛因的酸臭味，职业敏感告诉我，车上3人极有可能刚刚吸过毒。但此时，恰逢车辆高峰期，前方有两辆大客车，近百人刚刚下车进行身份核录，一旦发生闯卡或冲撞人群，后果不堪设想。我大脑高速运转，怎样才能将嫌疑人兵不血刃地带离车道，保证群众的绝对安全？我一边镇定地与司机闲聊，一边快速寻找切入点。突然我发现车辆为外省牌照，装作不在意地说道："哟，师傅，您也是外地车辆啊！按规定得做个简单登记，麻烦您跟我这位同事去一下，很快的。"或许是我的表情太过轻松，也或许是现场大量的身份核验人群让他放松了警惕，司机僵硬的身体一下放松了下来。

为了不惊动他们，我使用暗语通过对讲机调集队友和持枪武警支援，同步发出指令，安排警力布防。等他们进入检查室，我们兵分三路，迅速控制住3名嫌疑人。后续的搜查让我惊出一身冷汗，在副驾驶的座位下方，我们发现一把30多厘米的砍刀。他们不仅吸毒，还是一伙穷凶极恶的毒贩。

我们都盼着"天下无毒"，但是没有毒品和查不出毒品是两个概念。鹰眼猎毒者不仅要有超于常人的艰辛付出和不懈努力，更要有扎实的专业技能和敏锐的职业洞察力。有一次，我在化工厂实地检查，和企业老板几句闲聊中，敏锐地发现一丝异常，一个外地人想高价购入制毒重点化学品苯丙酮。我第一时间回到单位，对人员信息进行研判，结合辖区制毒窝点排查，顺线追踪，成功打掉一个制毒窝点，一举缴获溴代苯丙酮1989公斤，麻黄碱524公斤，抓获犯罪嫌疑人13人。

许多毒贩的反侦察能力很强，但对女性戒备比较低。所以很多时候，我们女警也会扮演成各种角色：瘾君子、宾馆前台、路边小妹、情侣夫妻……表演也是我们的必备技能，只要有一丝机会打入毒贩内部，我们都不会放过。

多年以来，我获得中央政法委"平安之星""全国毒品查缉先锋"等多个荣誉称号，荣立个人二等功 1 次，三等功 2 次。今年荣获全国优秀人民警察的荣誉称号。

工作的间隙，我也会和儿子视频聊天，爱人被抽调到国际刑警组织，儿子在老家跟着老人生活。视频中，小家伙在一天天长大，给我讲身边的故事，他说："妈妈，我很坚强，姥姥说，想妈妈的时候我都不哭。"

这时，我会把目光离开屏幕，面对凶险，我必须保护好自己，因为儿子还在家等着我！面对罪犯，我必须勇敢，为了千千万万的孩子，千千万万的妈妈，千千万万家庭的幸福与安暖。

习近平总书记对禁毒工作做出重要指示："完善治理体系，压实工作责任，广泛发动群众，走中国特色的毒品问题治理之路，坚决打赢新时代禁毒人民战争。"

回首来路，禁毒英雄们用热血点燃信念之火；奔赴新征程，禁毒战线上的广大公安民警，将毫不动摇坚持厉行禁毒方针，全力夺取新时代禁毒人民战争新胜利。

难忘的非洲支教之旅

桓台县城南学校级部主任　田承恩

电影《我和我的祖国》中有一句话:"故地有月明,何羡异乡圆。"而我的故事却要从异国他乡说起。

2011年的仲夏,大学毕业的我,经过层层筛选,有幸被选拔为汉语教师志愿者,远赴非洲的埃塞俄比亚孔子学院支教。

踏上非洲的土地,我第一次真切地感受到什么叫异国他乡。纵使在首都,这里看上去远不如我们一个县城繁华。街道是坑坑洼洼,泥泞不堪的,房屋看上去也非常简陋,铁皮屋顶,铁皮墙面,连一块结实的砖瓦都没有。街道上,皮肤黝黑的孩子们光着脚、衣衫褴褛,随处可见擦鞋的小孩和乞讨的老人。在我心里,非洲是个贫穷落后的地方,但没想到竟贫穷落后到如此地步。

几天后,中国驻埃塞俄比亚大使馆热情地接待了我们。中国驻埃大使馆的面积非常大,使馆内,树木林立,气宇非凡。参赞告诉我们:进入大使馆,你就回到祖国了。无论你身在哪里,都不要害怕,因为你身后都有我们强大的祖国。听到参赞的话,我心潮澎湃,热血沸腾,有了强大的祖国做后盾,我心里有底了。

大家看,这是我支教的孔子学院,它坐落在一所中国援建的大学中。我的学生有大学生、外交官还有当地的商人。我的任务是教他们汉语,传播中国文化。

记得有一次上课，我教他们打招呼。我说：你好。学生们学得很认真，重复道：ni hao。还不错，训练几遍后，我说：在中国打招呼时，语速要稍快一点，像这样，你好，你好。学生们认真地模仿道：鸟鸟鸟。我愣了一下，赶忙纠正。我又放慢语速，加入了一些肢体动作和阿姆哈拉语，我说：萨拉姆，你好，你好。

放学时，学生们都很兴奋，露出洁白的牙齿，对着我大喊：Mr.Tian ni hao，ni hao。我微笑着回应，听着一句句汉语从非洲学生口中说出，心中充满了骄傲与自豪。

工作半年后我被调到了条件更艰苦的马克雷大学继续任教。马克雷是埃塞俄比亚北方的戈壁区，方圆百里荒无人烟。这里的气温有时高达50多度，蚊子、跳蚤更到处都是，每天起床我都是浑身大红包。这里的通信设备也十分落后，我经常几个月无法与家人取得联系。

记得有一次，我得了肠胃炎，上吐下泻，高烧不止，却找不到医院就医。远隔重洋，身在异国他乡的我，只能在夜晚遥望那一轮明月，寄托我的思乡之苦。

夜晚，思念在心头荡漾；白天，我又一如既往地工作。

一天，我走在小路上，迎面走来一群衣衫褴褛的小孩儿，他们手里拿着用贝壳穿好的手链，朝我摇啊摇。我以为他想用手链换些钱，可当我把硬币塞到他们手里时，他们却使劲地摇头，并用手指比画着写字的样子。我明白了，原来他们是想换一些学习用的纸和笔。我把纸笔递给他们，他们两眼放光，不断地说着谢谢的意思。我又拿出一个西瓜分给他们，这些孩子狼吞虎咽，吃得连西瓜皮都不剩。

像这样每天在街头游荡、无法读书的孩子在非洲是很普遍的。但是即便这样，这些孩子们仍然知道通过读书来改变命运，这深深触动了我。

接下来的日子，我每天坚持读书，坚持写教学反思，力求用心上好每一堂课，讲好每一个中国故事。我还经常从自己的生活费中省出一部分，捐赠给家庭困难的非洲学生，激励他们不要放弃，坚持读书。

孔子学院的工作不仅仅是汉语教学，它还是中国文化的传播窗口。

记得当时有位中国国家领导人要访问埃塞俄比亚，大使馆要求孔子学院准备节目，我负责黄梅戏《夫妻双双把家还》选段。对于汉语都说不流利的非洲学生来说，戏曲的寓意、神态、唱腔就更难掌握了。为了让学生们尽快地进入角色，我查阅了大量的资料，我给他们讲到了董永与七仙女的浪漫爱情，讲到了黄梅戏的历史起源与角色行当。从学生的眼神中，我看得出他们对中国文化的喜爱和向往，教学相长，这也激发了我心底对祖国文化的崇拜与热爱。下面请欣赏由非洲学生带来的黄梅戏选段《夫妻双双把家还》。

回国的前夜，我被邀请到学生家中。他们虽然生活拮据，但热情好客。他们在小院儿里堆起一堆篝火，然后围着篝火，喊着号子，欢呼雀跃地跳起舞来。在咖啡浓浓的香味中，在木柴噼里啪啦的燃烧声中，在非洲人民热情淳朴的氛围中，我也情不自禁地跟着一起跳起来，舞起来。

我记得那天的月亮特别明亮。"故地有月明，他乡沐恩泽。"这份幸福和快乐，既是我努力工作的回报，更是中非人民友好互助的见证。

回国后，我成为一名教师。我会常常给学生们讲起这段难忘的非洲支教之旅。

十几年来，孔子学院积极开展汉语教学和文化交流活动，很荣幸我曾是其中的一员。增进中外人民友谊，促进世界和谐、多元化发展的新征程仍需要我们年轻一代为之努力和奋斗，我们依然在路上，加油！

"橙"风破浪 力挽狂"蓝"

山东省消防救援总队烟台支队作战训练科 张 辉

我来自山东消防救援总队烟台支队，工作以来，参加灭火救援任务3000余次，抢救遇险群众200余人次；参与处置了栖霞"1.10"笏山金矿事故救援、潍坊寿光"8.18"洪涝灾害抢险救灾、蓬莱"10.1"鲁胶南远洋178号捕捞船火灾、东营市利津县滨源化工"8.31"爆炸事故等急难险重救援任务；先后被山东省消防救援总队评选为全省"优秀基层指挥员""齐鲁最美消防员"，被部消防局评选为全国"优秀中队指挥员"，荣立个人二等功1次，三等功3次，受嘉奖4次。

2021年1月10日，位于烟台市栖霞笏山金矿一中段发生爆炸事故，导致井筒、梯子间损坏，井下22人被困失联。接到救援命令后，我立即随支队灭火救援指挥部赶赴现场。到达现场后，经了解，因爆炸冲击波导致井筒内供风、供电、供水、管路，通信缆线等缠绕一起，造成回风井从160米至446米处不同程度堵塞，障碍物约1300立方米、70吨重，罐笼无法正常运行。受狭窄的施工场地限制，清障难度极大，且井下状况与被困矿工情况不明。

1月13日，现场指挥部决策：选派人员深入井下，搜寻井下被困矿工。我主动请缨深下井侦察。由于爆炸造成的井内障碍物较多，炮烟较大，矿井格局十分复杂，加之照明设备光源照射范围有限，给下井勘察工作带来很大影响，稍有不慎罐笼就会被障碍物卡住。漆黑一片的环境下，伴随着罐笼与障碍物摩擦、碰撞的声音，时刻挑战着人的心理极限。在强光照明设备的辅助下，我和我的队友采取边排险边下降的方式，仔细观察井道壁周围的环境，记录着每个细节，并进行实时汇报。当下降至320米的深度时，罐笼下方被障碍物堵死，无法继续下降，加之一氧化碳浓度超标，指挥部在评估后，下达了升井命令。

当罐笼上升到240米时，意外发生了！由于井内空间狭小，罐笼与井壁槽钢发生碰撞，挂在一起，但绞索仍在向上吊拉，部分障碍物被撞落井底，在密闭空间发出声声巨响，整个罐笼摇摇欲坠，随时面临倾覆危险……我立即通知地面人员停止吊拉，迅速调整罐笼，开展清障作业。经过紧急处置，最终成功脱险，安全到达地面。

自1月11日至1月24日，13天中救援经历3次雨雪天气，以及大雾、粉尘、噪声的多重考验，现场最低气温达-16℃，平均气温接近-7℃。作为作战组组长，我和队员们克服天气寒冷、工作繁重、任务多变等不利因素，不分白天黑夜不知疲惫地完成各项工作任务。在13天的救援任务中，先后转战3个井口。在3号井、4号井、1号井累计开展给养投送17次，音视频、探测仪、通信线路投送23次，包括营养液、食物、瓶装水、药品、保暖、照明、温湿度计、通信联络等物资约2000余件，累计投放总距离50000余米，为稳控井下被困矿工情绪、增强信心搭建了"生命连线"。

从抗旱救灾到爱心助学，从便民服务到疫情捐款，从帮扶孤寡老人到慰问困难群众，我们用一件件为群众做的小事，延伸着我们消防救援人员的责任担当。正如习近平总书记要求我们的那样，在人民群众最需要的时候，冲锋在前，救民于水火，助民于危难，给人民以力量。

万里山河壮丽，用滚烫热血践行无悔誓言，我愿如此，人人皆然；万家灯火辉映，用自己的身躯守护一方平安，今夜如此，夜夜皆然。

纵使前方风急浪高、乱云飞渡，哪怕面对艰难险阻，只要心中有信仰、有人民，始终与人民同行，我们便无惧风雨，破浪前行！

做有温度的人民法官

广饶县人民法院四级法官助理 刘程程

去年8月的一天，我刚结束上午的庭审回到办公室，电话就响了起来，"哎，刘法官，我姓姚，我们从莒县过来，想见见您。"

过了好一会儿，两位步履蹒跚的老人才带着一个孩子走了进来。姚大爷很瘦，佝偻着背，边角打着卷儿的衬衫显得空荡不合身。面容憔悴的王大娘身后，跟着个小女孩，三四岁的瘦弱模样，怯生生地低着头，小手儿还紧紧地攥着老人的衣角。

他们是我承办的一起特殊的交通事故死亡赔偿案件的3位原告。说它特殊，是因为审查案卷材料时，手写的诉状上一位小女孩的信息引起了我的注意："姚某某，女，小名阳阳，约4岁，出生年月不详。"约4岁？我也是第一次看到诉状上原告的信息这么不完整。

我连忙示意他们坐下，向他们解释了相关的法律规定，告知他们开庭前需要先确定好阳阳的身份信息，否则很可能会因为缺乏计算依据导致阳阳的抚养费得不到支持。可姚大爷听完我的话，腾的一下站了起来，一把抓住我的胳膊，瞪大了眼睛，着急得说不出话。我被吓得愣住了……还没回过神儿，书记员就要叫法警，我拦住了她，因为我从姚大爷浑浊的眼神里看到了无助和委屈。

王大娘急忙掰开他的手："老头子，跟法官好好说。"之后，大娘跟我讲了他们的情况。老两口年逾七旬，两个女儿都在外打工。前几年小女儿生下阳阳，可关于这孩子的身世什么也不说，也一直没有给阳阳落户口。上个月两个女儿在广饶发生交通事故，大女儿重伤，小女儿也就是阳阳的妈妈经抢救无效去世了。"我们做过亲子鉴定，也去过公安局，说是没有阳阳的出生证明，一时半会儿上不成户口。实在没办法了，求求法官，救救我们的孩子，她还这么小，得活下去啊。"

听完大娘的话，再看看阳阳，我心里有种说不出的滋味。明明是依法办案，可这心里，总觉得亏欠着点什么，也不敢再看姚大爷的眼睛。我又翻开材料，想帮帮他们。可我的视线，却定在了那一纸诉状上，歪歪扭扭的几行字，写得很用力，从侧面看，纸都被写得凹凸不平了。我的心紧紧地一颤，以前没有细想过失去亲人意味着什么，更没有想过对于失去母亲的阳阳来说，她的未来，是否也会像这张纸一样，费力、坎坷。

我想我应该做点什么……

与姚大爷一家临别前，我对老人家说："请你相信法院，请你相信法官，我一定会竭尽全力帮助你们！"我将这起案件向院领导做了汇报，领导高度重视并作出批示：该案事关民生，一定要通过司法途径圆满解决！院里召开法官联席会议反复研讨，无法确定阳阳的户籍年龄，能否确定阳阳的生理年龄呢？这需要技术支持，可技术室人员却面露难色："中国刑警学院通过分析骨龄鉴定过 14 岁和 16 岁的，全国能鉴定阳阳这么小年龄的机构真没听说。"再难我们也要帮帮他们！技术室研究后决定发动法医群、工作群、校友群，发布协查文书，多方询问，辗转联系。苦心人天不负，最终，我们与河北医科大学法医鉴定中心取得联系，我立即告诉姚大爷带着阳阳去河北做了鉴定检查。接下来就是焦急而忐忑的等待，这一等就是 3 个月……

2021年最后一场雪，纷纷扬扬下个不停。这一天，那份期盼已久的鉴定报告出现在我的案头，"结果出来了，终于出来了！""被鉴定人姚某某年龄为3.8岁以上，未满5.8岁，中间值为4.8岁。"确定了阳阳的年龄，我在排期表上找到最近的时间，开庭进行审理，并当庭作出判决。判决生效后，我联系保险公司，开通绿色通道，很快就将赔偿款全部理赔到位。

案件办结后的第二天，老两口专程带着阳阳来了。一看到我，姚大爷就激动地说："娃儿，来快跪下，给你的救命恩人磕头！你一定要记住，这个姨可是我们全家的大恩人啊！""谢谢阿姨！"懂事儿的阳阳看我哭了起来，我连忙一把扶起她，把她紧紧搂在怀里："好孩子，不哭，不哭。"看着阳阳那稚嫩的小脸儿，我的泪水流了下来。

通过这起案件我深深地感受到，我们的每一项工作都与人民群众息息相关。习近平总书记多次强调，要努力让人民群众在每一个司法案件中感受到公平正义。人民法官从来不是高高空悬的美丽称谓，它蕴含着人民群众对公平正义的追求与期盼，也承载着我们司法为民的庄严与承诺！作为新时代的人民法官，我们要始终将"人民"二字镌刻在新征程的答卷上，用真心服务群众，用真情温暖群众，让每一个案件都散发出正义的光芒！

有我在　你平安

枣庄市山亭公安分局指挥中心民警　梁亮亮

今天我来讲一讲一位基层派出所所长的故事。在好多人眼里，派出所只是处理点家长里短，鸡毛蒜皮的小事，不会有惊天动地的大事，更不会有什么重大案件的发生。而在他看来，只有解决好小事才能实现社会平安，为了有效避免各类困扰群众的琐事发生，他创新性地摸索出以监测预警平台为依托、"三联工作法"为举措的"大数据"+"铁脚板"涉众型经济犯罪防范新模式，实现了辖区涉众型经济犯罪"零发案"，并在公安系统全面推广。为了增强群众安全感，他又以分局"七必巡"为抓手，全面推进"巡逻+走访+检查"的城区巡逻防控新模式，辖区内街面类警情大幅下降。从警20多年，他多次被公安部指定赴多地帮助侦办案件并先后荣立个人二等功、三等功，在今年5月25日，他更是被公安部授予"全国优秀人民警察"的光荣称号！他就是枣庄市公安局山亭分局山城派出所的所长秦宏图。

"娘，我走了，你在家多注意身体。""你爸刚走，能不去吗？""娘，不行啊，我必须得去。"他看了看墙上父亲的黑白照片和泪眼婆娑的老母亲，扶了扶即将临盆的妻子，缓慢地转过身，轻轻地带上了房门。这就是他奔赴澳门执行任务前，与家人告别的一幕，告别在他的从警生涯中出现过很多次，而这一次给他留下了刻骨铭心的印象。这是一件他作为案件主办人不得不去的重大案件，为什么一个基层派出所所长能够成为一个重大案件的主办人呢？

2016年5月，公安部同步推送给山东、上海、福建、广东四省市的一条简单的"换汇"线索，秦所长敏锐地意识到这起案件一定不简单。辖区不是发达地区，人员交流也不频繁，为什么会有人卷入到境外买卖外汇的案件中呢？带着深深的疑问，他从最原始的户籍档案入手，排查嫌疑人的社会关系；同时与省厅、部局积极沟通，光是调取资金交易数据就达数百万条之多。那段时间，靠着仅有的线索和零碎的资料，他一头扎进了虚拟且错综复杂的案件当中。记不清熬过了多少个夜晚，也记不清勾画了几百张犯罪脉络图，最后，他终于成功构建出完整的涉案资金架构和人员架构。

由于秦所长的率先突破，公安部经侦局将该案交由枣庄市公安局山亭分局主侦，并明确他为案件主办人。由于没有可以借鉴的案例，为了成功侦破案件，他就只能坐在电脑前通过软件建模，一点一点地吃透交易数据，最终发现所有的交易刷卡地点都指向了同一个地方——澳门！在公安部经侦局、国合局的支持下，他多次与澳门警方沟通交流，调查取证，最终一个跨境打击的方案在公安部经侦局和澳门检察部门审核下顺利通过。

让他终生难忘的是蹲守的最后72小时。白天，天气炎热，整个人就像从水里刚捞出来一样；深夜，晚风萧瑟，人被冻得浑身不停打哆嗦，但眼睛一眨也不敢眨，生怕出现一丝的纰漏。在最佳抓捕时刻来临的一刹那，他带领警员与澳门警方密切配合，在上海、山东、福建、广东以及澳门同步收网，在境内外一举打掉地下钱庄窝点12个，同步冻结3489个涉案银行账户，抓获犯罪嫌疑人30余名。至此，一个涉案金额高达280多亿的特大跨境地下钱庄案成功告破！这起案件的侦破开创了境内外共同打击地下钱庄的先河,得到了公安部、省厅领导的祝贺与嘉奖。

也就在这时,秦所长的手机突然响了,家里打来电话,告诉他孩子出生了,当问他给孩子起什么名字时,还在澳门执行任务的他想了想说,就叫"澳澳"吧。孩子出生的欣喜,多少冲淡了他赶往澳门前父亲去世带给他的悲痛。不是他不愿意留在老母亲和怀孕的妻子身边,而是赴境外执行任务的最佳窗口期决定了他没有选择权。

从澳门回到家,推开家门,他习惯性地同往常那样问了声:"娘,我回来了,俺爸呢?"当这句习惯性的回家问候脱口而出的时候,他脱鞋的动作突然停滞了下来,抬头间映入眼眶的是父亲挂在墙上的黑白照片,眼泪唰的一下子就涌了出来,他一把抱住了身边的老母亲哽咽地说:"娘,这回,我在家多陪你几天。"

工作这么多年,常常有人问他:"付出这么多,值吗?"他说:"值,因为有我在,你平安。"

我和我的藏蓝梦想

威海市公安局文登分局特巡警大队副大队长、三级警长 孔宏伟

我是一名普通警察。因为祖辈是军人的原因，我从小就有一个军警之梦，把手握钢枪、保家卫国作为我的终生追求。所以高考时，我义无反顾地报考了警校，并如愿当上了警察。

刚加入警队时，我被分配到治安大队担任侦察员，为了提高办案能力和业务水平，我就像"挤海绵"一样挤时间不断充实和提高自己，努力学习案件侦破技能、警务实战知识。当时住在单位宿舍，我便常常是第一个来，最后一个走，几乎成了"住在办公室里的人"。数不清多少个夜晚是在阅读法律法规中度过，数不清多少个清晨是手里抓着案卷资料醒来。我的手机内存里几乎全是实战技能案例；床头那本警务实战书籍，早已被翻得卷起了毛边……我明白，唯有自律才能迅速成长。

2010年，因为业务能力出色，我当选为分局兼职教官。当教官，做的要比说的多，练得也要比学员狠。在"红蓝对抗"模拟警情演练中，为了让参训学员身临其境，我穿上"红人"训练服，扮演"暴徒"，给学员当"人肉沙袋"，模拟实战对抗。虽然有厚重的防护装备，但每节课要受到100余次的击打，仍让我浑身伤痕累累。有一次实战对抗，一位学员一棍劈中我的头部侧面，我当场被打蒙在地，眼冒金星，天旋地转，好几分钟才清醒过来。看着学员们关切的眼神，我咬咬牙说："没关系，咱们再来！"又爬起来继续训练。还有一次，一个学员用钢叉叉到我大腿股骨头上，导致我现在年纪轻轻已经出现股骨头增生。

"学高为师，身正为范"，做教官，一定要有比一般警察更出色的综合素质。我特别注重提升自己的体能和技能，擒拿格斗，枪械射击，样样不甘人后。然而，正当我的职业生涯蒸蒸日上的时候，我却遭遇到了一次人生的重大打击——在2011年的一次训练中，我的右脚跟腱意外断裂，伤情严重并伴有后遗症。

戴着夹板躺在病床上，我无数次地问自己："我才27岁，就要与我的警察梦告别了吗？"心情低落至极。不行，我不能这样认输，一定要做回原来的自己！伴随着家人的鼓励，我开始了艰难的康复锻炼。第一天下地，伤口粘连，拉伸时剧烈的疼痛让我几近昏倒，之后的每次拉伸，都要经历凌迟般的痛楚。每当剧痛难忍，几欲放弃之时，我的警察梦就浮现在脑海中鞭策着我。就这样，我咬牙坚持训练，日复一日，跟腱功能居然逐渐恢复，甚至创造了一个小小的"奇迹"：受伤前我跑3公里的成绩是12分半，伤愈后成绩居然提升到12分以内，在局里名列前茅。努力终有回报，那一刻我无比欣慰：我终于可以继续我的警察梦了！

2014年12月，凭借多年勤学苦练打下的坚实功底，我通过层层选拔，光荣地加入了新组建的特警中队，成为警中精英。

身为特警，本应枪法高超，然而在射击方面，我却有着先天不足——我持枪的强手是右手，而瞄准的主眼是左眼，两者错位，给射击造成了很大困扰。我就不信这个邪，发誓要把枪法练好！为了练好枪法，不是"左撇子"的我强化练习左手持枪，天天在靶场上加班苦练，生生将不是强手的左手练成了强手。苦心人天不负，2017年11月，在全市公安机关特巡警系统应用射击比武竞赛中，我一举夺得"枪王"美誉。

特警,警中尖兵——哪里有警情险情,哪里就有我们冲锋在前的身影!这些年来,抓毒贩、抓逃犯,上到的楼顶或者下到冰河里救助轻生的人们,这些冒着生命危险的事,我不知已做了多少……有一次,我们中队接到指令,前往某小区抓捕吸毒贩毒犯罪团伙。我马上带领队员赶赴现场,并且率先破门而入。犯罪嫌疑人困兽犹斗,挥舞着尖刀向我扑来,被我以迅雷不及掩耳之势迅速制服,并当场搜出毒品一宗。

　　还有一次,上级抽调一批警察去外省执勤。此项任务危险而复杂,弄不好就是生离死别,但我毫不犹豫地第一时间报名。临行前,我写好遗书悄悄放进抽屉,拜托妻子:如果我有不测,请她把孩子抚养成人,为父母养老送终。后来任务临近结束,我才在手机视频中告诉她遗书的事情,电话那头的她顿时泣不成声……

　　从警17年,我坚守初心,牢记使命,执着梦想,奋斗不止,上级和组织也给了我很多荣誉,我先后被山东省公安厅授予"山东省公安系统先进个人""全省民警训练优秀教官""齐鲁公安英才标兵型人才"等荣誉称号,5次荣立个人三等功,今年5月,我又光荣地当选为"全国优秀人民警察"。

　　我的内心有对家人的亏欠,但我却可以说,我没有愧对这身警服,我没有辜负我的警察之梦!我将始终牢记宗旨,践行忠诚,将满腔热血融入祖国奔腾向前的时代巨流,初心不改,勇往直前!

我与CCUS装置共成长

齐鲁石化第二化肥厂气体联合车间
技术员 王佳俊

2021年的金秋十月。习近平总书记来到胜利油田调研考察，作出"能源的饭碗必须端在自己手里"的重要指示。考察期间，总书记健步走进勘探开发研究院二氧化碳气驱实验室，强调要集中资源攻关关键核心技术。

总书记关注的CCUS是什么呢？它是指将石油化工生产过程中产生的二氧化碳进行捕集、利用、最终永久封存于地下的技术。是将二氧化碳注入地下，用于石油开采，增加石油产量，实现全链条绿色生产，是推进"碳达峰"和"碳中和"的有力措施。

这个技术项目，就是后来的"齐鲁石化—胜利油田CCUS项目"，是我们开启探索大规模二氧化碳综合利用的绿色低碳之路。

这套装置就建在我所在的生产厂，作为石化战线的年轻一代，能够参与总书记关注的项目，我感到无上光荣！看着在一片空地上，一个个框架、一座座银塔、一个个储罐拔地而起，我心里充满了自豪！

由于这是国内第一套百万吨级的CCUS项目，从前期的技术、设计文件整理，到项目施工管控，再到后期装置开工，可借鉴的经验很少。我们先从技术资料整理开始，在2个月时间内，整理的资料有一人多高，为了吃透技术难点，我们的"诸葛亮会"经常开到深夜，为了一个技术问题，我们也经常辩论得面红耳赤。但我们都是为了一个共同的目标——装置能早日开工建设。

让我印象深刻的是，今年3月份天气格外寒冷，气温最低到了-10℃以下，可装置正处在吹扫、气密的关键节点。装置能不能顺利开起来，开车后运行得好不好，吹扫、气密这两道工序至关重要。

当时，有一条工艺管线，我们用工厂空气反复进行了吹扫，但是，都没有达到生产要求，一时让我们头疼不已。这时，一位老班长站出来说："干脆挑个瘦点的人，爬进管线清理吧。你看我身材正合适，让我来吧！"为了方便清理，他脱掉棉衣，穿着单薄的工装就爬进了管线。

那天气温很低，寒风刺骨，金属管线冰凉冰凉的，戴着手套也不起作用。在这种情况下，老班长用钢刷一点点清理着管壁，一个多小时后，等他出来的时候已是灰头土脸，摘下口罩和眼镜后，才能辨认出来他的模样，他却自信地说："这次肯定没问题了。"我统计了一下，在我们2000平方米的装置区内，盘延着1万多米的密集管线，我们不知对其吹扫了多少遍，每天都要行走2万多步，但更多的感觉是参与这个项目的喜悦。装置中的每一处都留下我们的汗水，都能找到我们努力的印记，这也成为我们大家不可磨灭的回忆。

整个建设过程，我们精心组织、科学施工，坚持"5+2""白+黑"，24小时施工，昼夜不停连续奋战，克服冬季施工、疫情防控等不利因素，提前统筹设备到货，严把施工质量，仅用96天就完成项目建成中交，创造了工程建设的奇迹。

项目的建设也得到了地方政府的大力支持。今年4月1日，公司CCUS装置开始投料开车。4月3日，成功打通全流程，产出合格产品，试生产一次开车成功，标志着公司在助力实现"双碳"目标征程上迈出了坚实的步伐！

今年 8 月 25 日，令人振奋的消息传来，CCUS 示范工程投产暨国内首条百公里级二氧化碳长输管道开工仪式在淄博举行。国家能源局党组书记、局长章建华，中共山东省委常委、常务副省长曾赞荣，中国石化集团公司党组书记、董事长马永生，共同按下启动键。装置投产后，每年可减排二氧化碳 100 万吨，相当于植树近 900 万棵、近 60 万辆经济型轿车停开 1 年，同时，预计未来 15 年可实现增产原油近 300 万吨。

于是，大家称我们为"碳路先锋"。"九〇后"的我，有幸参与了总书记关注的绿色低碳项目建设全过程！我不仅把专业知识付诸实践，收获了成功和喜悦，贡献石化年轻一代的青春力量，也和装置一起成长，携手并进；同时，我也深深感到肩上责任的重大。今后，我们将继续探索二氧化碳的综合利用，坚定不移走绿色低碳的发展之路。

我，我们，责无旁贷！

理论类

百姓讲述自己的故事

重温"三次对谈" 走好新时代赶考路

国网潍坊供电公司配电运检 张云鹤

"思所以危则安矣，思所以乱则治矣，思所以亡则存矣。"增强忧患意识，做到居安思危，是我们党从历史兴替中得出的一条重要经验，也是我们党永葆生机活力的一个重要法宝。今天，让我们重新回顾党史上的三次重要"对谈"，感受其蕴藏的历史智慧，走好新时代赶考路。

什么是"三次对谈"

党史上三次重要"对谈"，是指"甲申对""窑洞对""赶考对"。

1944年3月，世界反法西斯战争形势发生了根本性变化，全民族抗战胜利大势趋于明朗，郭沫若发表《甲申三百年祭》作为史镜。毛泽东看到文章深受启发、十分赞赏，致信郭沫若道：你的《甲申三百年祭》，我们把它当作整风文件看待。小胜即骄傲，大胜更骄傲，一次又一次吃亏，如何避免此种毛病，实在值得注意。毛泽东与郭沫若的这次笔谈，就是"甲申对"。

1945年7月，党的七大胜利闭幕后不久，黄炎培访问延安，对毛泽东说："我生六十多年，耳闻的不说，所亲眼看到的，真所谓'其兴也勃焉'……'其亡也忽焉'，中共诸君从过去到现在，我略略了解的，就是希望找出一条新路，来跳出这'周期率'的支配。"毛泽东说："我们已经找到新路,能跳出这'周期率'"。这条新路就是民主。他坚信共产党的"延安作风"一定能打败国民党的"西安作风"。这次著名对谈,史称"窑洞对"。

时间的列车行进到 1949 年,这是中国革命夺取全国性胜利的前夜。3 月 23 日,中共中央从西柏坡起程前往北平时,毛泽东说,今天是进京的日子,进京赶考去。周恩来回应,我们应当都能考试及格,不要退回来。毛泽东说,我们决不当李自成,我们都希望考个好成绩。两位伟人的这段对话,就是"赶考对"。

"三次对谈"的深刻含义

毛泽东在"三次对谈"中提出的重要观点,关系到党的生死存亡,其深意久久回荡在历史的天空。

一是警惕骄傲自满。"甲申对"深深影响了即将面临执政考验的中国共产党,在党的七届二中全会上,毛泽东告诫全党"夺取全国胜利,这只是万里长征走完了第一步",郑重提出了"两个务必",成为我们党在胜利面前保持清醒头脑、经受住执政历史考验的"传家宝"。

二是坚持人民民主。"只有让人民来监督政府,政府才不敢松懈。只有人人起来负责,才不会人亡政息。"新中国成立后,我们党就在不断践行"窑洞对"里的"民主新路",坚持一切权力属于人民,建立了具有世界意义的人民民主制度,成为保持党的先进性的基础,确保了党在长期执政中永不迷失方向。

三是永葆赶考精神。毛泽东用"赶考对"警示全党:赶考不是一时的,赶考永无止境。谈话里蕴含了"进京赶考"的使命意识、"不要退回来"的自我警醒意识,以及"决不当李自成"的执政自信,集中体现了中国共产党人的执政初心。在"赶考精神"的引领下,新中国实现了一穷二白、人口众多的东方大国大步迈进社会主义社会的伟大飞跃。

"三次对谈"对走好新时代赶考路的启示

一路赶考,一路探索。今天,我们比历史上任何时期都更接近、更有信心和能力实现中华民族伟大复兴。"三次对谈"对于我们走好新时代的赶考路,有什么启示呢?

一是慎终如始常思危。习近平总书记反复强调增强忧患意识,他明确提出:"增强忧患意识,做到居安思危,是我们治党治国必须始终坚持的一个重大原则。"当前,世界百年未有之大变局加速演进,大国博弈风起云涌、波诡云谲;国内仍存在一些困难和挑战,发达国家在几百年中出现的一些问题在中国几十年内集中爆发。民族复兴向上攀升的征程上,我们必须保持高度清醒的忧患自觉,准备付出更为艰苦的努力,才能跨过一道道沟壑、征服一座座高山。

二是自我革命立潮头。2021年11月11日,在党的十九届六中全会上,习近平总书记给出新解:"毛泽东同志在延安的窑洞里给出了第一个答案,这就是'只有让人民来监督政府,政府才不敢松懈'。经过百年奋斗特别是党的十八大以来新的实践,我们党又给出了第二个答案,这就是自我革命。"只有外靠发展人民民主、接受人民监督,内靠全面从严治党、推进自我革命,才能保证我们党长盛不衰、不断发展壮大。

三是不忘初心再起航。为中国人民谋幸福、为中华民族谋复兴是中国共产党的初心使命。习近平总书记强调:"我们要时刻不忘这个初心,永远把人民对美好生活的向往作为奋斗目标。"以人民为中心,是马克思主义最鲜明的品格,是习近平总书记谈治国理政始终如一的施政理念,是我们党在革命建设改革中不断从一个胜利走向另一个胜利的根本保证。踏上新的赶考路，我们必须坚持以人民为中心的发展思想，让改革发展成果更多更公平惠及全体人民，朝着实现全体人民共同富裕的目标稳步迈进。

我辈长缨在手，何惧风雨沧桑，只要我们以史为鉴，居安思危，携梦以航，全面建设社会主义现代化强国的目标就一定能够实现，中华民族伟大复兴的中国梦就一定能够实现！

永葆对党忠诚的政治本色

荣成市教育和体育局秘书科科员 邓竹桥

习近平总书记深刻指出:"对党忠诚,是共产党人首要的政治品质。我们党一路走来,经历了无数艰险和磨难,但任何困难都没有压垮我们,任何敌人都没能打倒我们,靠的就是千千万万党员的忠诚。"

"天下至德,莫大于忠。"忠诚是我们党与生俱来的红色基因,是党员干部的政治灵魂。入党誓词中这样写道:"对党忠诚,积极工作,为共产主义奋斗终身,随时准备为党和人民牺牲一切,永不叛党。"无论是在革命战争年代,还是在脱贫攻坚的伟大斗争中,抑或是在疫情防控一线,风雨百年,"忠诚"二字早已深深烙印在飘扬的党旗之上,成为共产党人的历史自觉。

新时代,改革发展稳定任务之重、矛盾风险挑战之多、治国理政考验之大都是前所未有的,这对党员的忠诚提出了新的要求。对此,习近平总书记指出:"对党绝对忠诚要害在'绝对'两个字,就是唯一的、彻底的、无条件的、不掺任何杂质的、没有任何水分的忠诚。"

在新的时代交汇点上,党员如何才能做到对党的绝对忠诚呢?

忠诚是信仰信念的结晶,理想信念坚定才能对党忠诚。对马克思主义的信仰,对社会主义和共产主义的信念,让一代代共产党人在鲜红的党旗下谱写出一篇篇忠贞不渝、可歌可泣的篇章,铸成了传世的精神丰碑。革命烈士方志敏面对敌人的威逼利诱，对党忠贞不贰，临刑前高呼："敌人只能砍下我们的头颅，决不能动摇我们的信仰。""寸土千滴红军血，一步一尊英雄躯"，长征途中红军战士刘志海在生命的最后时刻手里紧握着党证和作为党费的唯一一块银圆，牺牲前仍不忘把一切献给党。在新时代的奋斗征程中，华坪女高校长张桂梅拖着病痛之躯，用执着的信念，让1800多名女学生走出大山深处，走进高等学府的大门；和平时期的祁发宝、陈红军、陈祥榕等边防军人，"宁将鲜血流尽，不失国土一寸"……对党忠诚，就必须不断筑牢信仰之基、补足精神之钙、把稳思想之舵，以坚定的理想信念砥砺对党的赤诚忠心。

忠诚在斗争实践中锤炼，踏实实干才能对党忠诚。习近平总书记强调："忠诚不是挂在嘴上、写在纸上的，而是要体现在实际行动上。"对党忠诚，不在于喊多少口号，而在于实际行动；不在于敷衍了事的表态，而在于关键时刻的挺身而出。雷锋同志在日记中写道："党叫我干什么，我就干什么，决不讲价钱。"谷文昌说："不治服风沙，就让风沙把我埋掉。"黄文秀对朋友说："长征中，战士死都不怕，在扶贫路上，这点困难怎么能限制我前行？"什么是"虽千万人吾往矣"？什么是"虽九死其犹未悔"？什么又是"鞠躬尽瘁，死而后已"？共产党人用实际行动对忠诚作出了最好的诠释。对党忠诚体现在关键时、紧要处。当前的助企纾困、乡村振兴、实现共同富裕，都是大仗、硬仗，需要党员在面对风险和挑战时充分发挥党员的先锋模范作用，涵养"乱云飞渡仍从容"的政治定力，保持"咬定青山不放松"的韧劲儿，喊出"跟我上"的口号，啃下"硬骨头"，清除"拦路虎"，勇闯"火焰山"，以忠诚、干净、担当的实际行动，在全面建设社会主义现代化国家新征程中阐释对党的一片忠诚。

"行之力则知愈进，知之深则行愈达。""入了党，就要一辈子一心一意地跟党走。""广大共产党员要始终在党爱党、在党为党，心系人民、情系人民，忠诚一辈子，奉献一辈子。"当前，我们正昂首向着第二个百年奋斗目标迈进。面对世界之变、时代之变、历史之变，广大党员、干部要始终坚持对党忠诚的大德，在干事创业中诠释对党的忠诚，永葆共产党人的政治本色，为实现中华民族伟大复兴的中国梦而不懈奋斗。

握紧新征程上的接力棒

东营市东营区黄河幼儿园 孔 云

只有一条路,能被人们喻为"地球上的红飘带";只有一条路,能让我们如此为"中国红"而壮志澎湃、豪情满怀。这条路,就是长征路!习近平总书记曾经深刻指出:"每一代人有每一代人的长征路,每一代人都要走好自己的长征路。"一百年来,一代又一代人为了实现中华民族伟大复兴的中国梦,披荆斩棘以赴之、慷慨就义以从之、殚精竭虑以成之、改革开放以促之、脚踏实地以干之。

在"变"与"不变"中接力历史的血脉

党的阶段性任务在不断变化,从反帝反封建到建设社会主义,从全面小康再到共同富裕,党的阶段性任务在不断根据不同发展阶段的革命或建设的客观实际而有所不同。而党的最高纲领:实现共产主义始终没变。

我们党从一个最初只有50多名党员的组织,发展成为如今拥有九千多万名党员的世界大党,党的组织构成变了,而组织能力始终没变。

经过一代又一代中国人的不懈努力,我们的国际空间变大了、国际话语权变重了、国际地位也变高了,然而,不论世界怎样变,见证伟大的中国共产党成立、承载着中国共产党人初心使命的那艘红船所展现出来的"中国精神"始终没变。

今天,我们从这些"变"与"不变"中去理解中国共产党为什么能,马克思主义为什么行，中国特色社会主义为什么好。踏上新征程，我们要发扬红色传统、传承红色基因，赓续共产党人精神血脉。这是深入骨髓的根植，它将潜移默化地指引着我们做出更利于改善自我、利于人民群众、利于党和国家的选择。

在"愿"与"不愿"中接力时代的重任

中国共产党人的初心和使命是为中国人民谋幸福、为中华民族谋复兴。一代代共产党员为着这个"愿"而努力奋斗，努力克服我们在复兴路上种种的"不愿"。

摘星星的妈妈早已平安归来，可这无限荣光的背后，还有一群默默奉献的科研工作者。他们曾一字一句写下了自己的"愿"与"不愿"。"我宁愿万里归国，自残脚趾，也不愿享受外国高薪挽留，不愿为国民党反动政府效力。""我宁愿驻扎在茫茫戈壁，飞上海拔5000米的高空完成20多个小时的校飞试验，也不愿'天问一号'在着陆的'恐怖7分钟'里有丝毫闪失。""我宁愿一次次牺牲吃饭的时间，多做一次试验，让多工器早日实现全国产化、领跑国际，也不愿晚一天解开卡脖子的枷锁。"……

古语讲："人生万事需自为，跬步江山即寥廓。"所谓"万事"是长征途中的女红军"自己有一条被子，宁愿剪下半条，也要留给老百姓保暖"；是廖俊波甘当"樵夫"，"宁愿挑最重的担子、啃最硬的骨头，也要保障群众利益"；更是钟南山无畏"逆行"，"宁愿在高铁餐车的促狭一角短暂休息，也要奔赴抗疫一线贡献自己的力量"。

今天，我们从这些"愿"与"不愿"中弄清楚过去我们为什么能够成功、弄明白未来我们怎样才能继续成功。踏入新征程，我们要更加坚定自觉地践行初心使命，坚持人民立场，始终把人民放在心中最高的位置，努力开拓新的伟大事业。

在"凡"与"不凡"中接力未来的期待

"伟大出自平凡，平凡造就伟大。"回顾新中国成立的这 70 多年，中华大地涌现了一大批英雄模范，从舍生忘死、保家卫国的黄继光，到一心为民、廉洁奉公的焦裕禄；从奋发图强、艰苦创业的袁隆平，到隐姓埋名、科技报国的邓稼先，他们用平凡的肩膀扛起了中华民族伟大复兴的梦想，创造了一个又一个不平凡的中国奇迹。

习近平总书记指出："只要有坚定的理想信念、不懈的奋斗精神，脚踏实地把每件平凡的事做好，一切平凡的人都可以获得不平凡的人生，一切平凡的工作都可以创造不平凡的成就。"平凡中的"不平凡"就是"奋斗"。践行新时代愚公移山精神的黄大发，历时 30 余年，硬生生在绝壁上凿出一条长 9400 米、地跨 3 个村的"生命渠"，结束了当地长期缺水的历史，可以说黄大发将共产党员的使命担当转化为真抓实干的实际行动，以数十年如一日的坚持彰显了共产党员的精神力量。

今天，我们从这些"凡"与"不凡"中感悟什么叫奋斗，什么叫担当，什么叫奉献。踏入新征程，我们要从"平凡"的共产党员身上汲取"非凡"力量，学习他们把人生理想、家庭幸福融入国家富强、民族复兴的伟业之中，努力在平凡的工作中创造不平凡的成就。

纵观中华民族五千多年的历史、中国共产党百年奋斗的历史，这一个又一个精彩的故事，向我们诠释着接力的力量，让我们在历史的浪潮中乘风而起、猛进高歌，在伟大复兴的新征程中披荆斩棘、接力而上！

从三个维度看全过程人民民主的人民性

菏泽市人大常委会法工委法规科
科长 李卓群

"金豆豆、银豆豆，豆豆不能随便丢；选好人，办好事，投在好人碗里头。"这首民谣生动体现了在延安时期，中国共产党人为了动员不识字的农民参与民主选举所进行的智慧创造——豆选。进入新时代，以习近平同志为核心的党中央对发展社会主义民主的认识更加深刻、路径更加清晰。在庆祝中国共产党成立100周年大会上，习近平总书记提出要"践行以人民为中心的发展思想，发展全过程人民民主"。在原来"全过程民主"的表述中首次加入了"人民"二字。为什么要着重强调这两个字呢？

价值维度：全过程人民民主根植于人民当家作主的本质

"你们这么多人口，是怎么管的？"面对外国政要的疑问，习近平总书记说，把人民群众的积极性调动起来。跨越960多万平方公里土地、把14亿多人民的积极性调动起来，能行吗？行！

在我任职的宋庄村，有一位90多岁高龄的老党员孙贵民。去年11月，县乡两级人大换届选举开始，由于老人行动不便，我和村两委将流动票箱送到了老人家门口。看着票箱，老人回忆说："俺第一次参加选举是1947年的冬天。俺们是排着队用黄豆粒投的呢！甭管豆子还是票箱，这国家从来没忘记过俺这个普通的老农民！"朴素的话语道出了时代在变，但不变的是人民当家作主的本质。全国2800多个县（市、区）、4万多个乡镇，亿万人民都投下了庄严的一票。作为世界上规模最大的基层民主选举，有学者将其称为仿佛用筛子筛了一遍沙漠，难度之大可想而知，却在中国有条不紊进行。美国独立记者丹尼·海防曾说："中国全国人大代表来自各行各业，美国国会的大多数议员都是百万富翁，他们可以通过满足私人金融机构的利益来积累财富。例如，众议院议长佩洛西在30多年的国会职业生涯中获得1亿美元的净资产。"

全过程人民民主的本质是人民当家作主，而不是少数人说了算。人民群众通过人民代表大会制度实现了国家层面的政治参与，通过村民说事室、乡村夜话等多样有效的基层民主形式实现了社会层面和日常生活层面的有序参与。党和国家要做什么、如何做、做得怎么样，人民参与贯穿始终。

实践维度：全过程人民民主体现于完整的参与实践

将选票投入投票箱，走出议事会场后，民主还在吗？在！去村里任职前，我是一名立法工作者。大家现在看到的这份政协提案推动了《菏泽市养犬管理条例》的诞生。在条例制定过程中，我们经常体悟到群众的急难愁盼：犬伤人现象频发怎么办？遛狗不拴绳的问题又该如何解决？我们的回答是：众人的事情由众人商量。除了将条例全文公布，多渠道征求群众意见外，我们还深入基层走访，召开专题座谈会。来自菏泽市首个省级基层立法联系点民泰社区的居民代表刘冬梅发言时难掩激动："养犬这个事跟我生活息息相关，现在可算是有地方说了！"条例实施后，我们还接到了群众来信，认为实施力度不够。后期通过立法后监督，督促有关部门采用增设养犬登记点、开展文明养犬宣传等方式，回应了群众。

全过程人民民主的关键是全过程，从一部法规的立项、起草、执行，我们可以清晰地看到，全过程人民民主是从人民诉求表达、到诉求有效解决、再到实施后监督的闭环过程，确保了在每个环节都能听到来自群众的好声音。

目标维度：全过程人民民主落实于人民意愿的有效实现

前不久，"学习强国"开通了"我为二十大建言"的专栏，全国各地的网友纷纷留言，我也特别激动地在"全过程人民民主"的主题下留了建议。我们的建议有用吗？有用！"十四五"规划纲要中关于"互助性养老"的表述就来自于网民"云帆"的建言。

民主不是装饰品，不是用来做摆设的，而是用来解决人民需要解决的问题的。中国外交部发言人华春莹就佩洛西窜台事件表示："我们从死于新冠肺炎疫情的100多万美国民众身上，看到了佩洛西口中民主的虚伪和冷酷。"同样是面对世纪疫情，中国坚持人民至上、生命至上，不遗漏一个感染者，不放弃一位患者，坚决遏制疫情蔓延，织就了世界最大的社会保障网。事实证明，全过程人民民主实现了人民的幸福。

三个维度，其实就是从根植人民、依靠人民、造福人民的不同侧面回答了全过程人民民主的人民性问题。由此可见，新征程上，让全过程人民民主之树根深叶茂、永远常青，路就在脚下——让人民的所思所想融入党和国家发展，必将激励14亿多人携手奋斗，推动中国号巨轮乘风破浪、行稳致远。

独立自主照亮复兴之路

国网山东省电力公司培训中心专业培训管理部专责　曹维时

今年4月，习近平总书记在海南考察时强调："只有用自己的手攥紧中国种子，才能端稳中国饭碗，才能实现粮食安全。"

一番话，意味深长。种子是农业的"芯片"，是保障粮食安全乃至国家安全的源头，端稳中国饭碗，必须做到种源自主可控，种业科技自立自强。

党的十九届六中全会把"坚持独立自主"作为党百年奋斗的十条历史经验之一，揭示了中华民族勇往直前、不懈奋斗的精神源泉。新时代、新征程，要幸福就要奋斗，要发展振兴就要走自己的路，就要独立自主地把中国发展进步的命运牢牢掌握在自己的手中！

独立自主，是一条艰难之路

回望党的百年历史，独立自主是一条艰难的道路。

毛主席曾经讲过，我们真正懂得独立自主是从遵义会议开始的。我们党成立以后，一直到遵义会议前夕，对马克思主义理论的理解是不足的。理论和实践的脱节，让尚不成熟的党在共产国际的指导下邯郸学步、亦步亦趋，很大程度上丧失了独立的思考和行动。盲目地服从、教条地执行，一次次的右倾机会主义和"左"倾冒险主义错误，让革命力量蒙受了惨重损失。第五次反"围剿"失败，使我们党在白区的革命力量几乎损失

100%，苏区的革命力量损失 90%，中国革命几乎陷入绝境。

但中国共产党的伟大就在于，始终坚持真理，勇于修正错误。1935年 1 月召开的遵义会议，开启了党独立自主地解决中国革命问题的道路，在最危急关头挽救了党，挽救了红军，挽救了中国革命。

抗日战争时期，面对日军的狂妄进犯和敌强我弱的客观现实，毛主席创造性地提出"独立自主的山地游击战"方针。在国民党正面战场节节败退的情况下，八路军的敌后战场成了中华民族抗战的中流砥柱。

解放战争时期，人民解放军以摧枯拉朽之势即将打过长江之时，美苏两国别有用心地提出了"划江而治"的阴险方案。面对各种威胁，中国共产党并不惧怕，而是坚定地选择了独立自主的道路，解放全中国，建立了一个崭新的人民共和国！

独立自主，是一条奉献之路

新中国成立后，接连受到美国、苏联的核武器威胁。他们敢动辄挥舞核大棒，就是因为中国自己没有核武器及其运载工具，没有起码的还击手段。

中国作为大国不能附庸在别的国家后面，必须走独立自主之路。我们义无反顾作出独立自主研制"两弹一星"的重大战略决策。大批优秀的科技工作者，怀着对新中国的满腔热爱，义无反顾地投身到这一神圣而伟大的事业中来。

郭永怀，是"两弹一星"元勋中唯一的烈士。1968 年 12 月 4 日，在青海试验基地的郭永怀，在试验中发现了一个重要线索，他当即决定赶回北京。

12 月 5 日凌晨，郭永怀乘坐的飞机在途中失事。在生命的最后十秒，郭永怀与警卫员紧紧地抱在了一起，用自己的躯体保护了一个完好无损、装着热核导弹绝密资料的公文包，保护了中国的核事业。

1958年，当"两弹一星"元勋邓稼先接到参与研发新中国自己的原子弹任务时，用了3个"不能"告诉妻子工作的变动。

"我要调动工作。""调哪？""不能说。"

"干啥？""不能说。"

"我跟你通信？""不能通信。"

从此他消失整整28年。28年！他把自己的一切都奉献给了国家的核事业。回来的时候，邓稼先已是一个直肠癌晚期病人。在生命的最后时刻，他问道："30年后，人们会记住我们吗？"

记得！我们永远铭记！我们铭记为让中国作为一个真正的大国，能够挺直腰杆挺起胸膛而默默奉献热血、青春甚至生命的每一位建设者。

独立自主，是一条创新之路

总书记说过，"关键核心技术是要不来、买不来、讨不来的"，被卡过脖子的中国人格外明白其中的道理。

1999年，欧盟提出组建伽利略导航系统，中国也加入了这项计划。但欧盟处处设置障碍，将中国排挤出了核心圈。

我们下定决心，要靠自己拥有属于中国的导航系统。于是，400多家单位、30多万科技人才朝向一个目标，开始了20多年的奋斗。

从2000年10月31日凌晨，第一颗北斗在万众瞩目中出征太空，到2020年6月23日，北斗三号系统最后一颗卫星入网，55颗"北斗"交相辉映，以3倍于美国GPS导航系统的精度，向世界宣告，中国的北斗星辰，才是夜空中最亮的星。

稳定的电力供应是支撑一个国家经济高速运转的基础。为解决中国长期以来东西部地区能源和负荷不匹配问题，推动东西部经济协调发展，中国电力人决定自主自立搞创新，突破外国人做不了的"特高压"。

没有现成的技术方案，中国电力人瞄准世界前沿，埋起头苦钻研，为世界贡献了中国方案、中国标准！

同样的例子也发生在我们身边。山东代表企业潍柴动力，如今已是世界柴油发动机领域龙头。但在 15 年前，它竟然连一款自主知识产权的产品都没有。为了让中国内燃机工业不再仰人鼻息，潍柴人废寝忘食，忘我开发。这才有了今天我们自主研发的顶尖柴油发动机，热效率全球首次达 51.09%，刷新世界纪录。

从中国制造到中国智造再到中国创造，中国走出了一条独立自主创新的辉煌道路。同时，我们也要看到，5G 核心技术仍被国外限制、光刻机等设备的生产技术仍让我们触不可及，中国的"芯"病犹在。但是，只要我们志不改、道不变，胜利必将属于中国！

"中国要发展，最终要靠自己。"扬帆新时代，奋进新征程，中华民族要走向复兴，就要靠独立自主。历史和现实告诉我们，只有坚定不移走独立自主之路，才能不断走向新的更大辉煌。中国人无畏艰险、甘于奉献、勇于创新，独立自主必将照亮复兴之路！

必须坚持党的全面领导

泰安市委编办政策法规科副科长 王鲲鹏

党的十九届六中全会通过的《关于党的百年奋斗重大成就和历史经验的决议》，以"十个明确"系统概括了习近平新时代中国特色社会主义思想的核心内涵，将党的领导置于首位，标志着我们党对马克思主义建党学说、对社会主义发展规律的认识达到了新的高度。党的全面领导是我们做好各项工作的根本保证，是战胜前进道路上一切艰难险阻的"定海神针"。治理好我们这个有着9600多万党员的大党、这个拥有14亿多人口的大国，必须毫不动摇地坚持党的全面领导。

从历史维度看：党的全面领导是时代的选择、人民的选择

党政军民学，东西南北中，党是领导一切的。坚持党对一切工作的领导，是马克思主义政党的根本特征，是我们党在领导中国革命、建设、改革的长期实践中形成和完善的一条重要原则。新民主主义革命时期，大革命失败血的教训，使我们党认识到领导权的极端重要性。历经三湾改编、遵义会议和抗日战争时期的精兵简政、统一战线，我们党逐步明确了党与军队、政府及其他组织的关系，实行"一元化领导"，将革命力量有力地汇聚到一起，最终夺取了新民主主义革命的伟大胜利，建立了新中国。社会主义革命和建设时期，我们党适应在全国范围内执掌国家政权的巨大转变，多次强调必须加强党中央的集中统一领导，一再重申"党领导一切"的原则不能动摇。毛泽东同志鲜明指出："工、农、商、学、兵、政、党这七个方面，党是领导一切的。"正是因为有党的坚强领导，才有了抗美援朝战争的伟大胜利和社会主义建设的累累硕果。经历了"文革"的阵痛，在改革开放和社会主义现代化建设新时期，我们党恢复和重新确立了正确的思想路线、政治路线、组织路线，团结带领中国人民实现了从"站起来"到"富起来"的伟大飞跃。进入新时代，我们党充分发挥总揽全局、协调各方的领导核心作用，着力增强政治领导力、思想引领力、群众组织力、社会号召力，推动中国大踏步赶上了时代，中华民族伟大复兴进入不可逆转的历史进程。察史者智，趋势者明。百年征程昭示我们：什么时候坚持和加强了党的全面领导，党和人民的事业就能阔步向前、行稳致远；什么时候弱化甚至放弃了党的全面领导，党和人民的事业就会碰壁受阻、举步维艰。

从现实维度看：党的全面领导是造就"中国之治"的关键所在

山雄有脊，房固因梁。办好中国的事情，关键在党。新中国成立70多年来，我们之所以能够创造经济快速发展奇迹和社会长期稳定奇迹，根本在于党的领导和党的全面领导制度的巩固和发展。党的十八大以来，以习近平同志为核心的党中央，坚持把党的领导贯穿治国理政各领域各方面各环节，解决了许多长期想解决而没有解决的难题，办成了许多过去想办而没有办成的大事，推动党和国家事业取得历史性成就、发生历史性变革。

从"蛟龙"入海、"神舟"飞天到"天眼"逐日、"嫦娥"奔月；从东西协作、南北互通到"一带一路"、冰雪之约；从脱贫攻坚、乡村振兴到绿水青山、海晏河清。无数成就的背后，是社会主义制度"集中力量办大事"的显著优势，而创造"中国奇迹"的核心密码正是党的全面领导。沧海横流显砥柱，万山磅礴看主峰。无论是抗击疫情、"六稳六保"还是强边固防、除暴兴疆，无论是南海亮剑、钓岛巡航还是贸易交锋、平乱治港，我们党始终沉着应对、举重若轻，果断出手、一招制胜。一次次大战大考，让我们更加深切地感受到：在重大关头、重大考验面前，党中央的判断力、决策力、行动力具有一锤定音的决定性作用，党的坚强领导是风雨来袭时全国各族人民同舟共济的主心骨和压舱石。

从发展维度看：党的全面领导是实现伟大复兴的根本保证

万物得其本者生，百事得其道者成。坚持党的全面领导，既是宝贵经验，更是长远考量。习近平总书记深刻指出，中华民族伟大复兴绝不是轻轻松松、敲锣打鼓就能实现的。我们还有很长的路要走，还有许多"雪山""草地"需要跨越，许多"娄山关""腊子口"需要征服。当今世界，百年变局和世纪疫情相互交织，经济全球化遭遇逆流，大国博弈日趋激烈，"东升西降"加速演进。再看国内，全面建设社会主义现代化国家新征程上，一系列改革发展稳定任务相互叠加，面临"一难两难多难""既要又要还要"的严峻挑战。不畏浮云遮望眼，乱云飞渡仍从容。形势越是纷繁复杂，任务越是艰巨繁重，越要听党话、跟党走，坚定捍卫"两个确立"，坚决做到"两个维护"，切实铸牢党的全面领导这个"定海神针"，形成万众一心、无坚不摧的磅礴力量。我们要有这样的历史自信，更要把握这样的历史主动。

生逢伟大时代，是我们的幸运；建功伟大时代，是我们的责任。复兴路上，就让我们勠力同心、携手同行，坚持党的全面领导，紧密团结成"一块坚硬的钢铁"，努力在"走在前、开新局"中展现更大作为、肩负更大担当，推动"中国号"巨轮乘胜前进、劈波斩浪、逐梦远航！

弘扬戚继光民族精神 做新时代奋斗者

烟台市蓬莱区党性教育基地
管理服务中心干部　刘彦君

2018年6月13日习近平总书记考察蓬莱,他站在蓬莱阁的观澜亭上,听取民族英雄戚继光操练水师保卫海防等历史介绍,总书记给予戚继光极高的评价。戚继光的民族精神是什么呢?

赤胆忠心,矢志报国

戚继光矢志报国的精神源自中华民族伟大的爱国主义精神。爱国主义自古以来就流淌在中华民族的血脉之中,激励着一代又一代中华儿女前赴后继、奋勇向前。戚继光19岁就立下了"封侯非我意,但愿海波平"的铮铮誓言。誓言铿锵,行动更坚决。战场上的戚继光始终将国家利益摆在最高的位置。花街之战,为了及时驰援台州,他硬是率领戚家军饿着肚子一夜间急行军110里;福清葛塘之战,戚继光身染重病、高烧不退,仍亲自上阵杀敌,大败倭寇,战斗结束后他几乎连马都骑不住了。戚继光抗倭12年,消灭倭寇8万多人,是中国历史上第一次反抗外族侵略并取得胜利的斗争。倭寇被戚继光打得闻风丧胆,哀叹道:"戚虎来矣!今而后始知犯华之不利也。"晚年的戚继光之所以身患重病,与这么多年来为国为民日夜操劳不无关系。他给自己的 5 个儿子取名祚国、安国、报国、昌国和兴国，从名字来看，他不仅自己有着终生的报国之志，更希望自己的子孙继承这种志向，热爱国家、报效国家。戚继光用一生的实际行动，诠释着自己矢志不渝的报国之志。

心系百姓，保境安民

戚继光不但对国家有着一颗赤诚的报国之心，对百姓同样怀有一颗真挚的爱民之心。

戚家军有一条铁的军纪：但凡出征时有扰民行为的一律斩首示众。戚继光自己也是带头遵守。台州大战中，戚家军行军至乌牛镇，突然天降大雨，军纪严明的戚家军几千人硬是直挺挺地站立在雨中。老百姓看不下去了，他们含泪来到戚继光面前，说："戚将军啊，就算戚家军军纪严明，但您是将军，总可以来屋里避避雨吧。"戚继光抹一把脸上的雨水说："千人露立，吾何忍也！"这让我想起了当年解放军刚入上海时的情景，人民解放军纪律严明、毫不扰民的形象深深地留在了全国人民心中，这就是精神的传承。

"封侯非我意，但愿海波平"是戚继光的初心。中国共产党人的初心和使命是为中国人民谋幸福，为中华民族谋复兴，要实现这个目标，必须依靠人民，为了人民，不忘初心、继续前进。

求真务实，革故鼎新

戚继光打仗之所以能够百战百胜，不仅仅是因为他有一颗爱国爱民之心，更重要的是他的务实创新精神。面对明军战斗力低下的情况，戚继光想到可以通过募兵来解决；面对倭刀，戚继光想到创新一种武器来克制；

倭寇单兵作战能力强，戚继光想到创建一种新的阵法来应对；更是很少有人能想到还可以用"不战而屈人之兵"的战略实现边境的永久和平。面对困难，戚继光总是能够以创新的精神来解决问题。

创新是一个国家和民族发展的不竭动力，没有这种精神，就没有中国四十多年的快速发展。去年10月，习近平总书记考察山东时，提出了三个"走在前"的要求，面对总书记的要求，我们必须要有一种敢为天下先的气魄和胆识，切实把新发展理念落到实处，想在前、干在前，才能真正走在前。

铁肩义胆，使命担当

戚继光的担当精神更彰显了他的英雄本色。戚继光曾经写过一首诗叫《马上作》："南北驱驰报主情，江花边月笑平生。一年三百六十日，多是横戈马上行。"不由得让人感叹戚继光这种敬业担当精神。戚继光每次都是在国家最危急的时候出现在最需要他的地方。浙江倭患严重，他从山东来到浙江，从浙江打到福建，从福建打到广东，成功地解决了困扰明朝上百年的倭患。解决了倭寇后，国家需要他到北方戍边，戚继光没说二话，在那里一待就是16年，使得蒙古骑兵再也没有踏进中原。

这让我想起了习近平总书记的一段讲话："当干部就要有担当，有多大担当才能干多大事业，尽多大责任才会有多大成就。"

面对工作中的困难，我们是不是也能敢想敢干敢担当呢？最重要的是能不能像戚继光那样，再困难的事情也能干成呢？这值得我们深思。

今天，我们共同了解了戚继光，虽然他离我们已经过去四百多年了，但戚继光的民族精神永远是中华民族宝贵的精神财富。

愿我们每一个人都能从浩如烟海的历史中，学到"封侯非我意，但愿海波平"的爱国主义精神，学懂"一枝一叶总关情"的为民情怀，学透"执古之道以御今之有"的政治智慧，以习近平新时代中国特色社会主义思想为指引，忠诚立命、干净立身、担当立行，在新征程中共同书写中华民族伟大复兴的壮丽华章！

以中国式现代化推进中华民族伟大复兴

山东省社会主义学院副教授 白文娟

新中国成立之初,我国一贫如洗、百废待兴,毛泽东同志感叹道,我们现在一辆汽车、一架飞机、一辆坦克、一辆拖拉机都不能制造。70多年后的今天,我们已经建成了世界上最完备的工业体系,成为制造业第一大国。"天翻地覆慨而慷",百年征程波澜壮阔,在中国共产党的领导下,我们成功开创了中国式现代化道路,创造了人类社会前所未有的伟大变革。

习近平总书记强调指出,必须以中国式现代化推进中华民族伟大复兴。中国式现代化道路的开创,源自中国共产党对于三道问题的准确作答。

中国式现代化是一道必答题,中国共产党团结带领中国人民找到了推动中国社会现代转型的必经之路

一百年来,中国共产党为了把我国建设成为现代化强国,在认识上不断深入,在战略上不断成熟,在实践上不断丰富,持续推动我国现代化进程。鸦片战争以来,中国逐步沦为半殖民地半封建社会。国家蒙辱,人民蒙难,文明蒙尘。无数仁人志士奔走呐喊,多种救国方案轮番出台,虽然都以失败而告终,但一定意义上是对于现代化的探索和尝试。

自从登上历史舞台,实现现代化就成为中国共产党不懈奋斗的伟大目标。党的七大明确指出:"中国工人阶级的任务,不但是为着建立新民主主义的国家而斗争，而且是为着中国的工业化和农业近代化而斗争。"新中国成立之后，对于如何实现国富民强，毛泽东同志强调指出，我们要安下心来，建设国家现代化的工业、农业、科学文化和国防。改革开放以后，邓小平同志郑重提出"中国式现代化"的崭新概念，强调中国式的现代化，必须从中国的特点出发。

党的十八大以来，经过在理论和实践上的创新突破，以习近平同志为核心的党中央推进和拓展了中国式现代化，明确提出到21世纪中叶把我国建成富强民主文明和谐美丽的社会主义现代化强国。中国式现代化是人口规模巨大、全体人民共同富裕、物质文明和精神文明相协调、人与自然和谐共生、走和平发展道路的现代化。中国式现代化所呈现出的五大特点，彰显了中国共产党对于共产党执政规律、社会主义建设规律、人类社会发展规律认识的深化和发展。

中国式现代化是一道判断题，中国共产党团结带领中国人民找到了实现中华民族伟大复兴的必由之路

"资本来到世间，从头到脚，每个毛孔都滴着血和肮脏的东西。"马克思讲述的是西方资本主义国家在实现现代化的进程中，依靠征服、奴役、杀戮实现了资本的原始积累和财富扩张。是独立自主走社会主义现代化道路，还是蹈其覆辙走资本主义现代化道路？中国共产党人坚持走自己的路，作出正确判断。

走自己的路，是党的全部理论和实践的立足点，更是党百年奋斗得出的历史结论。"当代中国的伟大社会变革，不是简单延续我国历史文化的母版，不是简单套用马克思主义经典作品设想的模板，不是其他国家社会主义实践的再版，也不是国外现代化发展的翻版。"中国式现代化是独立自主，开拓前进道路的现代化。中国式现代化与西方发达国家"串联式"

的发展过程截然不同，我们是工业化、信息化、城镇化、农业现代化叠加、"并联式"的发展过程。

世界上既不存在定于一尊的现代化模式，也不存在放之四海而皆准的现代化标准。我们推进的现代化，是中国共产党领导的社会主义现代化。

中国式现代化是一道选择题，中国共产党团结带领中国人民找到了开创人类文明发展新形态的必择之路

亚当·斯密在《道德情操论》中，论述了"道德人"的利他性。在《国富论》中，又阐述了"经济人"的利己性。利他与利己造成了亚当·斯密思想上的碰撞、矛盾，利己与利他也是世界各国实现现代化进程中不可回避的选择题。是要谋求自身发展，还是要造福世界人民？一百年来，中国共产党坚持胸怀天下准确作答了这道多选题。

一百年来，党既为中国人民谋幸福、为中华民族谋复兴，也为人类谋进步、为世界谋大同。我们党领导人民不仅创造了世所罕见的经济快速发展和社会长期稳定两大奇迹。而且破解了人类社会发展的诸多难题，为人类对更好社会制度的探索提供了中国方案。

我们坚持和发展中国特色社会主义，推动五大文明协调发展。中国共产党团结带领中国人民创造了中国式现代化新道路，创造了人类文明新形态。中国式现代化，既是中国的，又是世界的。

百年征程波澜壮阔，百年初心历久弥坚。新征程上，让我们更加紧密地团结在以习近平同志为核心的党中央周围，坚持和发展中国特色社会主义，以中国式现代化推进中华民族伟大复兴，不断为人类作出新的更大贡献。

筑牢理想信念根基

济南市济阳区人民医院宣传科
主任助理 朱宝慧

有本之木，繁茂常青。青春岁月，信仰随行。

如果问青春最靓丽的色彩是什么？那一定是信仰中的那抹红。

习近平总书记说："信仰认定了就要信上一辈子，否则就会出大问题。"

作为一名新时代的青年，要扣好人生的第一粒扣子，就要把坚如磐石的信仰植入锦瑟年华，焕发青春活力！

在这里想告诉大家，我们这样一个群体，在这样的年纪，谈一谈理想信念，真的不过时、绝对很合群、确实很时尚、特别有意义……

理想信念是担当

有使命感的人，总是青春爆棚。

我不知道大家有没有注意到自己身边的人，那些被信仰加持、有坚定理想信念的人，他们确实不一样——

有信仰的人不迷惘，有信仰的人肯担当。

你不信吗？我们可以回望那些未曾远去的历史背影：

方志敏在狱中写下《可爱的中国》时，年仅36岁；

长征路上近六成的红军战士不超过24岁；

抗战时期从全国各地奔赴延安的热血才俊，多数带着一张稚嫩的脸庞；

"娃娃博士"邓稼先回到一穷二白的祖国时年仅 26 岁；

当下支撑中国航天的"嫦娥团队""天问团队""神舟团队""北斗团队"平均年龄不过 30 岁冒头；

所有这些有名、无名的人，他们无不以坚定的信仰之光，各自照亮一方山河。

他们用钢铁一样的信念，告诉我们一个道理：民族要复兴，青年必当先！

他们奋斗的样子，就是理想信念的样子；

他们事业的底色，就是信仰最夺目的颜色！

有理想的人，无一不是"大写的人"；有使命感的人，无一不是青春爆棚！

理想信念是力量

不可"坐等"而在"做成"。

据说，这个世界上有两件事情最难：一是把别人的钱装进自己的口袋，二是把自己的思想装进别人的脑袋。

这说明了理想信念工作是一个高难度的工作。

首先，理想信念不会凭空产生，它与实践伴生。

马克思的亲密战友恩格斯恰恰就是这么做的，"资产阶级出身"的他，毅然选择在纺织工厂和工人住宅区与工人"同吃同住同劳动"。1845 年，他终于通过亲身体验写成了《英国工人阶级状况》，而共产主义理想信念就在这个过程中奇妙绽放了。

可以说，工作与劳动，是这个世界接纳青年人的"入场券"。

这一点上，我们身边的青年劳模们最有话语权。

在全国劳模行列中，不乏身处基层一线的护士、教师、技工、的哥、快递小哥……哪怕在最不起眼的角落，这些平凡的人也坚持辛勤劳动，自带光芒。

当下，发展是时代第一语境，发展不是立等可取，发展没有捷径可走。

习近平总书记说，"青春是用来奋斗的"。

改革进入深水区，经济进入新常态，面对"百年未有之大变局"，青年人没有理由犹豫观望，懈怠踌躇，而应以"青年必当先"的姿态，主动完成时代答卷。

理想信念是方向

念念不忘，中国大地必有回响。

没有信仰生根，世界就是一片精神荒原，杂草丛生。

没有理想信念，青年就没有方向，行动就没有力量。

鲁迅先生在万马齐喑的年代就曾疾呼：愿中国青年都摆脱冷气，只是向上走，不必听自暴自弃者流的话，能做事的做事，能发声的发声。

现在，我们终于找到了"向上走"的方向，那就是"马克思主义信仰、共产主义远大理想、中国特色社会主义共同理想"，这也是党在百年接力中抒写辉煌伟业的精神密码。

心有所信，方能行远。

长征途中，平均每300米就有一名红军战士倒下，但共产党人"风雨侵衣骨更硬，野菜充饥志愈坚"。在实现第二个百年奋斗目标的新赶考路上，人均GDP超过1万美元、全球最大规模的中等收入群体、覆盖城乡的社会保障体系……《共产党宣言》所设想的美好前景，正成为中国大地上的生动图景。

越是这时候，青年人、青年党员干部越要秉持初心，警惕滑坡，勤掸"思想尘"、多思"贪欲害"、常破"心中贼"，把坚定的理想信念贯穿于奋斗新征程。

新征程上，我们仰望星斗，越过山丘，眼前闪现出熟悉的诗行——

理想是石，敲出星星之火；理想是火，点燃熄灭的灯；

理想是灯，照亮夜行的路；理想是路，引你走到黎明。

红色精神的时代意蕴

聊城市高新区投资促进部副部长 石倩倩

伟大实践孕育伟大精神，伟大精神引领伟大事业。中国共产党红色精神谱系，是指以伟大建党精神为源头，在百年征程中，一代代共产党人践行初心使命，为理想宗旨在不同历史条件、不同工作岗位上英勇奋斗、不怕牺牲，形成的体现中国共产党性质、宗旨的系列红色精神，包括：井冈山精神、长征精神、脱贫攻坚精神、抗疫精神等等。

党的十八大以来，习近平总书记多次讲话强调："人无精神则不立，国无精神则不强。精神是一个民族赖以长久生存的灵魂，唯有精神上达到一定的高度，这个民族才能在历史的洪流中屹立不倒、奋勇向前。"中国共产党红色精神谱系，产生在不同时代，有着不同的具体内容，也有着创造这些精神的不同载体。但它们都是中国共产党人弘扬伟大建党精神的结果，有着共同的红色血脉，在承载厚重历史的同时，不断向广阔的时代现实敞开，不断推陈出新，有力彰显着中国精神和中国气派。

红色精神是中国共产党人为国家、为民族注入的灵魂

精神作为意识形态层面的东西，具有相对独立性，一旦形成，对人的思想观念、对社会主流意识的发展起主导作用。中国共产党人的系列红色精神承载着为人民谋幸福、为民族谋复兴、为人类谋和平与发展的崇高理想和信仰，它是关系中国人民美好生活、中华民族光明前途的巨大精神力

量。这样的力量引领、鼓舞中国共产党人奋斗不止，已经成为中国共产党的党魂。

救国、兴国、富国、强国是中国共产党一百年来所做的几件大事。每一件大事都需要付出极大的努力和牺牲。新中国成立之初统计在册党员有400万，党员烈士为370多万。河南林州修红旗渠死亡81人，抗击新冠肺炎疫情牺牲400位党员，脱贫攻坚战牺牲1800人……正如习近平总书记所说："我们党之所以历经百年而风华正茂、饱经磨难而生生不息，就是凭着那么一股革命加拼命的强大精神。"

为有牺牲多壮志，敢教日月换新天。红色精神犹如一颗种子，融入中华民族的血脉和灵魂，引导人们树立和坚持正确的历史观、民族观、国家观，增强做中国人的志气、骨气、底气。

红色精神是中国共产党人坚守理想，坚持性质、宗旨的表现和注释

作为马克思主义政党，中国共产党区别于形形色色政党的重要政治特征是：始终具有坚定的理想信念，始终坚持自己的先锋队性质和全心全意为人民谋利益、谋幸福的宗旨。

长征路上，一个小战士不慎陷入沼泽。毛泽东同志拉起小战士，对大家说："别看他外表像个泥人，那泥里包着的可是钢铁。"这"钢铁"就是革命理想高于天的信念。自上海石库门和嘉兴南湖红船起航，中国共产党就把共产主义确立为远大理想，矢志不渝。理想信念之火照亮了漫漫征途，理想信念之火点燃了无穷斗志。

疫情防控期间，没有年龄歧视，没有成本算计，只有不抛弃不放弃，我想这就是对生命的最大敬重，这也是"以人民为中心"最朴素的表达和宣示。

风雨不动安如山。百年来形成的以伟大建党精神为源头的红色精神，尽管内容、载体不尽相同，但都鲜明地体现出共产党人对远大理想的坚定执着，体现出共产党人作为先进分子的纯洁品质，体现出共产党人全心全意为人民服务的宗旨要求。

红色精神是中国共产党百年辉煌、取得伟大成就的力量源泉

中国共产党成立一百年来创造的伟大事业，取得的伟大成就世所罕见。他的成功并不是凭借党优越的物质条件、经济实力或者先进的军事装备，而是因为党的政治优势。而其中十分关键的就是党在实践中产生了以伟大建党精神为源头的红色精神谱系。

方志敏的慷慨陈词展现着不可动摇的坚定信念，孔繁森的价值排序展现着人民至上的自觉追求，钟南山的无畏逆行展现着敢于斗争的坚强意志。一代代共产党人以赤子之心守初心，以奋斗之志赴使命，坚守红色精神，带领人民创造了一个又一个彪炳史册的人间奇迹。

"虎踞龙盘今胜昔，天翻地覆慨而慷。"这代代相传的红色精神既是在百年奋斗中产生的精神成果，又是中国共产党人生生不息，历久弥新，攻克一个个难关，战胜一次次艰险的力量泉源。

历史照亮未来，征程未有穷期。面对世情、国情、党情的深刻变化，我们还有许多新问题需要跨越，还有许多新矛盾需要征服。这就需要大力弘扬、继承以伟大建党精神为源头的系列红色精神，她以持久深沉的力量沉淀，鼓舞中国人民不断攻坚克难、从胜利走向胜利，推进中国进步发展，从苦难走向辉煌，确保中华民族伟大复兴进程不可逆转、势不可挡。

让王杰精神绽放新的时代光芒

济宁市委讲师团学习服务部讲师 徐倩

伟大的事业需要伟大的精神，伟大的精神托举伟大的梦想。习近平总书记在庆祝中国共产党成立100周年大会上概括提出伟大建党精神。一百年来，党以伟大建党精神为源头，构筑起了中国共产党人的精神谱系。在两个一百年奋斗目标的历史交汇点，需要我们读懂中国共产党人接续奋斗的精神密码，从而激发新时代奋斗前行的内生动力。

王杰1942年10月出生于济宁市金乡县城北华堌村，1961年8月入伍，1965年7月14日，王杰奉命在江苏省邳州市张楼公社帮助民兵进行地雷实爆训练时，拉火装置突发意外，为救护在场的12位民兵和人武干部，他奋不顾身扑向炸点，献出了年仅23岁的生命。

王杰牺牲后，多位党和国家领导人为王杰题词。2021年9月29日，王杰精神被纳入第一批中国共产党人精神谱系，成为激励每一名共产党员的宝贵财富和精神源泉。

什么是王杰精神

王杰精神是以王杰的生平事迹为载体，对王杰言行和事迹中所表现出的思想道德和崇高理想的高度概括，是以王杰名字命名并且在实践中不断丰富和发展的中国共产党人精神谱系的一部分。其核心内涵可以高度概括四个方面：一是"一心为革命"的理想信念；二是"一不怕苦，二不怕死"

的担当精神；三是"三不伸手"的高尚情操——"在荣誉上不伸手，在待遇上不伸手，在物质上不伸手"；四是"四个自问"的人生境界。

王杰精神是怎么形成的

王杰精神是在特定时代环境、历史背景中，在党和国家的培养教育下，在革命精神和共产主义理想道德的熏陶下，以及在王杰强烈的主体自觉意识下形成的。

王杰的家乡不仅是中国儒家文化的发祥地，而且红色文化底蕴深厚。1937年中共鲁西南工委在这里建立，统一领导当地党组织开展抗日救亡运动。1947年鲁西南战役在这里决战，揭开了人民解放军战略进攻的序幕。在中华民族实现独立自由的伟大斗争中，这里成为革命斗争的桥头堡和支援前线的大后方。因此，王杰精神的形成离不开红色沃土的滋养。

军营如炉，悄然锻造着一块块好钢。王杰所在的工兵一连是一个光荣的连队，在国防施工中连年被评为"红旗连"。他所在的班，更是抗美援朝时的"二等功臣班"，这里让王杰筑牢了信仰之基，补足了灵魂之钙，练就了过硬之身，最终淬炼成为一块理想远大、敢于担当的"纯钢"。因此，王杰精神的形成离不开军队熔炉的淬炼。

毛泽东著作是部队政治理论学习的重要内容。通过学习，在思想上王杰解决了学毛著时如何结合党史、如何改造客观世界与改造主观世界结合起来等问题，极大地提升了思想境界；通过实践他正确地把握了革命事业、荣誉待遇、个人作用、集体力量、个人与集体之间的关系等一系列问题。因此，王杰精神的形成离不开理论与实践相结合的飞跃。

纵观王杰的一生，红色沃土的滋养、军营的淬炼、时代的孕育成就了王杰精神。50多年来，王杰精神代代相传，其内涵历久弥新，成为中华儿女共有的精神财富。

新时代如何弘扬王杰精神

新时代新征程，我们弘扬王杰精神，就是要将王杰精神融入习近平新时代中国特色社会主义思想的理论之中，将精神财富所蕴含的信仰、信念、信心融入"四个意识""四个自信""两个维护"，把政治建设置于首位，把党的宗旨牢记心中，我们才能永葆共产党员的先进性。

新时代新征程，我们要弘扬王杰精神，就是要继续弘扬"两不怕"的斗争精神，以"干一行、爱一行、专一行"的执着坚守，诠释什么是一名共产党员应有的担当，诠释如何在平凡岗位上作出不平凡的业绩。我们才能成功应对长期执政考验、改革开放考验、市场经济考验、外部环境考验这"四大考验"。

新时代新征程，我们要弘扬王杰精神，就是要修好共产党人的"心"学，守好政治纪律和政治规矩，明大德、守公德、严私德。我们才能筑起拒腐防变的坚固堤坝，常葆共产党人的革命气节和政治本色。

新时代新征程，我们要弘扬王杰精神，就是要坚持人民至上的根本立场，坚持党的群众路线，坚持为人民执政、靠人民执政，坚持发展为了人民、发展依靠人民、发展成果由人民共享，才能推动共同富裕取得更为明显的实质性进展。

习近平总书记强调："王杰精神过去是、现在是、将来永远是我们的宝贵精神财富，要学习践行王杰精神，让王杰精神绽放新的时代光芒。"进入新时代，踏上新征程，我们已接过历史的接力棒，正以一往无前的奋斗姿态和永不懈怠的精神状态，在实现中华民族伟大复兴的中国梦征途上阔步前行，为谱写新时代中国特色社会主义的新篇章奋力奔跑！

感悟人民至上　书写时代答卷

武城县融媒体中心团支部书记、编辑部副主任　徐　旖

天地之大，黎元为先。

环顾世界，很少有哪个政党像中国共产党这样，在理论上鲜明提出、在实践中明确要求以人民利益为出发点和落脚点，并且把随时准备为人民利益牺牲一切作为对党员的基本要求。习近平新时代中国特色社会主义思想作为当代中国马克思主义、21世纪马克思主义，其逻辑基点和精髓要义之一就是——坚持人民至上。

今天就让我们来一起感悟"人民至上"所蕴含的深刻智慧。

不忘初心：百年征程共产党人始终坚持人民至上

不忘初心，方得始终。

为人民谋幸福，是中国共产党人的初心。我们党的百年历史，就是一部始终坚持人民至上、以人民为中心、为人民利益而斗争的历史。

新民主主义革命时期，我们党领导人民推翻三座大山、"翻身求解放"、建立新中国。社会主义革命和建设时期，我们党领导人民进行社会主义革命和建设，努力改变国家一穷二白的落后面貌。改革开放和社会主义现代化建设新时期，我们党提出"一要吃饭，二要建设"，坚持以经济建设为中心，着力改善人民生活条件。进入中国特色社会主义新时代以来，我们党永葆对人民的赤子之心，始终把人民利益摆在至高无上的位置，坚持发展为了人民、发展依靠人民、发展成果由人民共享。党所做的这一切努力、奋斗和付出，都是为人民利益而斗争。

人民至上，既是掷地有声的誓言，更是念兹在兹的行动。百年来，党领导人民进行了波澜壮阔的伟大斗争，中国人民彻底摆脱了被欺负、被压迫、被奴役的命运，成为国家、社会和自己命运的主人，全过程人民民主不断发展，14亿多人口实现全面小康，中国人民对美好生活的向往不断变为现实。

人民是历史的创造者：共产党人为什么始终坚持人民至上

人民是历史的创造者，是真正的英雄。回顾历史，每当事业面临重大挑战，每当中国的前途命运面临向何处去的重大关头，党总是充分相信群众、紧紧依靠群众、紧密团结群众，把群众的伟大实践作为工作的动力源泉。

1930年，井冈山的斗争正处于极其艰难的岁月，面对当时许多革命者存在的悲观情绪，毛泽东同志满怀信心地指出，什么党派都是不能和共产党争群众的。淮海战役中，小米加步枪的60万人民军队，战胜了美式装备的80万国民党军，"最后一碗米送去做军粮，最后一尺布用来做军装，最后一床老棉被盖在担架上，最后的好儿郎含泪送战场。"543万父老乡亲倾尽全力支援前线，共产党怎能不胜利？所以，习近平总书记深刻指出："辽沈战役胜利是东北人民全力支援拼出来的，淮海战役胜利是老百姓用小车推出来的，渡江战役胜利是老百姓用小船划出来的。"

党的根基在人民、血脉在人民、力量在人民。一百年来，我们党团结带领人民开辟了伟大道路，建立了伟大功业，铸就了伟大精神，积累了宝贵经验，创造了中华民族发展史、人类社会进步史上令人刮目相看的奇迹。

革命年代抛头颅、洒热血，建设时期讲奉献、拼命干，改革大潮中涉险滩、闯新路，再到党的十八大以来，"人民有所呼、改革有所应"的全面深化改革，"不让一个人掉队"的精准扶贫，"向群众身边不正之风和腐败问题亮剑"的反腐败斗争，"保护人民生命安全和身体健康，我们可以不惜一切代价"的抗击疫情斗争……党的路线就是一切为了人民的路线，党的事业就是一切为了人民的事业。江山就是人民，人民就是江山。

始终把人民放在心中最高位置：共产党人在新时代如何坚守人民至上

站在"两个一百年"的历史交汇点，全面建设社会主义现代化国家新征程已开启。坚持人民至上，就要牢牢把握人民群众对美好生活的向往，坚持以人民为中心，做到发展为了人民、发展依靠人民、发展成果由人民共享，更好增进人民福祉，更好发展中国特色社会主义事业，更好推动人的全面发展、社会全面进步。

必须紧紧依靠人民，以人民心为心，有盐同咸，无盐同淡。充分调动人民群众的积极性、主动性、创造性，把亿万人民的智慧和力量凝聚到实现中华民族伟大复兴的目标任务上。

必须不断造福人民，将人民的利益放在心上，将为人民谋幸福的责任扛在肩上，把保障和改善民生紧紧抓在手上。群众利益无小事，最是细处见人心，坚持办好民生实事，让人民群众共享发展成果。

必须牢牢根植人民，不断密切党同人民群众的血肉联系，把群众立场、群众观点、群众路线植根于思想、落实于行动，多做暖人心、聚民心、强信心的好事实事。

2022年是党的二十大召开之年，新时代，新征程，我们要牢记总书记的指示，始终同人民想在一起、干在一起，永远与人民同呼吸、共命运、心连心，始终把人民放在心中最高位置。只有这样，我们才能在实现中国梦的道路上风雨无阻，奋勇向前！

马克思主义永葆青春的奥秘

枣庄科技职业学院教研室主任 廖 杰

1999年，世纪之交，也是千年之交，英国剑桥大学发起了评选"千年第一思想家"的活动，投票结果显示，马克思位居第一。在随后十年类似的评选活动中，马克思也一直位居榜首。美国学者海尔布隆纳说，要探索人类社会的未来，必须向马克思求教。习近平总书记指出，马克思主义在当代仍然具有强大的生命力。大家可能会问：产生于19世纪的马克思主义为什么到今天仍有巨大的影响力，其"不老"的奥秘是什么？

马克思主义占据真理制高点，科学回答了"中国之问"

马克思深刻揭示了自然、社会与思维的一般规律，为人类社会的发展指明了方向。马克思主义来到中国，扭转了中国试图走欧美资本主义道路而失败的命运，使中华民族在精神上从被动转为主动。中国共产党在马克思主义指导下，带领中国人民取得了革命、建设和改革的伟大胜利，回答了不同历史时期的"中国之问"、解决了"中国问题"，中华民族迎来了从站起来、富起来到强起来的伟大飞跃，民族复兴进入了不可逆转的历史进程。我国现代化建设所取得的伟大成就，正是马克思主义当代价值最直接、最可靠的证明。新时代，继续回答好"中国之问"，要把发展马克思主义和实现民族复兴统一起来。实践证明，马克思主义没有辜负中国，中国也没有辜负马克思主义！

马克思主义占据道义制高点，科学回答了"人民之问"

马克思主义把人民对美好生活的向往作为价值目标，为人民代言、立言。如何实现人民的经济解放、政治解放、思想解放？从"消灭资本主义私有制"到"建立社会主义公有制"、从"人民当牛做马"到"人民当家作主"、从"人民历史被动"到"人民历史主动"，马克思主义都给予了深刻的回应。新时代，从全面小康到共同富裕，从八项规定到打虎拍蝇，我们党紧扣社会主要矛盾，提出了一系列重要论断。这些回应"人民之问"的理论说服了人，也掌握了群众，变成了物质的力量。实践证明，马克思主义回应了人民的需求，人民也在历史发展中选择了马克思主义！

马克思主义占据历史制高点，科学回答了"世界之问"

马克思生活的时代，资本主义在推动社会发展的同时，也给人类带来了巨大的灾难，财富的增加却伴随着贫困的扩散，资本的扩张导致两次世界大战。面对"资本主义向何处去、人类向何处去"的重大课题，马克思创立了社会主义必然代替资本主义，最终实现共产主义的理论。当今世界正经历百年未有之大变局，世界依然不安宁。"世界怎么了、我们怎么办？"人类又一次站在十字路口。面对"世界之问"，习近平总书记提出的人类命运共同体的理念，及时回答了"建设一个什么样的世界、如何建设这个世界"的重大问题。对"世界之问"的科学回答，彰显了马克思主义在21世纪强大的生命力、说服力。

马克思主义占据时代制高点，科学回答了"时代之问"

马克思的思想源于那个时代又超越了那个时代。党的十八大以来，以习近平同志为核心的党中央，直面"时代之问"，系统回答一系列重大的时代课题，形成了习近平新时代中国特色社会主义思想。这一伟大思想，指引着当代中国最终实现民族的伟大复兴，引领着当代中国不断为人类作出更大的贡献。在新的征程上，推进马克思主义中国化时代化，要坚持用马克思主义之"箭"去射新时代中国之"靶"。只有这样，马克思主义才能在中国大地上展现出更有说服力的真理力量。

马克思主义诞生后的100多年，在西方，从"次贷危机"到蔓延全球的经济危机，从"占领华尔街运动"到全球此起彼伏的工人罢工运动；在东方，社会主义从一国到多国、从东欧剧变到"风景这边独好"，这些事实都告诉我们，马克思主义依然生机勃发地活着，马克思也从未"离场"。一种思想能存在多久，取决于它在何种程度上满足时代的需要，马克思主义正是在不断回答时代提出的"各种之问"中保持了"青春永驻"。

弘扬伟大建党精神

山东外国语职业技术大学马克思主义学院
马克思主义理论教研室主任　于文龙

　　树高千尺有根，水流万里有源！2022年是中国共产党成立一百零一周年，百年间有太多闪亮的英雄，用行动给予人们无穷的力量。他们中的大多数人有着一个共同的身份，中国共产党党员。他们表现出的无私、无畏、无悔，一次次地令人动容，这样一份精神动力究竟源自何处？今天，我想从一张老照片讲起。

　　照片上这名女同志叫江竹筠，也就是江姐，她19岁加入中国共产党。1947年春，她跟随丈夫彭咏梧一起奔赴下川东，组织武装起义，彭咏梧在暴动时不幸牺牲，头颅被割下挂在城门上示众。江姐强忍悲痛，毅然接替丈夫的工作。在与家人离别前，江姐抱着刚满周岁的儿子失声痛哭，她一遍遍地问自己的朋友：你说他将来长大后，会记得爸爸妈妈的模样吗？1948年6月，因为叛徒告密，江姐被捕，敌人对她动用了渣滓洞几乎所有的刑具，甚至用竹签一遍又一遍刺进她的十指，但江姐始终坚贞不屈。1949年11月14日，江竹筠在重庆英勇就义，牺牲时年仅29岁。

　　在中国革命的28年历程中，像这样的革命烈士有几百万之多。到底是什么样的力量，把他们塑造成了无私的爱国者，无畏的革命者，无悔的牺牲者呢？

　　习近平总书记给这个问题做了回答。"一百年前，中国共产党的先驱们创建了中国共产党,形成了坚持真理、坚守理想,践行初心、担当使命,不怕牺牲、英勇斗争,对党忠诚、不负人民的伟大建党精神,这是中国共产党的精神之源。"

坚持真理、坚守理想,充分展现了中国共产党伟大的思想品质。中国共产党之所以叫共产党,就是因为他从一开始就把马克思主义作为自己的指导思想,一以贯之,矢志不渝。在红军长征所翻越的最高的雪山——海拔5000多米的党岭山周围,流传着这样一个故事。在一处山崖下,红军战士发现露在雪外的一只胳膊。他的拳头紧握着,大家跑上去掰开手一看,里面是一张党证和一块银圆,党证上写着:刘志海,中共党员,1933年入党。这是一个忠贞的共产党员,最后一次交纳党费的故事。这一块银圆党费诠释的是他的信念。总书记说:"信仰认定了就要信上一辈子"。

践行初心、担当使命,充分展现了中国共产党鲜明的政治品质。1919年,当时还是中学老师的毛泽东在《湘江评论》上写下了这样一段文字,他说:"天下者,我们的天下!国家者,我们的国家!社会者,我们的社会!我们不说,谁说?我们不干,谁干?"多么豪迈的语言!正是有这样一个大情怀、大担当,两年之后,这样一些敢做敢为的青年创建了中国共产党。从那时起,他们就宣告这个党除了无产阶级和最广大人民群众的利益之外,再没有自己的特殊利益。

不怕牺牲,英勇斗争,充分展现了中国共产党坚强的意志品质。中国共产党诞生于国家内忧外患、民族危难的特殊历史时刻。他从一开始就面临着严峻残酷的斗争形势。有斗争,就一定有牺牲。据不完全统计,长征途中每300米就有一个战士倒下。但英雄的中国红军还是完成了血战湘江、四渡赤水、巧渡金沙江、强渡大渡河、飞夺泸定桥行至两万五千里的战争神话。"为有牺牲多壮志,敢教日月换新天。"正是因为中国共产党人的这种坚持，才战胜了前路上看似不可克服的困难。

对党忠诚，不负人民，充分展现了中国共产党崇高的道德品质。习近平总书记说："江山就是人民、人民就是江山，打江山、守江山，守的是人民的心。""我将无我，不负人民"是总书记庄严的承诺。脱贫攻坚以来，有1800多名党员和干部牺牲在工作的第一线。他们用自己的实际行动，诠释了为党，为人民奉献一切的誓言。

伟大的建党精神，是中国共产党人精神谱系的"根"和"源"。它早已经深深地融入了这个国家、民族、人民的血脉之中！

在全面建设社会主义现代化国家、向第二个百年奋斗目标进军的新征程上，我们要像先辈们一样，把自己的命运和国家的命运联系在一起，让自己的奋斗成为整个民族奋斗的一个部分，以实际行动践行伟大建党精神，这样的青春才是不负党和人民的青春！

读懂中国共产党的"人民观"

聊城市委讲师团办公室副主任　冯　丽

中国共产党为什么能够赢得人民拥护？回顾中国共产党党史你会发现，这就是一部为人民奋斗的历史。中国共产党的故事十分丰富，最根本最核心的，就是为中国人民谋幸福、为中华民族谋复兴的故事。中国共产党的"人民观"，就是把人民当作尺度，坚持人民至上；把人民当作目的，一切为了人民；把人民当作主体，一切依靠人民。

初心如磐：党的百年奋斗史就是为人民谋幸福的历史

我们党根基在人民、血脉在人民。中国共产党在百年奋斗历程中，始终把发展好实现好维护好人民群众的根本利益作为一切工作的出发点和落脚点。这里的出发点和落脚点，就是要把人民当作尺度。可以说，中国共产党人始终把人民对美好生活的向往放在心中最高位置，其中包含着一种浓浓的为民情怀。

中国共产党一经诞生，就把为中国人民谋幸福、为中华民族谋复兴确立为自己的初心使命。早在井冈山斗争时期，由于敌人的严酷封锁，红军吃盐陷入困难。朱德同志看到一位老大爷走路摇摇晃晃，得知是缺盐导致的，尽管他知道部队也严重缺盐，依然派战士把从敌人处缴获的为数不多的盐送去一包，坚持"只要红军有盐吃，就得让老百姓的菜碗也是咸的"。

习近平总书记多次讲过"半条被子"的故事,他借用徐解秀老人的话说:"什么是共产党?共产党就是自己有一条被子,也要剪下半条给老百姓的人。"

人民立场:共产党打江山、守江山,守的是人民的心

中国共产党领导是中国特色社会主义最本质的特征,是中国特色社会主义制度的最大优势,是党和国家的根本所在、命脉所在,是全国各族人民的利益所系、命运所系。人民立场是中国共产党的根本政治立场,是马克思主义政党区别于其他政党的显著标志。

2021年7月1日上午,天安门广场,战鹰翱翔,空中护旗梯队破空而来,悬挂在直升机上的巨型条幅迎风向前,其中"伟大的中国人民万岁"彰显的正是中国共产党"人民至上"的价值取向。习近平总书记在庆祝中国共产党成立100周年大会上的讲话中指出:"江山就是人民、人民就是江山,打江山、守江山,守的是人民的心。"守民心,守的是人民心中那份对美好生活的向往。我们用几十年时间走完了发达国家几百年走过的工业化历程,跃升为世界第二大经济体,成为世界上中等收入人口最多的国家;我们依靠自己的双手,付出难以想象的辛劳和汗水,历史性地解决了绝对贫困问题,全面建成小康社会。推动经济社会发展,归根结底是要实现全体人民共同富裕,这是人民群众的共同期盼,是我们党的宗旨初心。

力量之源:立党兴党强党的根本出发点和落脚点

人民是中国共产党执政的最大底气。这充分表明,中国共产党和中国人民血肉相连,二者相互依赖、相互作用,是一个有机整体。中国共产党在执政过程中,始终把人民作为主体、目的和尺度,中国人民也始终是中

国共产党执政的坚定拥护者和支持者。

古希腊有一个著名的神话故事，讲的是巨人安泰只要身不离地，就能从大地母亲身上汲取力量，所向无敌。可一旦离开土地，他马上便失去力量。参天之木，必有其根。党和人民的关系如同安泰和大地母亲的关系一样，须臾不可分离，片刻不能分割。中国共产党之所以具有强大生命力，最关键的原因就是党为人民而生，以全心全意为人民服务为根本宗旨，因而始终得到人民的拥护与信赖。正如今年7月份，习近平总书记在省部级主要领导干部专题研讨班上指出的那样，我们取得的一切成就，都是党和人民一道奋斗出来的。淮海战役的胜利是靠老百姓用小车推出来的，渡江战役的胜利是靠老百姓用小船划出来的。改革开放以来，许多难题之所以能得到有效破解，都来自人民群众的智慧。从提出真理标准到全国掀起真理标准大讨论，从实行家庭联产承包责任制、乡镇企业异军突起到农村承包地"三权"分置、实施乡村振兴战略，从搞好国营大中小企业、发展个体私营经济到深化国资国企改革、发展混合所有制经济等，无不来自人民群众的智慧和创造。

过去一百年，中国共产党向人民、向历史交出了一份优异的答卷。现在，中国共产党团结带领中国人民又踏上了实现第二个百年奋斗目标新的赶考之路。只要我们党始终站在时代潮流最前列、站在攻坚克难最前沿、站在最广大人民之中，坚持人民至上，一切为了人民，一切依靠人民，我们党执政就具有最大底气，就一定能永远立于不败之地！

习近平总书记家国情怀的生成逻辑与时代内涵

山东师范大学马克思主义学院
思政课教师 孙 杰

党的十八大以来，习近平总书记多次发表关于家国情怀的重要论述，其家国情怀生成于优秀传统文化的滋养、对共产党人初心使命的坚守以及自身优良家风的熏陶。这种情怀在新时代也蕴含着更为丰富的内涵。深刻学习与领会习近平总书记的家国情怀是广泛凝聚社会共识、弘扬优秀传统文化、助推民族伟大复兴的思想基础。

首先，习近平总书记的家国情怀熔铸于优秀传统文化的滋养

在2018年春节团拜会的讲话中，习近平总书记讲道："'天下之本在国，国之本在家'，家和万事兴。国家富强，民族复兴，最终要体现在千千万万个家庭都幸福美满上，体现在亿万人民生活不断改善上。""天下之本在国，国之本在家，家之本在身"出自《孟子·离娄上》，大意是说天下的根本在于国家，国家的根本在于每一个家庭，家庭的根本在于每一个人。习近平总书记的一句句用典折射的是"我将无我，不负人民"的家国情怀。

其次，习近平总书记的家国情怀源自对共产党人初心使命的坚守

让我们把时间拉回1969年，当时不满16岁的习近平从北京来到梁家河，开始了他的 7 年知青岁月。住窑洞、睡土炕，忍耐跳蚤叮咬，与村民同吃同住，打坝挑粪、修公路、建沼气，在这里加入中国共产党……黄土地的生活虽然异常艰苦，但锤炼了他的意志和品格，增长了见识和本领。习近平总书记在给乡亲们的信中曾深情地写道："始终不曾忘记在梁家河度过的难忘的 7 年，始终不曾忘记那片曾经劳动、生活过的土地和朝夕相处的乡亲们。"

最后，习近平总书记的家国情怀也生成于自身优良家风的熏陶

2001 年 10 月 15 日，是习近平的父亲、老一辈革命家习仲勋的 88 岁生日。时任福建省省长的习近平因公务繁忙，抱愧给父亲写了一封拜寿信。总书记在信中写道：敬爱的爸爸：我要学父亲的赤子情怀。您用自己博大的爱，影响着周围的人们，您像一头老黄牛，为中国人民默默地耕耘着。这也激励着我将自己的毕生精力投入为人民群众服务的事业中，报效养育我的锦绣中华和父老乡亲。

在家尽孝，为国尽忠，是中华民族的优良传统，也体现了爱家与爱国的一体性。中国特色社会主义进入新时代，习近平总书记的家国情怀在新时代也蕴含着更为丰富的内涵。

首先，强调以家庭为根基，注重家庭建设、家风传承。

"家庭是社会的基本细胞，是人生的第一所学校。不论时代发生多大变化，不论生活格局发生多大变化，我们都要重视家庭建设，注重家庭、注重家教、注重家风。"从个人到国家，"家"是最重要的精神纽带。"欲治其国者,先齐其家"，有什么样的家风，就有什么样的精神状态、价值追求。

其次，体现在以人民为中心，践行人民至上、生命至上。

"人民就是江山，共产党打江山、守江山，守的是人民的心，为的是让人民过上好日子。"医疗保障、社会服务、教育投入、环境改善等诸多领域都体现了习近平总书记的家国情怀。2022 年国家账本写满了百姓民生，其中，教育支出最多，占到 15.5%，相当于 2021 年北京的 GDP 总量；排名第二的支出是社保和就业，占到 14%。

最后一方面，是强调立足中国与面向世界，倡导天下情怀、大国担当。

习近平总书记指出"大道不孤，天下一家"、命运与共，主张各国和衷共济、建设光明未来。这既展现了中国共产党人的天下情怀和大国担当，也是习近平总书记家国情怀的内在表达，体现了他深邃的历史眼光、自觉的辩证思维和博大的天下情怀。

千百年来，中华民族之所以能够历经磨难而不衰，饱尝艰辛而不屈，千锤百炼而愈加坚强，都离不开根植于民族文化血脉深处的家国情怀。我们每个人都要把爱家和爱国统一起来，把实现家庭梦融入民族梦之中，心往一处想，劲往一处使，用我们 14 亿多人民的智慧和热情汇聚起实现中华民族伟大复兴中国梦的磅礴力量！

从沂蒙精神的内涵看"中国共产党为什么能"

临沂市文化旅游发展促进中心科员 袁金凤

中国共产党为什么能？这是世界之问。从诞生时的 50 多名党员到如今的 9600 多万党员，从最初的党代会都要秘密召开到在世界上最大的社会主义国家长期执政，从建党时"没有一点报道"到引领中国走进世界舞台中央，中国共产党将一个个不可能变成了可能。一个重要的原因就是中国共产党人与生俱来的红色基因和始终如一的初心坚守。沂蒙精神是中国共产党人精神谱系的重要组成部分。经党中央批准，沂蒙精神基本内涵确定为"党群同心、军民情深、水乳交融、生死与共"。今天我们一起从沂蒙精神的内涵看中国共产党成功的奥秘在哪里。

"党群同心"的本质特征告诉我们：民心是最大的政治

在山东人民遭受日寇铁蹄蹂躏的危难时刻，中国共产党在沂蒙地区成立了共产党领导下的第一个省人民政府，颁布了中国历史上第一个人权保障条例；减租减息，免除苛捐杂税，实行土地改革，有力地改善了群众生活，使山东人民经济上翻身解放、政治上当家作主、思想上摆脱桎梏，形成了"蒙山高、沂水长，军民心向共产党"的良好局面。我们才不难理解，为什么沂蒙人民在战火纷飞的年代，能够始终坚定不移听党话、跟党走。

党的根基在人民，力量在人民，血脉在人民。"党群同心"的本质特征告诉我们：民心是最大的政治，人民立场是党的根本立场。赢得人民信任，得到人民支持，党就能够克服任何困难，就能够无往而不胜。"中国共产党为什么能"，就是因为我们党始终坚持全心全意为人民服务的根本宗旨，始终代表中国最广大人民根本利益。

"军民情深"的鲜明特质昭示我们：要始终把人民放在心中最高的位置

"军爱民来民拥军，军民团结一家亲"，是革命战争年代沂蒙地区军民情深的生动表达，成为沂蒙精神的鲜明特质。习近平总书记考察过的临沭县朱村，为什么老百姓每年除夕第一碗饺子要祭英烈？1944年的除夕，日本鬼子到临沭朱村"扫荡"。枪声就是命令，附近的"钢八连"火速前往解救村民，经过近一天的激战，24位战士壮烈牺牲，老百姓说：俺们朱村是"钢八连"救下的，所以从那时起，逢年祭奠英烈成了朱村的习俗。这样的事例在沂蒙山区太多了。40多名战士在支援渊子崖自卫战中壮烈牺牲；"何万祥英雄连"30多名战士为解救千名群众战死沙场等等。人民军队视人民如父母，为了人民安危出生入死；广大人民群众将党视为救星，把人民军队当作子弟兵，舍生忘死，形成了坚不可摧的铜墙铁壁。

兵民乃胜利之本，战争的伟力之最深厚的根源，存在于民众之中。"军民情深"的鲜明特质昭示我们：江山就是人民、人民就是江山，打江山、守江山，守的是人民的心。"中国共产党为什么能"，就是因为我们党坚持以人民为中心的价值追求，始终把人民放在心中最高的位置。

"水乳交融、生死与共"的必然结果启示我们：群众路线是党的生命线

沂蒙精神之所以感天动地，就在于党政军民的鱼水深情经受了"血与火"的严峻考验，升华到了"生与死"的忘我境界。"水乳交融、生死与共"

既是沂蒙精神的形象生动表达，也是我们党践行群众路线的必然结果。乳汁救伤员的沂蒙红嫂明德英，精心照料革命后代、自己的4个孙子却先后夭折的沂蒙母亲王换于，永远的新娘李凤兰，谁第一个报名参军俺就嫁给谁的梁怀玉，一门三英烈的刘永良等等。这些生动感人的事例，都在告诉后世后人，生命、鲜血乃至众多沂蒙母亲的乳汁，共同浇铸了党群同心、军民情深的年轮，树立起一座座巍峨的历史丰碑。

人民是历史的创造者，是真正的英雄。"水乳交融，生死与共"的必然结果启示我们：党与人民生死相依、休戚与共，始终保持血肉联系，是党战胜一切困难和风险的根本保证。"中国共产党为什么能"，就是因为中国共产党是按照马克思主义基本原理建立起来的政党。中国共产党的先进性决定了他始终把群众路线作为党的生命线和根本工作路线。

从沂蒙精神的内涵我们看"中国共产党为什么能？"最根本原因就是中国共产党不仅在理论上深刻认识人民的主体作用，而且在实践中通过制度充分发挥人民的主体作用，把党的群众路线贯彻到治国理政全部活动中。这无疑是我们党永远立于不败之地、不断创造一个又一个奇迹的秘诀所在。新时代、新征程，我们要将沂蒙精神转化为社会主义现代化强省建设的强大动力，为实现第二个百年奋斗目标，走好新时代的长征路贡献力量。

自我革命精神的形成逻辑

山东轻工职业学院马克思主义学院教师
卢　超

党的十九届六中全会强调："党的伟大不在于不犯错误，而在于从不讳疾忌医，积极开展批评和自我批评，敢于直面问题，勇于自我革命"，对于中国共产党来说，自我革命就是为了要跳出所谓的"历史周期率"。

1945年，毛泽东同志在延安的窑洞中给出了跳出历史周期率的第一个答案：就是人民监督。斗转星移，中国特色社会主义进入新时代，在党的十九届六中全会上，习近平总书记给出了第二个答案，这就是自我革命。自我革命在实践中不断丰富发展，凝练出伟大的自我革命精神。今天我们就来看看自我革命精神形成的三个逻辑。

首先来看看理论逻辑。

自我革命精神根植于无产阶级政党的性质和宗旨中。深刻理解自我革命精神，首先离不开对政党属性的深刻把握。马克思、恩格斯为无产阶级政党树立起了崇高的信念和追求，"无产阶级的运动是绝大多数人的，为绝大多数人谋利益的独立的运动""共产党人不是同其他工人政党相对立的特殊政党""共产党是无产阶级群众中最先进和最坚决的部分"。这就深刻阐述了马克思主义政党所具有的先进性、无私性。

中国共产党坚持"两个先锋队"性质和"全心全意为人民服务"宗旨，决不让旧的思想观念占据我们的头脑，决不让旧的体制机制迟滞我们的步伐，决不让自己在利益面前出丑，不断纠正自身存在的缺点和问题，由此保证崇高的理想信念、正确的前进方向和坚实的行动步伐。"我将无我，不负人民"，短短八个字，言简意赅地道出了中国共产党人精神世界的辩证法。习近平总书记会见意大利众议长菲科时谈到，愿意做到一个"无我"的状态，为中国的发展奉献自己。这是大公无私，这是乐于奉献，这更是习近平总书记强调的"心中有民、一切为民"。

我们再来谈谈实践逻辑。

自我革命精神发展于中国革命、建设和改革的伟大实践中。中国共产党自成立以来，就始终保持着革命精神，虽然在不同的时代具有不同的内涵，但党的自我革命精神始终内蕴其中并不断传承、发展。1935年遵义会议在最危急关头，对博古、李德在军事指导上的错误进行了深刻分析，在长征濒临绝境时挽救了党，挽救了红军，挽救了中国革命。1945年，我们党进行的延安整风运动正是党总结历史经验，提高全党马克思主义理论水平的一次自我革命。改革开放以后，我们党冲破"两个凡是"的思想束缚，拨乱反正、整顿党风，使党的工作中心转移到社会主义现代化建设上来。"得罪千百人，不负十三亿"。进入新时代，中国共产党以自我革命的政治勇气着力解决党内存在的突出问题，"打虎"无禁区，"拍蝇"零容忍，"猎狐"撒天网，真正做到了管党有方、治党有力、建党有效。

可以说，党的自我革命精神发展于中国革命、建设和改革的伟大实践中，并成了我们党战胜困难、突破困境的重要精神支柱。

下面再来说说价值逻辑。

自我革命精神是党永葆青春活力的强大支撑。实现共产主义和全人类的彻底解放是马克思主义政党的远大目标。我们党历来强调，"对马克思主义的信仰，对社会主义和共产主义的信念，是共产党人的政治灵魂，是共产党人经受住任何考验的精神支柱"。这深刻阐明了信仰信念对实现共产主义和全人类彻底解放的精神支柱作用。中国共产党所培育出的自我革命精神就是马克思主义信仰、社会主义和共产主义信念的具体体现，体现了中国共产党人自我批判、自我解放的政治勇气，克服困难、迎接挑战的决心意志，勇于探索、不断前进的精神力量。没有这种内在精神的品格力量，没有信仰信念的强大支撑，中国共产党不可能一路走来发展壮大，展现"正青春"的样子。

百年风雨过，初心未蹉跎。党的自我革命永远在路上，党的自我革命精神需要代代传承，永不褪色。新征程上，中国共产党必将充分展现自我革命精神的品格魅力，以伟大自我革命引领伟大社会革命，以伟大社会革命促进伟大自我革命，不断夺取新时代中国特色社会主义新胜利，向着实现第二个百年奋斗目标、向着实现中华民族伟大复兴的中国梦奋勇前进！

坚强领导核心引领亿万人民走向民族复兴

山东省财金投资集团有限公司人力资源部（党委组织部）副主管 吕丛丛

老一辈无产阶级革命家朴素的语言往往蕴含着深刻的道理。80年前，毛泽东同志指出，"一个桃子剖开来有几个核心吗？只有一个核心""要建立领导核心，反对'一国三公'"。万山磅礴，必有主峰；船重千钧，掌舵一人。一个强大的国家背后，一定要有一个强大的政党；一个强大的政党，必须有一个坚强的领导核心，这是历史和实践反复证明、颠扑不灭的真理。

纵贯千年的朴素理想，激荡百年的奋斗历程，都在向我们展示，坚强领导核心自始至终是党的事业发展的根本保证。1935年遵义会议之前，我们党没有形成一个成熟的党中央，没有形成坚强有力的领导核心，接二连三地犯右倾投降主义或"左"倾冒险主义错误，导致党的事业屡屡遭受重大挫折。比如，受王明"左"倾教条主义影响，第五次反"围剿"失败，使我们党在白区的革命力量几乎损失为零。在生死攸关的历史关头，遵义会议确立了毛泽东同志在党中央和红军的领导地位，我们党从此在政治上逐步成熟，团结带领中国人民从胜利走向胜利。党的十一届三中全会之后，以邓小平同志为核心的中央领导集体，将党和国家工作中心从阶级斗争转到经济建设上来，擘画了社会主义现代化建设的蓝图，使我们党、国家、民族大踏步赶上了时代。

马克思曾指出，"每一个社会时代都需要有自己的大人物，如果没有这样的人物，就要把他们创造出来。"我们正处在这样一个需要伟人而且一定能创造出伟人的时代。习近平总书记作为党中央的核心、全党的核心，是在浓郁革命氛围中、在苦难曲折经历中、在长期革命实践中、在新的伟大斗争中成长起来的我们党的领袖、人民的领袖。党的十八大以来，总书记领导党和国家取得了令世人瞩目的伟绩。我国经济总量2021年突破114万亿元，占世界经济比重达到18%。人均国内生产总值突破1.2万美元，正稳步迈向高收入国家行列。建成世界规模最大的社会保障体系，基本医疗保险覆盖超过13亿人，基本养老保险覆盖近10亿人。现行标准下9899万农村贫困人口全部脱贫，困扰中华民族几千年的绝对贫困问题历史性地画上句号。新冠疫情发生以来，我国统筹疫情防控和经济社会发展取得重大战果，这些都是以习近平同志为核心的党中央坚强领导的结果。

一代伟人需要解决他所在时代赋予的必须解决的重大问题，使人民满怀理想，让国家奋进远航。我曾在基层工作多年，其间接触到许许多多感人至深的人和事。记得有一位93岁高龄的老党员，自1954年加入中国共产党，"一心听党话，坚决跟党走"就是他一生不变的初心。并不富裕的老人，多年来为汶川大地震、特困群众捐款捐物万余元，在85岁时，他签署了眼角膜捐献志愿书，希望去世后还可以再为社会做一点贡献。他曾给我们谈起新中国成立初期的那段峥嵘岁月，尽管百废待兴、条件艰苦，但大家依然干劲十足，他说，"只要想起毛主席，想到毛主席在北京看着我们，大家就有无穷的力量"。谈到现在，老人更是动情，他说："习近平总书记深厚的为民情怀、非凡的雄才大略，是国家的掌舵者、人民的领路人。我生在旧社会,长在红旗下,现在又走进了新时代,虽然年纪大了,但每当想到总书记,想到党的宗旨信仰,就不断激励自己永葆为群众服务、为党分忧的党员本色。"老人的这番话,让我久久不能平静,也永远不会忘怀。我们完全可以自豪地说,人民赋予了人民领袖宽广的视野、博大的胸怀、奋进的力量,而人民领袖也一定能团结带领人民开创新的历史伟业。

  百年党史的字里行间,多少艰难险阻、多少惊涛骇浪、多少跌宕起伏,核心是万山磅礴之主峰,是星河灿烂之北斗,是沧海茫茫之灯塔。国有企业作为我们党执政兴国的物质基础和依靠力量,我们要始终心怀"国之大者",在思想上高度信赖核心、感情上衷心爱戴核心、政治上坚决维护核心、组织上自觉服从核心、行动上始终紧跟核心,把"两个确立"转化为做到"两个维护"的政治自觉、思想自觉、行动自觉,以踔厉奋发的精神状态和笃行不怠的奋斗姿态,努力在新时代争取更伟大的胜利和荣光!

共同富裕的新时代意蕴

青岛市黄岛区薛家岛街道新港山路
社区工作人员 王誉超

党的十八大以来，习近平总书记发表了一系列重要讲话，在这些讲话中，"共同富裕"一词被频频提及。在最新出版的《习近平谈治国理政》第四卷中，"共同富裕"就被提及多达33次。总书记强调："在全面建设社会主义现代化国家新征程中，我们必须把促进全体人民共同富裕摆在更加重要的位置。"那么，新时代的共同富裕，究竟是怎样一种意蕴，又有什么值得我们期待的呢？

我想从三个方面讲述。

一是从实现范围来看，新时代的共同富裕之路，是全民共享之路。

说是全民共享，那就是大家都有份。总量也好，人均也罢，具体到个人身上，都是鲜活的日子，那也是"国之大者"。这些年，我们坚持将做大蛋糕和分好蛋糕相结合，努力建设体现效率、促进公平的收入分配体系，形成人人享有的合理分配格局。在这个体系和格局下，人人都可以期盼好日子。

2022年1月1日，山东省枣庄市的一名4岁男孩接受脊髓性肌萎缩症靶向药的注射，这也是该药纳入医保后的首次注射。该药经过国家医保局的"灵魂砍价"，价格从70万元1针降至3.3万元1针，也让该病的治疗花费从每年的几百万降至几万元。其实，这并不是个例，针对看病贵的问题，国家组织药品耗材集中采购和使用，降低虚高药价，已开展的 7 批集采中选药品平均降价超过了 50%，两批耗材集采平均降价超过 80%，累计节约费用约 3000 亿元。我国的医疗保障已不同程度地惠及全体人民，成为全民共享国家发展成果的基本途径，这是世界医疗保障发展史上的奇迹，更是中国特色社会主义制度优势的集中体现。

二是从实现方式来看，新时代的共同富裕之路，是全域富裕之路。

共同富裕不是同时同步富裕，区域、城乡及个体间存在适度差异是正常的，不能要求所有地区、所有人同时富裕，要分阶段促进共同富裕。进入新时代，我们正加快推进由"先富"向"共富"的战略转换，通过东西部协作和对口支援等系列举措，推动区域协调发展，共同富裕。

为落实国家政策，以实在举措推动东西协作，青岛市积极探索协作新模式，与甘肃省陇南市签订了对口支援协议。6 年来，我们真心实意付出，真金白银投入，真抓实干攻坚。通过落实帮扶资金 15.76 亿元，有效改善了陇南市基础设施和生产生活条件；通过农业特色种植加工、农产品直销等产业合作方式，利益联结带动 6.35 万人；通过举办陇南农特产品展销会、建成陇南农特产品体验馆等方式，利用消费带动，助农增收，有利提升了陇南市农特产品的知名度与影响力……这些帮扶措施，真正做到了增强其本土发展能力，实现了互通有无、优势互补。两座城，一条心，青岛市与陇南市正在新时代的征途上携手共筑共同富裕的最美华章！

三是从实现目标来看，新时代的共同富裕之路，是全面富裕之路。

共同富裕不仅仅是物质上的富裕，而是物质与精神生活统一的全面富裕。既要富"口袋"，也要富"脑袋"。2021 年 7 月，在庆祝中国共产党成立 100 周年大会上，习近平总书记深刻阐明，要把"全体人民共同富裕取得更为明显的实质性进展"作为新时代的重大历史任务，使人民"物质财富要极大丰富，精神财富也要极大丰富"。

现在大家看到的，是一场特殊的音乐会：永曜之花。说它特殊，是因为上场的每一位演奏者都需要在工作人员的搀扶下才能找到座位。他们看不见世界，却已经走遍了100多个国家和地区，演出无数，在今年北京冬残奥会的开闭幕式上，也有他们的身影。对残疾人朋友来说，这是多么了不起的事情啊！而实际上，在新时代的发展征程中，我们不难看到，这种个人的了不起的事情已经逐渐变成了寻常事。中国城乡持证残疾人的就业数量达到了881.6万人，新增残疾人就业人数每年保持在30万人以上，而且越来越多的新兴职业中也有了残疾朋友的身影。正如习近平总书记强调的那样："在全球范围内推进可持续发展，实现'一个都不能少'的目标，对残疾人要格外关心、格外关注。"而在共同富裕的制度设计下，真正实现了每个人都拥有人生出彩的机会，最终实现人的全面发展。

全民共享、全域富裕、全面富裕，这就是新时代的共同富裕。让我们以习近平新时代中国特色社会主义思想为指引，坚决贯彻落实好党中央推进共同富裕的战略部署，砥砺奋进，一起向未来！

在新征程上扎实推动共同富裕

滨州电视台党建新闻主播　卢　津

治国之道，富民为始。共同富裕是社会主义的本质要求，是中国式现代化的重要特征，是人民群众的共同期盼，是迈向第二个百年奋斗目标新征程的应有之义。

今天，让我们一起探讨在新征程上如何扎实推动共同富裕。

我国已经进入扎实推动共同富裕的历史阶段

自古以来，实现共同富裕就是人们对美好生活的憧憬。但是，历史充分证明，无论是奴隶社会、封建社会，还是资本主义社会，共同富裕只能是一种空想。

习近平总书记深刻指出："现在，已经到了扎实推动共同富裕的历史阶段。"中国共产党自成立之日起，就为全体人民过上美好生活而不懈奋斗。百年沧桑巨变，我国成功实现了从站起来、富起来到强起来的伟大转折，特别是党的十八大以来，党中央把握新阶段新变化，把逐步实现共同富裕摆在更加重要的位置上，作出一系列部署安排，采取一系列有力措施，打赢脱贫攻坚战，全面建成小康社会，我国的经济实力、科技实力、综合国力跃上新台阶，国际影响力持续增强，社会主义制度优越性得到充分彰显，实现新征程共同富裕的条件更加成熟完善。

新时代共同富裕内涵特征

"共同富裕是全体人民共同富裕,是人民群众物质生活和精神生活都富裕,不是少数人的富裕,也不是整齐划一的平均主义,要深入研究不同阶段的目标,分阶段促进共同富裕。"习近平总书记深刻阐明了新时代共同富裕的内涵特征。

从广度上来讲,共同富裕是全国每一个公民的富裕。"小康路上一个都不能掉队""全面小康路上不能忘记每一个民族、每一个家庭""党中央想的就是千方百计让老百姓都能过上好日子"。直到现在,总书记亲切的话语一直温暖着他曾到过的24个贫困村干部群众的心窝。

从质量上来讲,共同富裕是物质和精神都富裕。在新征程上,在追求生产力高度提升的同时,共同富裕还将目光聚焦在不断满足人民群众对于精神文化、民主法治、公平正义等各方面需要。

从阶段上来讲,共同富裕不是同时同步富裕。国家允许和鼓励一部分人、一部分地区,先富起来,先富带动后富。一部《山海情》讲述了闽宁协作发展的生动感人故事;滨州阳信"一牛联三地",对口援助青海祁连县、内蒙古科右中旗,跨区域扶贫协作推动产业脱贫。

新征程共同富裕的实现路径

在实现共同富裕的道路上,我们积累了宝贵的经验,找到了渡河的"船"与"桥"。

实现共同富裕,要坚持党的领导。党的全面领导是推进共同富裕的坚强保障。每一名共产党员、每一个基层党组织听从党中央的号召,化身鲜红旗帜、坚强堡垒。重庆市巫山县竹贤乡下庄村党支部书记毛相林带领乡亲历时7年,在绝壁上凿出一条8千米长的"天路",探索培育出柑橘、桃、西瓜等产业，发展乡村旅游，人均纯收入比之前翻了43倍，彻底拔除了下庄村的穷根。像毛相林这样的共产党员还有很多。他们带领群众共同富裕，用行动践行初心使命。

实现共同富裕，要坚持共建共享。人民既是共同富裕的受益者，也是贡献者。实现共同富裕，要充分尊重人民的首创精神，发挥群众的主观能动性。改革开放之初，小岗村民用红手印开启了农村改革，苏南群众创造出乡镇企业的"苏南模式"。今天，时代不同了，发展条件也大不一样，更要引导群众广泛参与，创造更多推动共同富裕的实践经验，用勤劳、智慧和力量描绘共建共富共享的美好画卷。

实现共同富裕，要坚持接续奋斗。总书记说："幸福生活都是奋斗出来的！"20世纪60年代，河南林县人民战天斗地，在太行山腰修建"人工天河"红旗渠，这是奋斗；进入新时代，数以万计扶贫干部扎根基层，为打赢脱贫攻坚战忘我奉献，这是奋斗；在新征程上，党带领全体人民踔厉奋发，努力实现脱贫攻坚与乡村振兴有效衔接，推动不断实现高质量发展，这同样也是奋斗！一代又一代人不懈奋斗是共同富裕不可或缺的底色。

1955年，毛泽东同志在憧憬我国发展富强目标时鲜明指出，"这个富，是共同的富，这个强，是共同的强，大家都有份"。60多年过去，行进在追求共同富裕的康庄大道上，我们更加坚信，在党的领导下，全体中华儿女不懈奋斗，到21世纪中叶，全体人民共同富裕基本实现的宏伟目标一定能实现！

能源的饭碗必须端在自己手里

胜利油田培训中心员工　孙汝仪

2021年10月习近平总书记视察胜利油田，两次发表重要讲话，强调能源饭碗要端在自己手里，为我们精准标定了石油石化行业在新发展阶段的前进方向和使命担当。其中的思想需要我们提高站位，准确把握。

第一，我们要具备历史视野。石油作为基本的能源和资源，是国民经济的基础产业和战略支撑，历史多次告诉我们，石油出问题，国家的产业体系、金融体系、经济体系，都要出问题。1986年美国把石油价格压到了每桶10美元以下，仅仅四年以后，靠卖石油过日子的苏联经济就轰然崩溃。历史还多次证明，石油的消费和生产深深地嵌入了国际的政治、外交和军事，第二次世界大战以后局部战争不断，几乎都和石油的利益、石油的主导权密不可分。海湾战争、伊拉克战争就是赤裸裸的争夺石油的战争，美国人还利用各种手段支持石油美元成为国际的结算货币、估值货币和储备货币，石油美元不仅是美国掠夺财富的工具，还是美国搞风搞雨的手段，已经成为国际政治的晴雨表，国际政治矛盾激化的放大器。

第二，我们要把握时代标尺。随着人类科技的进步，新能源大发展，即使石油让出了主要能源的位置，作为高分子合成材料的重要原料，石油仍然有着广阔的美好前景。不仅如此，石油是支撑国家生存发展的战略资源，这一点并没有改变，石油不可替代、不可再生、分布不均衡的特点反而放大了这种战略意义。比如乌克兰战争，其直接后果之一是搞乱了俄罗斯和欧盟之间的贸易关系，搞乱了俄罗斯和欧盟之间的石油通道，而德国原来58%的进口原油、欧盟原来60%的进口天然气来自俄罗斯，现在他们只能向美国求购，一年多来石油不断涨价，美国的石油寡头在乐呵呵地数钱。

第三，我们要明晰国家战略。习近平总书记在2014年6月提出了"四个革命、一个合作"，这是符合我国国情、顺应时代潮流、遵循能源规律的国家能源安全新战略。我们要从石油的角度去关注国家能源安全问题，比如海湾战争，这是人类的第一场现代化信息战争，根据美国国防部公开的数据，共花费1133亿美元，日本出资943亿美元，其根本原因就在于日本的钢铁、石油等资源能源高度匮乏，对外特别是对美国高度依赖。改革开放以后，中国的石油消费量与日俱增，2020年中国石油进口量达到5.4亿吨，花费外汇超过万亿美元，业内专家已经形成共识，中国的石油产量不能跌破2亿吨，中国的原油进口量不能突破70%，这是警戒线，否则我们就会像日本一样受制于人。所以总书记才强调，我们是制造业大国，要搞实体经济，各种饭碗要端到自己手里，包括能源的饭碗端到自己手里。

第四，我们要强化使命担当。习近平总书记视察胜利油田，分析了我国能源结构和能源安全形势，阐述了保障能源安全的极端重要性，强调了解决油气核心需求是我们面临的重要任务，最后提出要求，要加大勘探开发力度，夯实国内产量基础，提高自我保障能力。胜利油田作为能源央企，保障能源安全的"国家队"，必须保持强烈的忧患意识和使命感。要加快油气资源战略突破，要保持长期规模效益稳产，大力提升油气勘探开发力度，当好国内油气增储上产推动者，在国民经济建设和区域经济社会发展中发挥更大作用。

最后，我们要树立坚定的信心和决心。中国国土面积广大，石油资源肯定丰富，关键是创新，关键是石油的勘探开发技术，关键是我们能不能多找油，多出油。近几年石油工业发展的实践也证明了习近平总书记的判断是正确的，以胜利油田为例，2018年页岩油大发现，2019年完善了理论、技术和工艺，2020年页岩油进入了生产序列，2021年习近平总书记视察胜利油田的时候，胜利油田对外宣布，胜利油田发现的页岩油资源总量达到41亿吨，足以支撑胜利油田规模效益稳产40年。

除了信心，还有决心。2018年以来，世界形势更加复杂严峻，美国通过了《2021战略竞争法》，其重点是与中国在全球供应链和科学技术上开展全面竞争。面对如此严峻的形势，石油国企必须多找油，多出油，站得住，撑得起，为保障国家的能源安全、战略安全作出自己的贡献，为党和国家稳盘固局，为人民群众遮风挡雨，真正做到"我为祖国献石油"。

曲艺类

百姓讲述自己的故事

深夜对话（快板）

山东华宇工学院教职工　靳长钊
辽宁科技大学在校学生　张汉霄

合： 中华民族复兴梦，

　　　国计民生看三农，

　　　乡村振兴大战略，

　　　党的政策是春风。

靳： 城乡融合发展快，

　　　第一书记扎基层，

　　　田间地头做规划，

　　　招来项目抓经营，

　　　村村成立合作社，

　　　种粮大户就像那雨后春笋，层出不穷。

张： 第一书记几十万，

　　　感人的事迹数不清。

　　　今天我说的这个事儿，

　　　你听完，

　　　肯定奇怪惊讶沉思感叹生气发蒙又感动。

靳： 你快点儿讲，我等着听，

我看你是不是吹牛有水平。

张： 说的是，

德州有个杨家村，

村委会办公室里能办公。

靳： 这不废话嘛！

张： 白天办公很正常，

晚上支开了一张床。

靳： 哦？

张： 床上睡着一个人，

床下摆着鞋一双，

两只鞋，聊着天，

声音不大挺洪亮。

靳： 皮鞋半夜说了话？

故事听得瘆得慌。

到底怎么一回事儿？

你从头到尾说端详。

张： 这个聊天挺有趣，

咱俩表演表演怎么样？

靳： 怎么表演？

张： 我来右脚这只鞋，

左脚那只你充当。

靳： 舞台表演几十年，

演只鞋，还真是从来不敢想。

张： 左大哥！

靳：啊？哦，叫我呢，

哎，右大妹子！

张：咱俩可是一双鞋，

怎么会，有男有女改了性别？

靳：咱俩本来是一对儿，

一男一女没问题儿。

张：嘿！

我说左大哥，

主人实在太要强，

他不该来把这个第一书记当。

咱在政府机关多么好，

每天擦得黑又亮。

自从来到这个农村，

咱俩彻底变了样。

天天身上沾着土，

泥巴糊在咱脸上。

他倒好，

累得倒头呼呼睡，

对咱一点儿也顾不上。

靳：大妹子，

话也不能这么讲。

主人他，也是为了农民朋友奔小康，

他到这个村里做工作，

村庄每天都变样。

主人每天穿着咱,

把村里每寸土地来丈量。

成立智慧党建联合体,

带领全镇村民一起携手奔小康。

种地成立合作社,

土地流转,

真正实现了吨半粮。

张:村里吃,村里住,

难道主人不把这家来想?

九十八天不回家,

难道他是个铁心肠?

靳:当时是,精准脱贫攻坚战。

他在村里特别忙,

白天忙碌忘了家。

你再看看到了晚上,

打开手机看图片,

儿子的照片,他一遍一遍细端详。

电话拨通张不开嘴,

热泪就在眼角淌。

张:儿子边哭边喊,爸——

爸——

靳:哎——

张:你为什么不把我来想?

妈妈病了没人管,

我上学没人接送真凄凉。

靳： 好孩子，你真棒！

小小男子汉里属你强。

爸爸的身份是党员，

党员的初心不能忘。

你是爸爸的好儿子，

爸爸要给你做榜样。

张： 爸爸你就放心吧，

你不在家，我为妈妈做脊梁。

我想你了，爸！

靳： 电话挂断泪水涌，

一声爸，激情装满他的胸膛。

舍小家，顾大家，

党的初心怎能忘？

张： 深扎农村不怕苦，

一年三百二十多天住村上，

陪着孤寡老人过春节，

对待老人就像对待亲爹娘。

靳： 忘我付出有回报，

全镇村民奔了小康。

村集体收入过十万，

村民的收入噌啊噌，噌啊噌，噌啊噌地往上涨！

张： 一身迷彩身上穿，

串大街，走小巷，

"迷彩书记"成了一心助农的好榜样！

靳： 这样的书记千千万，

乡村振兴有指望。

你来看——

耕地肥沃一片片，

棵棵庄稼真茁壮，

喷洒农药直升机，

联合收割轰隆响。

张： 你来看——

产业结构多样化，

蔬菜水果多种粮，

种植科学技术化，

年年丰收增产量，

强强联合产业化，

农村开拓了大市场。

靳：大妹子，一桩桩一件件，
　　　主人的成绩记在咱心上。
　　　就算鞋上沾点儿土，
　　　我觉得脸上更有光。

张：左大哥，说得好，
　　　我吸取意见换思想，
　　　咱俩一定休息好，
　　　身体练得更强壮，
　　　让主人穿着咱们俩，
　　　带领群众奔小康！

靳：乡村振兴大战略，
　　　步伐紧跟党中央，
　　　小康社会现代化，
　　　祖国繁荣更富强！

合：对！
　　　乡村振兴大战略，
　　　步伐紧跟党中央，
　　　小康社会现代化，
　　　祖国繁荣更富强！

一往"参"情逐梦人（快板）

威海市文登区文化和旅游局工作人员　苑成宇
威海市文登区文化和旅游局工作人员　范爱霞

苑：打竹板，竹板响，咱俩上台来宣讲。

范：讲乡村，说农民，广阔天地追梦人。

苑：今天不把别的表，单表表全国劳模王文水。

范：对对对，咱们一起表一表大名鼎鼎的王文水。

苑：王文水，五十年代出生在文登山村口子里。那时候，自然灾害连年起，人人缺食又少衣，家家日子不容易。

范：幼年丧父的王文水，历经磨砺长志气：
有一天，定会让大家丰衣足食都富裕！

苑：怀揣梦想在成长，羽翼渐丰心飞翔。
十九岁，王文水参军入伍赴边疆，
两年后，表现突出入了党。

范：暗自发誓有信仰，终生为民心向党。
退役后，王文水谢绝安排进工厂，毅然选择回山乡。

苑：站在山口望家乡，山村依然旧模样。
王文水，细思量，怎样在山沟里做文章？

范：生此念，非一人，那就是后来成为王文水岳父的王继振。

王继振，乡里药材种植第一人，对有志青年格外亲，

他带着王文水种黄芪种沙参，尝试起如何让黄土变成金。

合： 定让黄土变成金！

苑： 八一年，省药材公司决定在胶东试种西洋参。

自此后，八粒西洋参种子便在文登扎下了根。

范： 为了种出西洋参，王文水搭窝棚住山林，

按时点测湿温，蚊蛇叮咬心不分，技术数据记认真。

苑： 多育苗，分乡邻，让家家都捧起聚宝盆，

王文水的青春梦里长出了一片大"参"林。

范： 梦想终归是梦想，现实却是很骨感；

种参收获需四年，大伙都怕担风险。

苑： "四年时间确实长，又经雨雪又经霜，干旱年头先不讲，雨大了能不能全泡汤？"

范： "现如今包产到户都单干，只要咱肯出力气多流汗，粮食一定能丰产。西洋参？没看见！学校都没上几天，西洋的东西能玩转？"

苑： 想分的参苗没人领，撂下的话来是冷冰冰。

范： 好事说它千百遍，不如干出来让人看。

王文水，不争辩，不多言，一门心思在参田。

他坚信，心中的梦想早早晚晚会实现。

合： 对，梦想早晚会实现！

苑： 造参田，搞试验，查资料，勤钻研，春夏秋冬一年年，

初中文化的王文水，硬是攻克了西洋参大田种植这难关。

范： 四年仿佛一瞬间，王文水种参赚大钱：

亩产收入一两万！左邻右舍看红了眼。

苑："嗨嗨嗨，真后悔，你说当年咱咋就没有相信他王文水！"

范："咱们想种哪有种？不懂技术哪能行？

苑：为种参，王文水受的磨难得用马车拉，掉进山沟里还差点把命搭。

范：都说同行是冤家，王文水不会轻易去帮咱，咱们还是种完麦子栽地瓜……

合：你一言，我一语，大伙儿背地里叽喳喳。

苑：一大早，王文水挨家挨户论着辈分叫不停，

咱村种参一准行，种子技术我全包，销路价格我保证。

范：一口唾沫一个坑，说出话来板上钉。

小小山村不起眼，西洋参种植出了名。

看东山，瞧西岭，王文水的脚步越来越坚定。

苑： 一个四年连四年，家家日子比蜜甜。

　　王文水却是越来越忙不得闲，研发的技术设备一件件。

范： 跑市场，搞调研，精品加工走在先，

　　带领大伙抱成团，牢牢把握市场主动权。

苑： 传技术，播希望，从邻村到外乡，

　　他就像一把火炬将共同富裕的道路照得亮堂堂。

范： 四年四年连四年，一梦走过四十年。

　　一往"参"情的王文水，迎来了比他梦想中更加壮丽的美画卷——

苑： 昆嵛百里参花香，文登万户种参忙；

　　加工企业连成片，产品研发一串串：

　　口服液，参饮片，破壁粉，营养餐，串起农民致富的百亿产业链！

范： "中国西洋参之都"美名传，还捧回巴拿马国际品牌的金牌匾！

合： "中国西洋参之都"美名传，还捧回巴拿马国际品牌的金牌匾！

苑： 现如今的王文水，白了头，驼了背，却依然"参"情不改志不移，

　　带领乡亲把更美的蓝图再描绘。

范： 他常说，小车不倒年年推，生命不息不掉队，

　　终生向党为人民，革命本色永不褪。

苑： 这正是：一个梦，一生追，初心不改头不回，奋斗精神铸丰碑！

范： 让我们学模范做模范，牢记使命挑重担，砥砺奋进勇向前，

合： 砥砺奋进勇向前，撸起袖子加油干！加油干！！

送"礼"（山东快书）

济南融通燕子山庄团建宣传员　张厚一

要听书，
你顺着我手看东南，
红旗村不远在面前。

今天村里真热闹，
您快看，新建的百姓大舞台，
红漆蓝瓦真体面。
广场舞大妈挺时髦，
DJ舞曲跳得欢。
节目一个接一个，
有唱小戏、吹唢呐，
还有个说山东快书的把十四五规划来宣传，
据说他是咱济南市的百姓宣讲员。

舞台上拉着一条幅，
红布白字写上面，
上面写：新时代乡村振兴政策好；

下面写：感党恩红旗村脱贫致富大改变。

这边演出刚结束，

但只见，一群人呼啦啦拥上前。

男女老少全都有，

你言我语把话谈。

当中间围着个大高个，

原来是驻村第一书记孙大山。

他任职期满有新安排，

老百姓自发送行到村边，

依依不舍来告别，

掏心窝子把话谈。

张大嫂说：孙书记，这筐鸡蛋你收下，

建鸡场还是你帮着办贷款。

信用社不知跑了多少趟，

光加油不知花了你多少钱，

俺听说今天您要走，

心里难过如同波浪翻，

大嫂今天送送你，

俺送筐鸡蛋你别嫌。

李大哥说：孙书记，这箱肥桃必须收，

带给俺弟妹尝尝鲜。

要不是您，俺哪有能力包荒山，

又怎能百亩荒山变桃园，

请来专家教种植教技术教管理,
你还帮俺跑销路,
你对俺的恩情真不浅,
这箱肥桃有您血汗在里面。

突然间出来个黑大个,
原来是村里光棍黑老三,
孙书记,别的东西俺没有,
这是俺媳妇刚做的十双新鞋垫。
你帮我戒掉赌博坏毛病,
还让俺到人才市场打工去赚钱,
俺才娶上媳妇脱了单,
真是大白天做梦娶媳妇——幸福来得挺突然,
孙书记,十双鞋垫您收下,
穿上他,走到哪里都舒坦。

有几位孤寡老人走上前,
俺听说今天你要走,
赶紧搭伙往这赶,
俺有件事情要问问您。
老大娘,什么事,
你创建幸福大食堂,
孤寡老人天天吃上幸福食堂爱心餐,
你还自己掏腰包,又买鱼、又买肉,

这生活都赶上下饭店了，

俺想问问，你走了，

俺还能吃上爱心食堂幸福餐吗？

孙书记说：老大娘你把心放宽，

党员为群众办实事，

咱政策只会增来不会减。

孙书记话音刚落地，

人群中闪开一条路，

走进来党员张支前。

他是解放济南的老革命，

更是村里德高望重的老党员。

只见他紧紧握住孙书记的手，

孙书记！今天你走俺不拦，

我有件礼物送给你。

说这话，转身拿过一根长扁担，

交到孙书记他手中。

语重心长把话谈，

孙书记，这是想当年济南战役打响后，

组织派我去支前。

我用扁担担军粮，

我用扁担抬伤员，

我用扁担担弹药，

我用扁担为解放军送油盐。
这些年我知道你有苦也有甜，
脱贫攻坚战这场战役打得好啊，
咱穷村子土鸡变凤凰，
成了全省种植基地模范点。
你们年轻人干劲足，
看到你，我又看到了当年战场上的俺，
俺老党员赶上新时代，
俺还想再多干十几年。
今天这扁担交给你，
希望咱革命的精神代代传。
孙书记接过扁担紧握住，
顿时觉得干劲添。

乡亲们，扁担就是传家宝，
为人民服务挑在肩，
这扁担是责任是义务，
我也要一直挑下去，
把革命精神代代传。
这正是咱身边人、身边事，
身边的故事唱不完。
江山就是人民，
人民就是江山，
时刻把人民装心里，
复兴路上挑重担，
金扁担挑出百姓的好日子，
新时代新征程致富路上谱新篇！

壮美黄河口（京韵大鼓）

东营市商业大厦工会干事　曹美秀
东营市公共交通汽车公司职工　张振玲

黄河东流万里蜿蜒，

波浪滔滔奔涌向前。

海退沙沉，日积月累，

拓齐鲁大地，增华北平原。

遥望京津枕半岛，

衔尾泉城仰泰山。

渤海明珠光华璀璨，

大河尾闾处处展新颜，

大河尾闾处处展新颜。

入海口，湖泊湿地星罗棋布，

黄蓝泾渭，旷世奇观。

你看那，钻塔高耸游轮远，

你看那，万顷碧波荡白帆，

你看那，芦花丛里天鹅戏，

你看那，柽柳、红毯映蓝天，

真果是，城在景中，人在画里，

人间福地，世外桃源。

吕剧之乡听妙曲，

孙武祠里访圣贤，

品一品，黄河口的刀鱼、大闸蟹，

尝一尝，麻湾的西瓜脆又甜。

史口烧鸡、水煎包儿美，

吃上一口香半年。

唱不尽，物阜民丰幸福满满，

三角洲，建成了黄河口国家公园。

黄河口，钟灵毓秀风物壮，

渤海下，乌金滚滚涌油泉。

华八井，铸就丰碑巍然立，

石油人，心潮澎湃志冲云天。

忆当初，八六年孤东大会战，
金戈铁马战荒原。
一百日，窝头咸菜来相伴，
一百日，双腿浮肿血斑斑，
石油工人，围海夺油，披肝沥胆，
为祖国开创胜利大油田。

喜今朝，黄河流域生态保护高质量发展，
心系民生，情深似海、众望如山。
黄河安澜同舟共济，
五业并举业绩非凡。
新时代文明实践春风拂面，
飞入寻常百姓家滋润心田。
新征程，新姿态，
新风貌，新开端。
勠力同心喜迎二十大，
高歌新时代阔步永向前，
高歌新时代阔步永向前！

家　传（山东快书）

枣庄市君霞非物质文化遗产保护有限公司职工　武道君

四页板响连环，

新征程谱写新诗篇，唱唱咱们身边的事儿，我唱一段山东快书叫家传。

（白口，普通话说）：什么是家传？就是家里老人们祖祖辈辈传下来的宝贝，宝贝？什么宝贝？金砖字画银圆？

您听我慢慢地给你谈。

说李四，唱张三，

张三、李四两副挑子摆路边，

两副挑子都把豆腐卖——

路北（是）张三，李四的挑子在路南。

这一天逢大集，两副挑子对着喊——

声嘶力竭都为拉客多赚钱。

李四喊，俺家的豆腐本是卤水点，

质量好来味道鲜。

张三喊，"豆腐张"本是老字号——

做豆腐远近闻名是家传。

李四个头虽矮嗓门大，

吆喝声，好似喇叭震破天：

"俺家的豆腐好（来）价格贱，

缺斤短两，认打认罚不喊冤……"

赶集的闻听不怠慢，

霎时间将李四的摊子围了个圆。

张三一见傻了眼，

扬起脖颈高声言：

"一斤豆腐我卖八毛，

二斤我卖它二八一块六毛钱，

三斤豆腐最好算——

谁不知：三八二十三……"

周围的人听到此言咯咯笑，

心里说，这小子生意做得咋恁憨，

明明是"三八二十四"

他硬说"谁不知三八二十三……"

闻听到张三这样叫（来）这样喊，

买豆腐的，呼的声——离开李四奔张三……

看张三，三斤三斤往外卖，

一眨眼，身边儿的豆腐全卖完。

他收拾家什刚要回家转，

忽听得有个声音由远到近飘跟前：

（白）"三儿啊，先别离开——"

张三抬头仔细看，

喊他的本是他爹张二憨。

再细看，李四也在旁边站，

两只手正将他张三的爹爹搀。

（白）张三莫名其妙呀，怎么俺爹和李四站在一起了："爹，怎么了？""怎么了？"张二憨说："我把李四喊来是让他看看咱家的豆腐货真价实是家传……"

说着话，张二憨不怠慢，抡起胳膊画个圆，就听得"啪——"冲张三就是一个大嘴巴子。

张三捂着腮帮子哭咧咧地直喊："爹，你咋打我呀？"

"打你？打你本是为家传。小三儿啊，你聪明得过头了——做豆腐本是蝇头小利的小买卖，如此你还让利于人我举双手称赞，你一斤卖八毛，三斤卖两块三……这是好事呀，好事就该理直气壮地吆喝、仰着脖子高喊……"

张三说："我这样吆喝买的人少呀……"

"那你就装傻卖呆……"

"爹，儿让利是目的，装憨是手段……"

张二憨说："三儿啊，此言差矣——

知道吗，你装憨，买豆腐的以为你真憨，

他们自以为利用了你的憨，买傻瓜的豆腐投机能把便宜占——

你利用、迎合的是一些人爱投机占便宜、天上能够掉馅饼的心数，滋长得却是这个市场、这个社会投机占便宜、盼着天上掉馅饼的风气呀，

我的三儿啊——

'豆腐张'豆腐好名不虚传，

从不走歪门邪道赚取昧心钱，

那一年，卖豆腐遇到阴雨天，

我担心，时间久了豆腐酸，

灵机一动，我站在街头高声喊，
不一会儿一挑子豆腐全卖完。"
（白）"爹，你喊的啥呀，这么灵验？"
"我喊的是，兄弟姐妹帮帮俺——
俺孩儿他娘住院治病等用钱，
豆腐本是俺自己做，
你们买它本是行善帮俺张二憨……"
（白）"爹，你这办法挺绝呀……"
"不承想，你爷爷后来听说这件事，
下个集，当众将我耳刮扇。
他言说，买卖好孬靠厚道，
我不该利用人们的善良把瞎话编，
张家的豆腐是家传——

传的是物美价廉用料精来味道鲜，
张家的人憨厚实在不掺假——
怎容得你装疯卖傻扮假憨？！
今天我守着李四把你打，
就是要你记住老张家没有三八二十三……
投机取巧瞎忽悠，
'豆腐张'虽有今天没明天。
人在做，天在看，
买卖拼得是谁家人品、质量不一般……"
张二憨，集市教子一番话——
十里八乡成美谈，
人都说，"豆腐张"家的豆腐、人品是真憨——
家传的美德千秋万代留人间！

筑梦新征程（数来宝）

北京城市学院学生　王泽颖
济南艺校学生　　曲映文飞

王：打竹板，台上站，
　　眯着两眼往下看。
曲：看什么？
王：前边就是美术馆，
　　我想到那看展览。
曲：有展览，我想看，
　　也可以和你做个伴。
王：慢慢慢，停停停，
　　你看展览可不行。
曲：为什么？
王：看展览，别往前走，
　　因为你长得有点丑。
曲：你这说话没道理，
　　我只不过，今天早上没把脸来洗。
王：那你洗洗脸，洗洗手，
　　要看展览，咱快走。

曲：好嘞！
　　美术馆，进大厅，
　　一幅幅图片我看得清。

王：图片上，鲜活的事迹撞心灵。

曲：展览的主题就是"新征程"。
　　新时代，新征程，
　　展览的作品都有名。

王：每件作品，都有知识点，
　　"新征程"的"新"字最凸显。
　　不知道你懂的知识多与少，
　　能否在每幅图片上把"新"字找。

曲：这个对我是小儿科，
　　因为我懂得特别多。

王：懂得多，没有错，
　　吹牛从来没输过。

曲：咱俩别在这里打嘴仗，
　　别人看见不像样。
　　每幅图片，咱仔细看，
　　然后你再做判断。

王：好！
　　第一幅，你看清，
　　有一块金属片亮晶晶。

曲：他本是山西太钢成功研发的手撕钢，
　　为科技作出的贡献响当当，

原来的钢材"论吨卖",

现在"论克卖",国外抢购特别快。

王： 这个不是我较真,

你这里也没有"新"。

曲： 要找"新"字不算难,

听我跟你慢慢谈。

通过一片小小的手撕钢,

看到的是咱们经济实力、科技实力进入了新篇章!

我们有世界最长的跨海桥,

提起来全国人民都自豪!

智能高铁咱最快,

提起它我都心潮澎湃!

5G网,大数据,

创新思维第一动力。

望远镜,数天眼,

他把我们科技实力来彰显。

甭管你在水星还是在土星,

天眼都能看得清,

还不用你特意往前凑,

也能看清你脸上长了多少青春痘。

王： 青春痘,没你多,

你的能拉俩火车。

曲： 看我分析得透不透?

我的"新"字够不够?

王：通过你的介绍，这么说，

就说明，咱们的经济实力、科技实力、综合国力又上新台阶。

曲：哎，往这儿看，这幅图片真有趣儿！

花花绿绿的真有味儿！

王：这是上海虹桥的"彩虹桥"，

用五彩的颜色细细地描，

最高的立法机关在这头，

那头是基层百姓的意见和要求。

曲：这幅的"新"字我来说，

他让基层群众的立法建议搭上了"直通车"，

这个想法"新"，思路"新"，

体现民众的建议值千金。

王：立法机关把作用显，

这才颁布了《民法典》，

人民的权益得保障，

我们的法治体系是榜样。

曲：政治制度的作用大，

事无巨细规范化。

人民当家做主人，

新征程铸就民族魂。

王：往这儿看，这边还有一张画，

又像是你的照片墙上挂。

黑眼圈，身子胖，

和你长得一个样！

曲： 那是雪容融和冰墩墩，

长得可爱又可亲。

参观一定睁大眼，

我的腿没那么短。

"冬奥会"璀璨的火焰照亮天空，

中国健儿意气奋发向前冲。

赛出友谊和好成绩，

中国人觉着有底气。

世界首座双奥之城，

开启了我们自信包容，

开放大国气象的"新征程"！

王： 这幅图片真热闹，

有的唱歌，有的把舞跳。

文化大餐传真情，

体现了我们文化自信的"新征程"！

曲： 这幅图片"新"字多，

新学校还有新课桌。

新小区，新街道，

每个人脸上都带笑，

幸福感满满乐陶陶，

大家心里有多自豪。

王： 以前大山里的小矮房，

孩子们都不能进学堂。

我态度严肃地对你谈，

你要生活在那找个媳妇都困难。

曲： 你说的这些都是历史，

以前和现在没法比，

脱贫攻坚都打赢，

我们踏上了共同富裕的"新征程"！

王： 现在是新欢笑，喜盈盈，

我们走上了国泰民安的"新征程"！

这幅图片不简单，

九曲黄河十八弯。

有绿水和青山，

其实他就是金山和银山。

曲： 抓生态，抓保护，

高质量发展迈阔步！

环保工作，莫放松，

天天是空气清新，湛蓝的天空！

合： 老百姓日子过得好，

多亏了习总书记的好领导！

全国人民欢歌唱，

多亏了党为我们指方向！

曲： 新时代，新篇章，

王： 一幅画卷入心房。

新时代，新征程，

曲： 又一次洗礼我们心灵！

合： 看展览，看历史，

让我们懂得珍惜和坚持。

看展览，激励我们快成才，

让我们张开双臂，拥抱未来。

中国梦，新时代，

让我们昂首挺胸阔步迈！

新时代，新征程，

让我们成为屹立华夏的东方龙！

合： 对！

新时代，新征程！

让我们成为屹立华夏的东方龙！

搬 山（山东快书）

聊城大学音乐与舞蹈学院研究生　项　辉

（白）哎哎哎，朋友们，

您见过两个亲家打架的吗？

这个说，明明俺儿贡献大，

那个说，俺闺女让您发的家。

俺儿比您闺女好，

要这么说，咱这个亲家别处啦。

嘿，您说两亲家都吵成这样了，小两口的婚姻还好得了吗？

您听我慢慢地给你拉呀。

在鲁西，有个村子牛角家，

村子里，有两位养殖能手顶呱呱，

一个名叫王大顺，

那个他叫李大发，

王大顺擅长养鸡鸭，

李大发擅长养鱼虾。

他俩的孩子，谈了恋爱结婚后，

子承父业，

都想把养殖规模再扩大。

这个主意非常好，

可就是，有一座大山把他们压，

（白）什么大山？

扩大养殖要用地，

他们没有合适的地方拿，

跑遍了全村都找不着地，

难坏了大顺和大发。

哎，这一天，上边派来了村干部，

是第一书记大老马，

马书记，为让村民脱贫以后更富有，

废寝忘食做谋划，

听说了他们家的事，

立刻过来做调查，

他是一边听，一边记，

答应了：尽快解决不拖拉。

马书记，新征程上勇担当，

第二天就找到他们哥俩，

二位哥哥，你们用地的问题解决啦。

这个养鱼虾，就用那村南的废池塘，

养鸡鸭呢，用村北头的土疙瘩，

这些地方，闲置多年也浪费，

养鸡鸭、鱼虾，正是变废为宝的好想法啊。

（白）真的？

昂！

可是……

可是啥？

马书记呀，你不知道，村南边儿的废池塘，早就让老驴头给拦下了。

（白）老驴头？

昂，倔老头，

建塘养鱼他不让，

他在池塘里边安了家，

这个池塘原本是集体的，

可老驴头，他在那，种了树，养了花，养了鸭，

多少年来没人问，

他想当然的给揽吧下啦。

村委会多次做工作，

跑断了双腿磨碎了牙，

可这个老头，他是王八吃秤砣，铁了心了，

哪个来说也白搭啊，

这种人是又臭又硬，

对他是实在没办法了。

至于吗？

还至于吗？真事，谁去也白搭，你不信你试试。

行，我试试。

嘿，还是老马有办法。

他提了两只烧鸡两瓶酒，

和老驴头是一边喝酒一边拉。

"老哥哥啊，来来来喝酒，

老哥哥，我想问问你啊，

你那个池塘大树值多少钱？

咱们这样，按行市赔偿不折价。"

（白）"这不是钱的事。

咱都进入小康生活了，

口袋里，谁还没有点零钱花。"

"恩。那倒是，哎，对了，我听说啊，你无儿无女一个人呀。"

"咋了，咋了，别看我一个人，怎来得再多我不怕。"

"嗨，我是说，

你一个人养殖做不大，

你平常在这种个树，养个鸭，

挣钱不多一般化。

我是这么想的，等池塘建好了还由你来照看，

好多特色项目等开发，

鱼虾观赏和垂钓，

农业旅游一体化，

老有所养有保障，

年底还有奖金发。"

（白）"还奖金发？这都不是钱的事，还奖金发，发多少？"

"每年给你八万八。"

"八万八，这都不是钱的事，

啊，嘻嘻嘻，哈哈哈，

既然书记都发话啦，

你说咋法就咋法吧，喝酒！"

"好！"

嘿！

这座大山给搬掉，

乐坏了大顺和大发，

他们俩整了四个菜，

端着酒杯对着夸。

"哎，亲家，这杯酒我敬您，恁闺女做事有魄力。"

"嗯？还是您儿子经营有脑瓜。"

"恁闺女，带动了周边城乡发展一体化。"

"恁儿子，评上了优秀青年企业家。"

"恁闺女有知识。"

"是是是！"

"恁闺女有文化。"

"嗨！"

"恁闺女好，

恁闺女棒，

恁闺女了不起，

恁闺女顶呱呱。"

"哎呀，什么恁闺女，我闺女，那是咱闺女。"

这三杯烧酒下了肚，

他们再说话，脖子上长腿，分了差了。

"我说亲家，恁闺女这么有魄力，

没俺儿子也白搭。"

"拉倒吧，恁儿子评上企业家，

都是受俺闺女来启发。"

"去你的,俺儿子有头脑。"

"啊!"

"俺儿子贡献大。"

"行啦!"

"俺儿子有知识。"

"没完了!"

"俺儿子有文化,

俺儿子属第一,

俺儿子顶呱呱!"

"去你的吧,什么乱七八糟的,刚才还说俺闺女好,现在获得的荣誉都是你儿子的啦,没俺闺女你儿子算个么啊,真是不像话,就你这样的亲家,没法处啦,可拉倒吧,不跟你玩了。"

眼看着他俩要动手,

小两口赶紧过来忙劝架。

"别吵啦,爸,

您都不想想,为啥咱农村变化那么大?

那都是党的政策好,

新征程上,

带领咱们向共同富裕大步跨。

哦,光你们俩人来喝酒,

为啥不把马书记请到咱们家呀?"

咳!他俩一拍脑壳齐声喊,

"对,快去请,

第一书记大老马!"

俺村喜迎二十大（对口快板）

肥城市曲艺家协会副主席　张　莉
肥城市曲艺家协会主席　周　文

合： 打竹板，走上台，

　　　高高兴兴地唱起来。

张： 二十大要召开，

　　　俺村的锣鼓敲起来。

　　　又唱歌、又敲鼓，

　　　我们一起扭起了秧歌舞。

　　　这么高兴为了啥，听我慢慢给你拉。

　　　我们村在仪阳，

　　　美丽乡村天下扬，

　　　今天带大家转一转，

　　　把我们村的美景看一看，

　　　现在的俺村的确美，到处是青山和绿水。

周： 说俺村，得说从前，

　　　俺村的名字叫三环。

张： 哎，怎么叫三环呀？

周： 三座山把我们村来环，

交通那叫不方便，村里全都是泥巴路，

出门全都得靠步，晴天一身土，雨天一身泥，

姑娘相亲，一说嫁到三环都嫌弃。

张： 想从前吃水难，

我们村缺水源，

想吃水得去三里外的村子挑清泉，

又是挑、又是担，

看水比命都值钱，

吃水真比登天难。

周： 遇到年景天大旱，

地里的庄稼青黄不接遭大难，

老百姓天天盼着下大雨，

一双双眼睛都望穿，

行路难、吃水难，

老百姓天天盼着，

村容村貌换新颜。

张： 村干部，勇担当，

把老百姓的愁盼记心上。

修路打井冲在前，

势要解决两大难。

干群吃住在田间，

翻大山、过大坎。

不分白天黑夜，

不畏酷暑和严寒，

修好了条条大道平又宽，

打出了水井清又甜。

周： 大家脸上笑哈哈，

村里有个王大妈，

逢人就把村来夸。

出门不用踩泥巴，

龙头一拧水到家。

这样的日子真是好，

感谢党的好领导。

张： 有了水、修了路，

书记带领我们走向致富路。

致富的道路有千条，

三环应该走哪条？

这时候，总书记提出了，

"绿水青山就是金山银山"的新论述，

为我们村的发展指明了新道路。

三环有山几千亩，

山连山、树连树，

这是天然植物大宝库。

村里引来泰山植物园，

把乡村旅游来发展。

植物园，搞土地流转，

是新生事物。

老百姓，没有把握只观看，

这时候党员干部冲在前。

　　把自己土地来流转，

　　先给大家做示范。

　　带动大家一条心，

　　土地入股景村共建打造特色新三环。

周：山上建起了植物园和采摘园，

　　山下还有民宿和特产。

　　饿了就到农家乐来尝鲜，

　　累了就来民宿里来休闲。

　　接着打造滑雪场，

　　游客纷至沓来百姓忙。

　　不用出村把钱赚，

　　如今家门口都实现。

张：张老汉今年六十三，

　　他言说，

　　哎，这在过去种粮全部得靠天，

　　一亩地一年的收入也就百十元。

　　而现如今，

　　咱把土地流转给植物园。

　　植物园里打工把钱赚，

　　一天就赚上百十元，

　　荒山变景区、景区变乐园。

周：道路两旁都绿化，

　　植树种草又栽花。

太阳能路灯亮晶晶，

不亚那些一线城。

垃圾桶，在门口，

政府来车搞回收。

改水改厕家家换，

污水不再到处跑。

打造村里空闲地，

石凳石桌都放好。

村民休闲有去处，

不用墙根底下把话唠。

市里比赛广场舞，

天天排练不怕苦。

最终把那大奖拿，

人人脸上笑开花。

张： 新时代，新征程，

　　　振兴的脚步永不停。

　　　做强产业促增收，

　　　打造美丽乡村争一流。

　　　把荒山变青山，

　　　把荒山变成金山银山。

　　　民更富，村更强，

　　　一派繁荣新景象。

合： 党的方针政策是指南，

　　　指引我们永向前。

　　　俺村喜迎二十大，

　　　新的征程谱新篇！

五音声声唱家乡（五音戏）

淄博市五音戏艺术传承保护中心宣传推广科科长　史晓睿
淄博市五音戏艺术传承保护中心演员　　崔　娟

史：哈哈哈，人逢喜事精神爽，月到中秋分外光。

我呀，从小跟着家里卖豆腐，谁能想到进入新时代，俺这豆腐行业也能做大做强做老板，什么豆腐干、豆腐皮儿、素鸡、素肉、素火腿。这可是多亏了政府给俺提供的技术支持和产业升级，眼看着收入翻了一番又一番。我得赶快把俺老婆叫出来，让她也高兴高兴。我说孩儿他娘、孩儿他娘……

崔：哎——来啦，来啦！哎哟嗨，你咋咋呼呼地吆喝啥？我正忙着呢。

史：你忙啥呢？

崔：这不俺妹妹马上要毕业了吗，正为找工作发愁呢。

史：她发啥愁啊，985、211的名校还怕找不到工作？

崔：不是找不到工作，是不知道留在外地还是回淄博来工作。

史：嗨，那还用说吗，当然是回来啦。

崔：为啥？

史：你不知道咱淄博现在的政策吗？别说咱妹妹高校毕业了，就说咱这卖豆腐吧，要不是政府又提供技术又给钱，咱能办成产业辐射周边？

崔： 那也不能让她回来帮咱卖豆腐啊。

史： 你看你想到哪里去啦，我的意思是：咱淄博现在的高新产业园、跨国企业、上市公司哪里不需要人才啊，而且她研究生毕业，一回来政府又是给房又是给钱，多好啊。

崔： 哎哟，真的吗？光寻思你会卖豆腐，没想到你还挺跟时代。

史： 你以为和你似的，整天价不是淘宝、京东、拼多多，就是微信、抖音、短视频的。

崔： 夸你两句还上天啦，那你给我说说你还知道点啥？

史： 嗨，我知道的多着呢，咱淄博原来不是有个人才金政37条吗，现在已经升级成了人才金政50条啦。

崔： 50条？

史： 这可不光是数字变化，是覆盖面更广了、覆盖人群更多了、受益人也更多了，别说研究生、博士生能享受政策，就是中专大专职业高校，只要来淄博就业创业，那政府都有奖励。

崔： 还有这好事儿？

史： 那政策上写得明明白白的，而且咱淄博已经列为"全国青年发展城市"建设试点，别说咱妹妹回淄博工作了，就是她那些同学们都想来淄博了解了解情况，打探打探，尝尝咱淄博那有名的网红烧烤大肉串，政府是又管路费还管住宿，一路高接远送。

崔： 哎哟哟，你这消息可真了不得啊！我得赶快给咱妹妹打电话。

史： 你别急啊，这么好的事儿咱不得有点仪式感吗。

崔： 啥仪式感啊？

史： 用咱淄博五音戏《拐磨子》唱唱咱这家乡那好政策呗。

崔： 行，那咱就唱！

史：五音戏声声唱家乡（一个老斗嗨哟嘿）

好政策听我唱一唱：孩儿娘，

崔：咋的嗨呀？

史：俺待说，

崔：你说不咋？

史：你听见了吗？

崔：俺听见咧！

史：淄博发展上高速（一个老斗嗨哟嘿），

吸引青年是第一步，

友好城市来建设呀（一个老斗嗨哟嘿），

政策支持要紧跟步。

崔：老公唉，

史：咋的嗨呀？

崔：俺待说，

史：你说不咋？

崔：你听见了吗？

史：俺听见咧！

崔：你说这个俺知道（天咧一呼嗨哟嘿），

好政策那可是很重要啊！

城市发展找准点（天咧一呼嗨哟嘿），

招才纳士是关键！

史：人才金政来护航（一个老斗嗨哟嘿），

崔：衣食住行有保障。

史：孩儿娘，

崔：咋的嗨呀！

史：俺待说，

崔：你说不咋？

史：你听见了吗？

崔：俺听见咧！

史：五好淄博来打造（一个老斗嗨哟嘿），

引来多彩金凤凰！

青春活力有思想（一个老斗嗨哟嘿），

大展宏图要回家乡！

崔：老公啊，

史：咋的嗨呀？

崔：俺待说，

史：你说不咋？

崔： 你听见了吗？

史： 俺听见咧！

崔： 咱的企业虽不大（天咧一呼嗨哟嘿），
　　　加速路上不能少！
　　　各行各业齐努力（天咧一呼嗨哟嘿），
　　　淄博明天更辉煌！

史： 亲爱的，

崔： 咋的嗨呀？

史： 俺待说，

崔： 你说不咋？

史： 你听见了吗？

崔： 俺听见咧！

史： 各行各业齐努力（一个老斗嗨哟嘿），
　　　淄博明天更辉煌！

合： 淄博明天更辉煌！
　　　嗨……

史： 哈哈哈，怎么样老婆，对咱淄博有信心吧？

崔： 嗯！我这就给咱妹妹打电话，让她早点回来。

史： 好，那咱这就给咱妹妹——打电话！

崔： 走！

夕阳无限好（相声剧）

日照市艺术剧院国家四级演员、团支部书记　王　洁
日照市艺术剧院演员　庄傲轩

王： 大学毕业十余年，

工作顺利笑开颜。

家有老爹常惦记，

为难！

话说这人到中年，是上有老下有小，就盼个孩子上进老人安康。跟我爸说了多少次要接他来城里一块住，就是不同意，这不，今天打了好几个电话，又没接，真让人不放心啊！我得再打一个。（歌曲《父亲》响起）

庄： 停！停！这啥铃声呀，都给我整抑郁了。喂——

王： 爸，你咋不接电话？

庄： 又给我买的羊毛袜？

王： 你吃饭了吗？

庄： 我不冷啊。

王： 你这编得可真好啊。

庄： 这手机声咋这么小啊。

王： 小你开开免提。

庄：你还要出数学题？

王：哎呀，行了行了，你也听不清，挂了吧。

庄：哎，好嘞。

王：嘿，这句倒听清楚了。我还是回家看看吧。

庄：老年生活真有趣，

唱歌跳舞看大戏。

吃穿不愁啥都有，

满意！

王：哎哟，爸，你咋不接电话呀？

庄：这不刚换了个智能手机嘛，业务还不太熟练。

王：智能手机？

庄：对啊，刷刷抖音，逛逛淘宝，三五老友建个群聊，这手机都智能了，我们老年人也得努力智能啊！

王：那您抽空给我回个电话啊。

庄：学业繁忙，对不起。

王：没发烧吧，怎么净说胡话呀，您六十多年前不就小学毕业了吗？

庄：不懂了吧！我这上的是老年大学！

王：老年大学？

庄：这老年大学呀，就是为了丰富我们老年人的文化生活，

让我们老有所学，老有所乐。

你比如，星期一，声乐课；星期二，绘画课；星期三，舞蹈课……

哎呀，多了去了，你爹我现在是舞蹈课的班长，看着啊，爹给你来一段。

王：哎哟，爸，小心点，别闪了腰！

庄： 我闪腰？我现在可比你有劲，我这是心态好，人不老。听着啊，爹再给你来一段中式 rap！

王： 啥？

庄： 中式 rap！俗称——快板！

（快板）叫丫头，听我说，
我的感慨格外多。
老年人，笑呵呵，
拍手齐唱幸福歌。
党中央，好领导，
惠民政策真不少。
日新月异变化大，
如今生活多美好。
促进就业安民生，
看病买药有医保。
谈教育，不一般，
人才强国谱新篇。
文化惠民演大戏，
歌舞戏曲响连天。
信息化，真高端，
数字便民更新鲜。
旅游城，看日照，
省运会就要来到。
有文明，讲礼貌，
迎接盛会要微笑。

　　　　青山在，人未老，

　　　　风景这边最美好！

王：好！行啊爸，您这嘴皮子666啊。

　　不管咋说，我在外辛苦打拼，就是为了能让您有一个幸福的晚年生活，只有把您接到身边亲自照顾您，我才能放心啊。

庄：我可不跟你去，你那城里东邻不认识西邻，对门不认识对门，你爹我连个说话的人都没有。你看我现在多好呀，平时老年大学上课，周末艺术剧院看戏，你又不是不知道，我就爱听个吕剧，你们年轻人整的那啥，"动次打次动次打次"我可受不了。

王：爸，现在戏曲艺术进校园，连您大外孙子都会唱吕剧啦，我呀也跟着学会了，你要是想听，我天天变着法儿地给你唱。

庄：切，你懂吕剧是啥呀，还唱。

王：爸，你听！

　　　　前方上好消息连连不断，

　　　　真叫我一阵阵喜在心间。

庄：嘿，行啊，有两下子了。

王：好听吗？

庄：好听。

王：还听吗？

庄：还听。

王：去吗？

庄：不去！闺女啊，你赶快回去上班吧，一会儿该耽误我老年大学上课了。

王：爸！您一个人在家，吃饭老凑合，到了我那儿起码能吃上口热乎饭。

庄：又不懂了吧，我们老年人做饭现在不用在家里，我们都去幸福食堂！

王：食堂？还幸福食堂？

庄：瞧你那没见过世面的样子！政府为了关爱我们老年人，出资开办了幸福食堂，我们60岁以上的老人吃饭有保障，我们这有专业的厨师、专业的设备、专业的营养师，那真是顿顿不重样，美味又健康！哦对了，艺术剧院最近排了个戏就叫《幸福食堂》，你没事多去看看，补补课你就懂了。

王：行啊爸，您这都哪儿学的呀？

庄：哎呀，闺女呀，这新时代就得有新思想，你说我们老年人啥日子都过来了，现在的生活，那是一天一个样。

你们城里节奏快、大发展，我们村里也没闲着啊，文化广场图书馆，幸福食堂心里暖，农村如今大变样，往前赶！再者说了，你爹我又不是为了这口饭吃，我在这啊能获得充足的幸福感、满足感、存在感，就像初恋般的感觉一样，你说我和你王阿姨这事刚有点苗头，你这……

王：哎，爸，有情况啊，还想瞒着我？

庄：我这不是不知道怎么跟你们说嘛……

王：不瞒您说，我倒是希望您能有个伴，现如今咱们移风易俗，新事新办，日照作为现代化海滨城市，要有新成果、新进展、新气象、新生活，老年人的精神世界也不能空缺呀！不瞒您说，想把您接到城里呀，就是怕您自己在家，孤孤单单的，心里难受，您这么一说啊，我全明白了，政府关爱老年人，农村生活大变样，您这情感问题啊，我举双手赞成！

庄：哎呀，讨厌讨厌讨厌！

王：行了爸，我还得上班，您就安心上课吧。

庄：你就放心吧，闺女。党和政府啊，时刻都在想着我们这些老年人，我们心里也有数，这时代要想发展啊，就得所有人都一起努力，我们也不例外，你们年轻人努力把自己的事儿做好，我们老年人绝不拖后腿！

王：好！那我就先回去了，等周末我带您大外孙子来看您！

庄：拜拜！哎等等……下回再来，提前预约，我怕我出去……约会。

王：啥？

庄：约会！

王：没问题！

运河之都谱新章（八角鼓）

济宁市工人文化宫文艺活动部干事 史 茹

孔孟圣贤之乡，

运河穿流城邦，

贯通南北在中央，

自有无限风光。

如今喜迎党的二十大，在中国共产党的领导下，

运河之都正焕发出璀璨光芒，

要知其详，且听俺道来！

运河之都好风光，

大美济宁，悠悠千古礼仪邦。

雄巍巍崇觉铁塔迎光照，

好壮观哪，行宫春树，峄岫晴云现辉煌。

你看哪，凤台照夕辉，麟渡秋帆尽繁忙。

西苇渔歌声声亮，南池荷净现芬芳。

太白楼，翘角飞檐凌空立，诗仙挥毫在此方。

山东琴书渔鼓坠，平调岭调非遗传承来弘扬。

自古来，谁不夸咱济宁美，

地大物博、物华天宝，年年都是囤满粮。

东有圣贤孔孟地，西面梁山立豪强。

南边是清澈如镜的微山湖，北方中都是汶上。

古事悠，历沧桑，民风厚，人品朴实气轩昂，

运河穿城过啊，山河秀美好风光。

新时代，华夏儿女多振奋，

锚定了，新的目标挑重任！

党建引领把方向，

产业工人队伍改革立潮头。

中国梦劳动美硕果累哟，

"三个精神"圆梦想，

劳动我最美，

大国工匠美名扬。

事争一流、唯旗是夺走在前，
创新实干、勇毅前行逐梦想，
哎，朋友们，如果恁到济宁来，
请到那大城小镇去逛逛。
乡村振兴变化大，良好家风进万家。
大门市，小店堂，
琳琅满目生意旺，
好客山东传遍了全世界，
儒乡人敞开胸怀迎八方。
劝君快到济宁来，运河之都，勇立潮头，
建功立业谱新章，谱新章！

相女婿（坠子书）

菏泽市瑞莲说唱艺术团副团长　张京昌
菏泽市瑞莲说唱艺术团乐队成员　刘　冲

张大妈今年我五十七，
没有儿子俩闺女。
一个闺女一块肉，
没有闺女的干着急。
大妮早早地嫁出去，
我和她婆家要东西。
要吃要喝要彩礼，
落个外号叫我老财迷。
眼看着俺的二妮又长大，
名字就叫张艳丽。
说媒的争着往俺家里挤，
相亲的来了一批又一批，
相过来，相过去，
就是没有那达标的。
张大妈心里正在犯思考，
张艳丽冲着妈妈意见提，
我的妈妈呀，

今天有人来相亲,
咱们的相亲标准要降低,
什么事不能完全依着你,
你也得改改你的老规矩。
大妈说,
我的规矩不能改,
相亲的标准也不能降低,
得要他十万八千见面礼,
摆酒宴不能少于二百席,
得要他十辆轿车把你来娶,
还得要滴滴答答地吹响器。
好烟好酒要高档,
整猪整羊鸡鸭鱼,
金镯金环金项链,
高档衣服和家具,
宝马轿车要一辆,
高层楼房带电梯,
这些东西都不能少,
还得要一男一女两头驴。
(白) 娘, 这要两头驴是啥意思啊?
妮儿, 你不懂, 你听我给你说说妮来!
要求恁的公公婆婆有力气,
老实听话肯出力,
活像两头拉磨的驴。
张大妈不论好歹往下讲,

气恼了她的闺女张艳丽,
再也难忍胸中气,
亲娘来你真是一个老财迷,
讲排场要彩礼,
漫天要价卖闺女,
前几年你把俺姐卖出去,
难得她公婆求东又借西,
娶俺姐姐欠下的债,
还得落给恁的闺女。
你今天还想高价把我卖出去,
相女婿相到今年我都二十七,
要照你这种标准相下去,
妥不了当一辈子老闺女。
你可知买卖婚姻害处大,
害国害民害自己,
常言说好儿不图庄子地,
好女不图那嫁妆衣。
我不要车不要房,

成家立业靠俺自己。
咱村里成立了红白理事会，
制订了村规民约新规矩，
要我们勤俭节约办喜事，
不允许大操大办摆宴席，
要抵制危害社会歪风气，
要破除不良倾向坏风习。
(白)妮，那照你这么一说，这彩礼还不能要嘞！
那不能要，妈！
不要就不要，我就愿意听俺闺女说话。
娘两个正在屋里讲道理，
打门外来了她的好女婿。
满面春风多欢喜，
欢欢喜喜地叫丽丽。
张艳丽心里更高兴，
喜眉笑眼递情意。
新女婿上前行大礼，
妈妈，
他亲亲热热地叫妈咪，
张大妈喜爱女婿疼闺女，
喜得她就好像吃了白糖拌蜂蜜。
这就是移风易俗相女婿，
新征程上谱新曲！

作报告（相声）

山东教育电视台主持人　曹　飞
济南市曲艺团相声演员　刘　昊

故事背景： 初建廷是第四轮山东省教育厅派驻菏泽市郓城县的五位第一书记之一。派驻工作结束了，他作为代表要在全体员工大会上汇报工作，不善言辞的他遇到了热心的相声演员刘昊，两个人一拍即合，决定一起"优化"文稿，共同讲好"第一书记"的故事。

刘： 各位同志大家好！今天啊，我给您说段相声。

曹： 今天啊，我给大家做个报告。

刘： 相声讲究说学逗唱。

曹： 我是咱们山东教育电视台的摄像。

刘： 这个说就很不容易啊。

曹： 我姓初，是初生牛犊不怕虎的虎。

刘： 这个说到虎啊，我别说了，我这你干吗呢这是。

曹： 我这不摄像吗。

刘： 你摄像您好好干您本职工作呀，跑台上来干吗呀？

曹： 我上台找找感觉呀。

刘： 找什么感觉呀？

曹： 您不知道，过两天啊，就在这个舞台上，我要代表咱们省教育厅第四批派驻菏泽郓城的第一书记们，上台做个汇报。

刘：哦，做个报告。

曹：对对对！哎呀呀，以前我净在底下拍了，确实没有上台的经验，这不是今天正好碰见您了，您是专业演员。

刘：必须的。

曹：您帮我来顺顺这个稿子，咱们彩排彩排怎么样？

刘：没问题啊。

曹：我给您念念啊，我当时这么写的。

刘：先别念这稿子了，您要照着稿子念是越念越紧张，我给您出个主意。

曹：什么主意？

刘：刚才我上台不说了吗，相声演员说、学、逗、唱四门功课，把您这个报告的内容揉进去，大伙准爱看。

曹：说学逗唱这我行吗？

刘：没问题啊，您就拿这个第一门"说"，是不是，首先这个说就很不容易，哎，你都干什么事了？

曹：我呀，当时是去到了刘垓村。到了之后呢，首先是要建强党支部，修好水泥路，翻新大队部，关心贫困户，还组织一批大学生啊，教了几个月的书。

刘：哎呀，您别说干的事还真不少。

曹：您过奖了。

刘：就刚才您说那个，什么修路啊，就可以用这个评书的形式表现出来。

曹：好！

刘：听过评书吗？

曹：喜欢。

刘：我给您来一段啊，话说在这个刘垓村，来了一位有志的青年，那真是豹头环眼，面如润铁，黑中透亮，亮中透黑呀。

曹： 在村里晒的。

刘： 胯下一匹万里烟云兽的骏马，在道路上奔驰而过。

曹： 你先一等，先把马停一边，老师我问您个事儿啊。

刘： 怎么了？

曹： 您说的这是修路前是修路后啊？

刘： 先说修路前。

曹： 那您可胡说了，都知道刘垓村原来的路啊，是晴天一身土，雨天一身泥啊，这地上的坑比您脸上麻子都多。

刘： 我脸上有麻子吗。

曹： 您还骑着宝马飞驰而过，你也不怕崴了宝马的脚。

刘： 还宝马脚。您别说我听出来了，这路是真该修了。

曹： 那是啊，老百姓是天天盼着修路，尤其是刘婶，我们开工第一天就过来打听工期。

刘： 打听什么呀？

曹： （方言）哎，小初，婶子问你个事，你说媳妇来没来？

刘： 什么叫说媳妇啊？

曹： 就是找对象了没有，那你要没说媳妇，婶子啊，给你在俺那老年舞蹈队里，给你找一个丈母娘！

刘： 哎呀，这位说话大喘气。

曹： （方言）说起俺那老年舞蹈队，你要一修路，俺是不是得歇一阵啊？

刘： 这什么意思呀？

曹： 我这一听明白了，刘婶是害怕我们一修路，耽误他们在马路上跳广场舞。

刘：耽误人家活动了。

曹：赶紧解释，婶啊，不用担心，一天咱都不用歇。咱不是刚翻新了大队部吗，留了一块文体广场，以后文化活动就去那组织了。

刘：太好了！

曹：刘婶跟你说的一模一样。

刘：刘婶说什么呀？

曹：些好啊。

刘：这是一模一样吗？

曹：就是表达高兴。

刘：您别说，学得还真有点意思。

曹：这就算学？

刘：算学，接下来该这个逗了。这个逗字很关键啊。

曹：逗不合适吧。

刘：不是说让您给大伙逗乐，逗讲究这个一波三折，情理之中，意料之外。有人有事，有情有趣。

曹：一波三折，哎。那我能不能说说我们同事刘天华书记的事？

刘：他有什么先进事迹？

曹：说到这个刘书记啊，我的事迹没法提啊。

刘：怎么这味呢。

曹：刘书记不会说普通话。这个刘书记啊，驻村在胡庄。

当地种的是麦子和玉米，

老百姓生活不富裕，

年轻的都不愿留在村子里。

怎么通过种地来致富，

是刘书记首先解决的大问题。

刘： 当当那个当当那个当当那个当。

曹： 不是你打什么岔呀。

刘： 你这山东快书都蹦出来了。

曹： 您说得学方言。

刘： 不需要学了，重点说说这个刘书记，怎么带领大伙脱贫致富的。

曹： 主要是靠四个字走、禁、基、引。

刘： 先说说这走。

曹： 走就是走访群众，乡村里的老党员老干部、留守儿童、贫困户，幼儿园、小卖部、公共厕所、泥巴路，都得走到。

刘： 禁？

曹： 禁就是颁布了五条禁令啊。原来这个村啊，是省里挂名的基层党组织软弱涣散村，刘书记去了之后，第一次开会就颁布了五条禁令。严禁无故不到会；严禁会上打电话；严禁工作日饮酒；严禁值班不到岗；严禁敷衍群众反映的问题。

刘： 基？

曹： 基就是强化基础设施，像路面硬化、环境美化、电灯亮化还有注重文化。修建了文化广场、文体中心，还有文化长廊还有公办幼儿园、老年幸福院。

刘： 太好了，最后一个引呢？

曹： 引呀，真是应了您的那句话，叫一波三折呀。

刘： 怎么个一波三折呀？

曹： 这个引就是引进产业项目。经过咱们菏泽学院王教授的推荐呢，咱们就利用村集体的荒地，种植了阳光玫瑰这个葡萄品种。

刘：这我可知道，这品种可贵着呢，一串好几十，甭问你们村发了。

曹：发什么呀。第一年没结果呀。

刘：怎么个情况啊？

曹：哎，一言难尽。这王教授因病去世了，没有专家的指导，当年的葡萄啊是一串也没上市。

刘：别灰心，第二年再说。

曹：哎呀，转过年碰上了倒春寒。雨夹雪雪夹雨，葡萄藤压倒了一大片，大娘一看就哭肿了眼，大爷一看，是在那一个劲地抽闷烟，是一个劲地抽闷烟。

刘：别抽烟了，抓紧时间想办法吧，这可怎么办呀？

曹：怎么办？开会！

（模仿）老乡们别着急，今天啊咱们先积极组织自救，我在这立个军令状，咱甭管今年有多难，胡庄村的葡萄必须叫它结成串，咱不是受灾了吗？我来筹集赈灾的钱。

刘：有魄力！

曹：刘书记雇来挖掘机，连夜整修葡萄园，又联系上了省农科院、葡萄研究院的专家，在专家的指导下，咱们阳光玫瑰葡萄结果了！

刘：这可真是阳光总在风雨后啊。不容易！

曹：对呀！别看咱们这个葡萄种的是一波三折，但是难能可贵的是在这个过程当中，没有一个村民掉队。有句话说得好，叫做要扶贫，先扶志。咱们贫困户们，就是在种葡萄的过程当中培养了这种志气，自己拔掉了穷根。

刘：这真是有志者事竟成。

曹：没错了，现在再到咱们胡庄村去看一看，那可是不一样了。成立了两个农业生产合作社，种植阳光玫瑰200多亩。经过两年的努力，胡庄村现在已经被评为了国家级森林乡村、省级卫生村、市级文明村，就连原来的党支部，都被菏泽市评为优秀基层党组织。

刘： 太好了！

曹： 是您辅导得好！

刘： 没有没有。我刚才听您这么一说呀，我这个心情是非常的激动，我准备把咱们青年人这种踔厉奋发，笃行不怠的精神编成一段快板，唱出来，说学逗唱都有了。

曹： 您刚刚说什么？

刘： 唱快板啊。

曹： 你早说啊！这个我会呀。

刘： 您还带着板呢。

曹：对呀，这么着大段的可能咱唱不了，今天咱们即兴发挥，把今天发生的事咱们唱一唱。

刘：可以。

曹：第一书记做报告，

说学逗唱来指导。

是要把咱们第一书记的故事来讲好，

脱贫攻坚精彩的故事真不少。

咱们各位观众如果还是接着想往下听，

咱们下次继续聊。

刘：继续聊！

能源榜样立新功（快板）

青岛能源集团职工　周　陆

共产党，建党百年旗更红，

新中国，民族的大业在复兴。

二十大，胜利的会议召开在即，

各民族，咱们同心铸就中国梦。

第一个百年的奋斗目标已实现，

脱贫攻坚大业成。

全国人民感党恩，

高歌一曲颂党情。

第二个百年的奋斗目标又迈进，

开启了，现代化国家建设的新征程。

"十四五"规划的新蓝图，

"事争一流""唯旗是夺"，作风能力再提升。

开新局，国有企业抓机遇，

再聚焦，"二次创业"新征程。

拓眼界，大格局，

能源结构再调整。

开局之年就决战,

努力冲刺当先锋。

抓党建,纵深发展见实效,

树榜样,对党一心要忠诚。

党员的先锋模范在身边,

岗位奉献冲在前。

国有企业"压舱石",

"暖到家",咱们品牌擦得亮铮铮。

身边的党员模范胡克涛,

汽轮机专业的"金蓝领"。

(白)这位同志可是曾经荣获了全国劳动模范称号,"感动青岛"道德模范,

是我们身边一标兵。

车、焊、铣、刨和管道,

样样干得很精通。

高质量、高标准,

供气、供热保畅通。

民生工程做保障,

能源工匠,精益求精。

咱们的抢修队长王年昌,

人送外号"爱迪生"。

(白)为啥给他起"爱迪生"这个外号?

那是因为我们王年昌同志在日常的工作中爱钻研爱研究爱发明。

对！集团第一支专业抢修队，

就是他，亲自组建来形成。

设备保障当年见效，

设备检修不靠外援自己企业就完成。

他技术攻关，发明了"C型"密封圈，

使用寿命超过两年还挂零。

这一项，每年节省二十万，

再不用外国企业进口求人情。

王年昌，两项的国家实用专利他获得，

把专利实用经验来推行，

制定了"三细三精"工作法，

所以他，人送外号"爱迪生"。

他的荣誉真不少，

什么"创新能手""劳动模范""青岛工匠"和先锋。

爱岗敬业，无私奉献，不忘初心、牢记使命，

把新时代的劳模精神来传承。

青年热血勇担当，

燃气入海蛟龙舞，

天然气管线贯东西，

胶州湾海底卧长龙！

涉海最长的城市燃气管线我们建成，

突击队员逞英豪，

克服了千难与万险,

为实现"双碳"的目标立功劳!

（白）这正是国家的重点工程项目"胶州湾海底天然气管线工程"!我们胶州湾海底天然气管线工程青年突击队的队员们,我们的青年建设者们,凭着"逢山开路、遇水架桥"的闯劲,"只争朝夕、不负韶华"的拼劲,一定会全力完成工程建设任务。前不久,该团队还荣获了"青岛市青年先锋团队"称号!

我们身边的模范千千万,

群英荟萃映日红。

（白）还有献身燃气事业的全国劳动模范陈玉峰,山东省富民兴鲁劳动奖章获得者王慧,"三八红旗手"杨玉,"蓝焰卫士"守护万家万户燃气使用安全的"能源工匠"尹志才等等。

我是有心一个一个地细细表，

怕数到天黑也数不清呦。

这些人，代表着优秀的能源人，

代表着，奋进有为的国有企业好职工。

他们爱祖国，爱人民，感党恩，颂党情。

他们是，新时代的建设者，

奋斗在，国有企业"二次创业"的新征程。

在省委的领导带领下，

书写着奋进奔跑的能源情。

围绕着"项目攻坚"工作任务，

把"大能源"的蓝图来绘成。

为二十大胜利的召开来献礼，

能源榜样，再立新功！

顶 牛（对口快板）

烟台市蓬莱区文旅集团职工　王文龙
烟台市曲艺家协会副主席　杨佳琳

合： 蓬莱阁下牛家沟，

村里的家家户户都姓牛。

王： 老村长名叫牛忠厚，

杨： 现任的村长，是他的儿子牛建楼。

合： 牛建楼结婚一年后，

生了个胖小子起名叫牛轴，

小牛轴长到二十六，

这一天老牛气，大牛愁，爷俩对坐皱眉头，看意思八成要顶牛。

王：（白）这是怎么回事儿？这因为老牛的孙子，大牛的儿子，小牛轴大学毕业，他学的是市场营销，又通过网络带货，不到三天将村里的四万斤烟台大樱桃销售一空。

杨：（白）这小牛轴给村里办了事儿，给爷爷争了脸，给爸爸添了彩。这时的老牛大牛，嘴巴翘，脸上笑，走路步伐都要跳，心里乐开了花，天天觉着喜鹊叫。这会儿他们爷俩真叫牛！

王：（白）老牛头看上了孙子的能力，想让孙子考公务员，"光宗耀祖"。

杨：（白）大牛觉得儿子有经营之道，想让他到大城市里去闯一闯，发财以后改换门庭。

王：（白）由于意见不同，有分歧。老牛大牛可就杠上了！

杨：（白）怼上了！

合：（白）两头强牛可就顶上了！

合： 老牛大牛两头牛，四目圆睁，不知道的，还以为爷俩有啥仇。
他们脖子抻、青筋露、牙紧咬、眉头皱，像两只雄鸡来争斗，不争个上下高低誓不罢休。

王： 老牛说："只要我活着，谁不听话我就把他揍。"

杨： 大牛说："家庭也要民主，言论要自由。"

王： 我的想法你都看不透，
还不如我七十多岁的老牛头。

杨： 你那是固执，当官儿没当够，
思想固化，不赶潮流。

王： 哎？你小子脾气越来越臭。

杨： 您越来越像海里的石头。

王： 臭脾气敢和老子上火争斗。

杨： 海里的鹅卵石头又硬又光又滑溜。

王： 只要我有口气儿，你爬到我头上可不能够。

杨： 您这身体和年龄在家里也该退休。

王： 我孙子秉承了我的好家风，才这么优秀。

杨： 我儿子遗传了我的基因，才智高一筹。

王： 我孙子不像他爹，擀面杖吹火，一点儿气儿都不透。

杨： 我儿子不像他爷，张飞做文章，有勇无谋。

王： 想当年一心解决温饱不让大伙把罪受，
斗天斗地几十秋。

我带领全村老老少少脱贫来致富，
　　烟台苹果大丰收。
　　我让全村的老百姓吃上了饭，
　　难道你爹我有勇无谋？
　　谁像你为村里挣点钱就把尾巴翘，
　　别把你党员的身份脑后丢。

杨： 我当上村长也没辜负众望，
　　乡村振兴，科技兴农我都带头。
　　为葡萄酒产业四处奔走，
　　跑市场、把人求、搞营销、苦运筹。
　　带领村民小康生活有奔头，
　　众乡亲都对我称赞拍手，
　　你儿子我也是把美名传流。

王： 我孙子为村民办实事儿像我，一丝不苟。

杨： 我儿子搞经营、跑市场像我，有勇有谋。

王： 我孙子必须从政，考取公务员把业就。

杨： 我儿子应该去大城市经商，我帮他把钱投。

王： 我孙子要从政，就在家门口，
　　老牛我脸上风光，会更牛。

杨： 我儿子要经商发财，资金雄厚，
　　大牛我马路上遛弯儿，我都挺胸抬头。

王： 为人民服务做公仆，才有成就。

杨： 大城市里经商发财，美不胜收。

王： 拜金主义，我的想法你都看不透。

杨： 爷爷教孙子，和钱有仇。

王：停！咱两个光在这儿把嘴斗。

也不知道当事人是啥要求？

杨：咱三个应该往一块儿凑。

问一问小牛轴是去是留？

王：（白）好！（翻快板当手机）

杨：（白）这是干啥？

王：（白）视频会议，现场办公！

杨：（白）嚯！最新版的华为！两块板，还是双屏的。

王：（白）必须支持国产。通了！孙子！听爷爷的！

"我的经验特别丰厚。"

杨：（白）儿子听爸爸的！

"我的思路最赶时代的潮流。"

合：爷爷、爸爸请稍候，

您二位前几天的谈话我深记心头。

您二老的关心我早分析透，

一会儿我在你们的手机上边分别把信息留。

王：（看手机）爷爷的吩咐孙子遵守，

不去外地就在村里留。

光宗耀祖应先抛脑后，

做人民的公仆是追求。

做大官我的能力还不够，

我要竞选村长有劲头。

杨：（看手机）绿水青山就是金山银山，这话说得有多透，

大学毕业留在咱村里头。

中国梦、新时代，得天独厚，

新征程让百姓更加有盼头。

一个人发财意义不大，

共同富裕，才是共产党员永远不变的追求。

合：老牛大牛看完后，

面面相觑点点头。

王：哈哈！我儿子可没你儿子优秀，

杨：不不！我爹可比他爹更难伺候。

合：爷俩的短信看不够，

愁云散尽喜眉头。

新征程，阔步走，

到后来老牛大牛和小牛一家三代都很牛，

下一个百年，牛家沟又有了新的带头牛！

时代楷模张海军（对口快板）

齐河县文化馆副馆长　张欣欣
齐河县宣章屯镇文旅办主任　杨莎莎

合： 新时代旗帜火样红，

　　　颗颗红心见真情，

　　　百花盛开满园春。

　　　今天咱唱一唱，

　　　全国人大代表张海军。

　　　对，今天咱唱一唱，

　　　全国人大代表张海军。

张： 张海军是，

　　　齐河县百多安医疗器械公司的董事长。

　　　医疗行业叫得响，

　　　他报国为民情义深，

　　　胸中有颗赤子心。

杨： 说的是 2018 年的 3 月 8 日飘彩虹，

　　　全国两会在举行。

　　　北京人民大会堂，

　　　花团锦簇歌声扬。

总书记来到山东团,

把各位代表来接见。

张海军激动得内心怦怦跳,

盼望的时刻终来到。

总书记微笑着和他来握手,

张海军一股暖流涌心头,

他热泪盈眶无言表,

甭提心里多自豪!

张: 这握手是嘱托,

让他努力拼搏记心窝。

杨: 这握手是希望,

让他干事创业有力量。

张: 这握手是鼓舞,

让他按下决心敲战鼓。

外国人能做到的,

中国人也一定能做得到。

而且做得会更好,

让全世界都能爱上中国造。

杨: 张海军目标远,

致力于民族医疗事业大发展。

一九九二年他毕业于上海,

复旦大学医学院。

毕业后在,

北京积水潭医院把工作干。

他干一行爱一行,

　　钻研业务能力强。

张：说这一天他值夜班,

　　来了个患者叫老单。

　　老单他气喘吁吁走不动,

　　诊断为动脉硬化冠心病。

杨：这种病,很严重,

　　耽误治疗就没命。

　　要想把这个病拿下,

　　血管必须放支架。

张：这种方法虽然好,

　　可广大患者受不了。

　　只因为进口支架费用高,

　　一般家庭吃不消。

杨：老单的儿子,

　　为给老爸来治病,

　　东凑西凑的借费用。

　　为了凑齐手术款,

　　几乎是倾家又荡产。

张：张海军看在眼里记心中,

　　不甘心来当医生。

　　发誓要研制出,

　　中国人自己的支架和系统。

　　为广大的患者出份力,

更要为，

发展国内的医疗器械走出去。

杨： 一九九四年他踏上了异国求学路，

迈出了人生创业第一步。

他先是留学到欧洲，

又到美国搞进修。

他勤工俭学拼命干，

起早贪黑把书看。

品学兼优成绩显，

一年后就被德国拜尔公司提升为主管。

张： 张海军了不起，

四年后又被德国菲森集团受聘为经理。

薪酬待遇不用说，

又送房子还送车。

杨： 可张海军不忘初心、

说中国才是俺的根。

下定决心要回国，

为祖国的医学科技出成果。

张： 公司总裁亲自找他来谈话，

想法把他来留下。

可张海军，立志报国记心头，

谢绝了高薪聘请和挽留。

2003年他回到齐河创业搞奠基，

成立了百多安医疗器械公司。

杨： 为让公司早投产，

　　他不分昼夜忙到晚。

　　厂房资金筹备完，

　　又遇上了一个大困难。

　　一场非典来扩散，

　　把原来的计划全打乱。

　　没有设备开不了工，

　　他冒着危险去广东。

　　疫区协调难度大，

　　最终把先进的设备来买下。

　　实现了半年时间就运行，

　　艰苦创业上水平。

张： 张海军，不自满，

　　与时俱进求发展。

　　自主研发当先锋，

　　带领团队往前冲。

　　攻克了难关一个个，

　　国际垄断来打破。

　　专利产品造出来，

　　填补了国内多项大空白。

杨： 他带出的团队最优秀，

　　还为国家培育了，

　　多名学术骨干和教授。

　　有博士生硕士生，

　　　　科研成果数不清。

　　　　生产的心脏支架有名气，

　　　　静脉导管获专利，

　　　　高端产品一个一个接一个。

　　　　患者反映都不错，

　　　　质量安全又实惠，

　　　　产品过硬价不贵。

张： 现如今，百多安医疗产品，

　　　　已经走上了国际化。

　　　　产品远销十几个国家，

　　　　年产值超过了三个亿。

　　　　是行业之中创奇迹，

　　　　国内国外数一流，

　　　　硕果累累满枝头。

杨： 张海军，受表彰，

　　　　先进的事迹传四方。

　　　　先后被评为

　　　　山东省泰山学者特聘专家，

　　　　中组部万人计划专家，

　　　　科技部创新创业领军人才，

　　　　第十三届全国人大代表真不赖！

张： 真不赖是聚合力，

　　　　张海军还建议，

　　　　国家要发展健康医疗大数据，

解决看病难和看病贵的大问题。

建起平台资源享,

为全民的健康事业来护航。

医疗产品一定要,

追赶世界发展的大潮流。

技术突破占鳌头,

由跟跑并跑变领跑,

让世界人民都说好。

杨： 都说好是做典范,

无怨无悔做贡献。

张： 张海军,不一般,

科技强国谱新篇。

杨： 谱新篇，齐奋战，
　　 撸起袖子加油干。

张： 加油干，向前进，
　　 中国今天更自信。

合： 更自信，更豪迈，
　　 昂首走进新时代。
　　 新时代，新征程，
　　 祖国明天更繁荣，
　　 祖国明天更繁荣！

高老庄乡村振兴记(山东快书)

临沂市顾天艺术团演员　顾天铸

（白）2022年,是国家实施"乡村振兴战略"首个五年计划的收官之年,也是执行《"十四五"推进农业农村现代化规划》的开局之年。我们的党员干部在全面建成小康社会的基础上,再次踏上实现乡村振兴的新征程。

铜板一打响叮当,
咱说一段,
乡村振兴的事一桩。
农业农村局来了一位朱局长,
今天到了高老庄。
一年前,
朱局长帮助一个人,
搞直播干电商,
嗨,他脱贫致富奔了小康了!
（白）恁猜他是谁啊？
对了,是猪八戒!
他两个好久没见面,
今一天,
到他家里去逛逛。

正走之间抬头望，嚯！

八戒家里大变样。

以前住的茅草屋，

现如今，

两层别墅小洋房，

光伏发电楼上建，

太阳能板闪着光，

栅栏铁门往里看，闻到了，桂花满院飘着香！

红旗轿车门口停，门前方，百姓娱乐的小广场。

朱局长抬手就把门铃按，出来一位大姑娘。

常　娟：你好！你找谁呀？

朱局长：奥，农业农村局的，我姓朱！这是八戒家吧？

常　娟：奥，你是扶贫办的朱科长吧，八戒经常提起你，贵人呐！

朱局长：对，原来我在扶贫办工作！

常　娟：朱科长，快屋里请！

　　　　　猪八戒，正在屋里睡大觉，

　　　　　呼噜打得震天响！（模仿打呼噜）

朱局长：八戒、八戒！醒醒，醒醒！

八　戒：谁啊？

朱局长：我，农业农村局的我姓朱！

八　戒：嗨，朱科长啊！

　　　　　刚才我正做美梦来，

　　　　　梦到了嫦娥那个小姑娘。

　　　　　你来得真不是时候，

　　　　　再晚一会嘴亲上！

朱局长：八戒，你就会做梦想嫦娥！

八　戒：我盼星星、盼月亮，

　　　　天天把你放心上，

　　　　领导赶快屋里坐，

　　　　常娟，泡壶好茶放桌上！

朱局长：唉，八戒，常娟怎么回事？

八　戒：常娟啊，俺媳妇！

　　　　她是嫦娥的亲表妹，

　　　　家住隔壁石头庄。

　　　　本是村里贫困户，

　　　　2020年脱贫奔的小康！

　　　　我帮她直播卖过货，

　　　　后来俺俩拜了花堂！

朱局长：很好啊，八戒！你终于把自己嫁出去了！

八　戒：是的，唉，朱科长，对了，今天找我有啥事啊？

　　　　尽管吩咐对我讲！

朱局长：八戒，咱俩个一年未见面了，

　　　　首先来把你探望，

　　　　另外我来做调研，

　　　　为的是乡村振兴这一桩！

八　戒：乡村振兴？

朱局长：对，八戒。

　　　　八戒，咱国家，

　　　　脱贫攻坚已完成，

　　　　还要实现"富变强"。

到了 2035 年，

基本实现现代化，

乡村振兴要跟上！

八　戒： 乡村振兴好实现吗？

朱局长： 实现倒是好实现，

关键是，项目有亮点，还有突出的好地方。

八　戒： 突出的地方？我有突出的地方啊！

朱局长： 你哪里突出？说来听听。

八　戒： 这这，腰椎间盘"突出"，还是"外突"！

朱局长： 八戒，我看你就是缺相电，

怪不得嫦娥看不上！

我说的"突出"是，

农业发展要突出，

百姓都富才算强！

八　戒： 噢，理解错了！

那怎样才算乡村振兴？

朱局长： 乡村振兴有指标，

五个方面要跟上！

"产业兴旺"是重点；

"生态宜居"还要强；

"乡风文明"要提升；

"治理有效"要提倡；

第五个方面很重要——

八　戒： 什么啊？

朱局长： "生活富裕"全面小康！

八　戒：少数人富不算富？

朱局长：那当然啦八戒，

　　　　社会主义本质要记清：

　　　　共同富裕，人民安康！

八　戒：朱科长，

　　　　一年前，俺家穷得叮当响，

　　　　老鼠不来我家逛！

　　　　是你，扶持我当主播、做电商，

　　　　脱贫致富奔了小康！

　　　　你是党的好干部，

　　　　当官要像你这样！

　　　　从今后，

　　　　俺一心一意跟党走，

　　　　老猪跟你一起闯！

朱局长：八戒，

　　　　这些都是我应该做的，

　　　　你不要老是挂嘴上！

　　　　现如今，

　　　　我已离开扶贫办了！

八　戒：啊，你去哪去了？

朱局长：我调到市农业开发办任副主任，

　　　　在你们县农业农村局兼局长！

八　戒：高升了朱科长，不不不，以后俺得喊你朱局长了！

朱局长：客气了，八戒！

　　　　党中央，发号召，

乡村振兴，

　　党员干部要跟上。

　　我们要想干成事，

　　　心中须把百姓装。

八　戒： 朱局长，高老庄"乡村振兴"怎样搞？

朱局长： 打造"田园综合体"！

八　戒： 田园综合体？

　　　俺从未听说这个庄！

朱局长： "田园综合体"不是庄，听我给你说端详。

　　2017年，

　　中央下发一号文，

　　"田园综合体"，五个大字放光芒！

　　它包含：现代农业、餐饮、旅游、养老、教育等政府主导、农民参与的项目综合体，国家资金有扶持，咱们老百姓，土地、房子能参与上。

八　戒： 具体怎么规划的啊？

朱局长： 一个"中心"一条"红线"。

以"高老庄"为中心，

覆盖周边十个庄。

你们这里，

土壤肥沃透气好，

栽植蓝莓肯定强；

文化底蕴也深厚，

发展旅游有保障。

"其他村"，规划万亩果蔬园，推销纳入物联网。

"镇驻地"，

引进省级高校此处建，

用教育带动经济搞增长。

建一处，新型社区养老院，政府出钱、农民占股，

分红大头给村庄！

你协助政府搞宣传，

形象代言做推广！

但是一条要记准：

绿水青山是"红线"，

不能越过个"杠"！

现如今，项目报告已完成，立项申请年底上！

三年建成国家级，

咱们乡村振兴有希望！

八　戒： 太好了，朱局长！

我注册个公司搞旅游，

叫上师弟沙和尚！

这几年，

他一门心思学设计，

得了全国民宿大赛一等奖！

他管设计我接待，

俺俩可是好搭档！

朱局长： 好好好！项目手续我安排，

新闻发布搞招商！

就这样，朱局长把"田园综合体"来规划，

高老庄，经济腾飞插上翅膀！

三年后，

全县经济指标翻两番，

乡村振兴成了标榜！

这正是，

十四五开局放光芒，

新的征程创辉煌。

说到这里算一段，

祝大家：

工作顺利、身体健康！

巾帼好党员　绽放新时代（山东快书）

山钢集团能源动力厂项目部职工　韩传峰
山钢集团能源动力厂项目部职工　栾庆海

合： 今天俺俩走上台，

　　　打板开腔唱起来。

　　　说一段，巾帼党员写青春，

　　　故事温暖情更深。

栾： 最近可是真费神儿，

　　　我要采访找个人儿。

　　　我找的人不好找，

　　　她整天忙得不得了。

韩： 不是本人夸海口，

　　　在这里找人我最拿手。

　　　我就是这厂里的老员工，

　　　熟悉这的一草一木一铁钉。

栾： 我想找电气专家王新娣，

　　　真不知此时此刻她在哪里？

韩：（白）你是找王工啊？

栾：（白）对呀！

韩：（白）噢，您那电气有故障，

是想找她来商量？

栾：不是电气有问题，

我是新闻报社的。

先进党员的事迹出专题，

我专门是来采访王新娣。

韩：（白）记者同志，她就在那呢。

栾：（白）太好了，我这就去采访。

韩：（白）回来！（把乙吓一跳）

栾：（白）好嘛，

你这一声喊得凶，

震得我整个脑袋直发蒙，

（白）至于吗？

韩：（白）她正在精益走线作报告，

你不如听我先介绍。

栾：（白）也好，同事的眼睛是雪亮的。

韩：继电保护的整定是难题，

为了把原理弄仔细，

王新娣查资料、买书籍，

一头扎进了书堆里，

认真地研究和分析。

由于她学习起来太痴迷，

连谈恋爱的时间也算计。

对象问："你家离莱钢多少里？"

"什么？变压器的保护与配置？"

"我是问你可有妹妹和弟弟？"

"噢，差动保护的基本原理？"

栾： 嗨，这都谈的啥啊？

这恋爱谈得真稀奇，

她对象心里虽着急，

可自己暗暗还是有主意。

栾： 这姑娘对工作认真又痴迷，

成家后，

肯定是少有的良母和贤妻。

韩： 可就是辛苦了这老弟，

经过八十一难的努力，

娶到贤妻心里甭提多欢喜。

栾： 恭喜，恭喜，真恭喜，

月老促成一对好连理。

韩： 成家虽是心欢喜，

可王新娣心里更是有压力。

她深知，

做个好女人真不易。

工作上加班加点是常事，

这就要亏欠父母家庭和小的。

所以她一有时间和空隙，

就和家人在一起，

洗衣、拖地、学厨艺，

陪着儿子做工艺。
栾：（白）嗯，真是贤妻良母。
韩：这个称号来得可不易，
心里的愧意她却很少对人提。
栾：咋回事？
甲：新旧动能转换电气项目赶工期，
她请缨主动要到现场去。
作为党员要担责，
要做"三牛"精神的倡导者。
她仔细查看图纸的设计，
发现了多项急需解决的问题。
她督促厂家整改莫迟疑，
保质量，保工期，
可不敢有丝毫的马虎和大意。
工程建设任务急，
加班加点是常有的。
这可急坏了王新娣，
儿子还在襁褓里，
每天的吃饭成难题，
亲情、事业两难举。
党员的担当最终还是放第一，
她狠狠心把母乳喂养来放弃。
儿啊，当娘的实在对不起，
父母和老公心里舍不得。

但最终，他们还是理解和支持。

把亲情，化动力，入党的初心要牢记。

她攻克了一个又一个的大难题，

每个开关和按钮她都亲手来调试。

为的是系统投产能顺利，

八个月，她靠在现场身不离。

带领大伙合力攻关保大局，

这项目终于按期投运，杠杠的！

合：关键时刻有党员，

她就是项目现场的一面旗。

栾：王新娣她先后获 16 项的新专利，

22 篇论文国家级专刊来收集，

百余篇成果受到表彰和奖励，

真不愧是党员创新的领头雁，

科技创新，时时处处走在前。

韩：（白）这些事你都知道？

栾：对，我来之前，

已经把她的资料来整理，

听您一说，让她党员的形象更立体。

韩：（白）好，那走，我陪你找她去。

栾：走！这正是：

情系一线十七年，

技术创新走在前，

勇于担当多奉献，

党心映红花一片。

合：新时代，新征程，

党建引领方向明，

不忘初心守使命，

山钢的发展更火红，

万众一心谋复兴，

来实现伟大的中国梦！

乡村振兴谱新篇（山东快书）

高唐水务集团党办主任　朱　盟
高唐曲韵曲艺非遗传习中心负责人　赵汶汶

朱：说的是，新征程开创新辉煌，

　　胜利的歌声遍城乡。

　　阳春三月风光好，

　　咱去一趟聊城城东王家庄。

赵：王家庄，好景象，

　　空气清新百花香。

　　街宽路直环境美，

　　越看心里越舒畅。

朱：听，那边好像在吵吵，

　　全都是高门大嗓百姓腔。

　　还比比画画地捋胳膊，

　　七嘴八舌情绪激昂。

赵：（白）怎么回事？

朱：走近看，广场角坐着人一片，

　　全都是五六十岁的老年帮。

　　有的嘴上叼烟卷，

有的慢慢品茶汤。

还有的大屏手机拿在手，

一个个穿的戴的挺在行。

他们你说我说不停口，

嗓门大得像音箱。

赵：仔细听，原来他们在拉呱，

拉的事连着国家和中央。

还议论，各级的党委政府走在前，

勤勉敬业敢担当。

做到了"严真细实快"，

这统筹兼顾样样强。

朱：有的说，从前的日子可真苦，

赵：有的说，今天的生活似蜜糖。

朱：有的说，多亏了习总书记领导得好。

赵：有的说，咱们庄稼人扬眉吐气奔小康……

朱：哪料到，聊着聊着想抬杠，

只因为都把自己狠夸奖。

赵：这个说，俺看病报了三万九，

朱：那个讲，俺享受补贴买的农机叫"谷王"。

赵：这个说，俺免费旅游到西藏，

朱：那个讲，俺是扶贫对象刚刚搬进新瓦房。

赵：这个说，俺购物全都用上了支付宝，

朱：那个讲，俺拿了个驾照走四方。

赵：这个晒，俺农产品全都上了互联网，

朱： 那个讲，俺抖空竹得的奖状都上了墙。

赵： 这个说，俺那架无人机能打药，

朱： 那个讲，俺买了辆"奇瑞"响当当。

赵： 大家伙，七嘴八舌地不停口，

滚烫的话语涌胸膛。

老人们越说越聊越给力，

大老赵不笑不闹憋得慌：

朱： "哎，我说老李哥，你那座新房别白盖呀，

叫我说你快找个老新娘。

趁着你的身板壮，

寻个填房拜花堂。

我开车拉你去登记，

到时候别拦着我去闹洞房（啊）！"

赵： 这句话一石激起千层浪，

老哥们聊发少年狂。

朱： "对，找新娘，找新娘，六十三岁也相当。

老嫂子有病去世得早，

没赶上今天的好时光。"

赵： "你光棍打了半辈子，

到老了找个老伴不凄凉。

老新娘，住新房，

老老新新喜洋洋。

老两口恩恩爱爱老来乐，

老温暖胜过寒冬喝老汤（呢）！"

朱：（白）嗯，是够热乎的！

　　那老李听了抿嘴笑，

　　"你别说，我还真有这梦想！"

　　他一把抓住大老赵：

　　"去，这个任务你承当！

　　老小子你快为我找老伴，

　　找不到，你可知我有老巴掌？

　　找妥了，喊老嫂子别乱辈儿哈，

　　找得好，我请你喝瓶老窖就老姜！"

赵：（白）啊？辣对着辣啊？

朱："不，我请你喝瓶老窖吃喜糖！"

赵："（白）噢，这还差不离！"

　　一句话，直逗得大家哈哈笑，

　　又论起了人民幸福国家强。

　　什么云数据，物联网，

　　无人超市最便当。

　　量子卫星天上转，

　　机器人各样的功能把人帮。

　　磁悬浮列车时速两千四百里，

　　那跨海大桥世无双。

　　华为的5G网络多厉害，

　　世界领先，研发的能力特别强。

　　大中华，上天入地到处都是高科技，

　　宇宙飞船九天揽月稳归航。

朱： 论抗疫，十四亿人民团结一致夺胜利，

地球人哪个不知中国强。

别看这新冠病毒一时闹得紧，

中国人多大的困难也能蹚。

待疫情过后你再看，

万里神州笑脸扬。

中国人多大的困难也能蹚。

咱农民可算赶上好光景（啦），

小日子胜过香油拌冰糖……

合：（白）又香又甜，真好啊！

赵：（白）哎，老伙计们，

咱别在这里光喊好（啊），

咱还要挑起千斤担，

做好这乡村振兴的大文章，

朱： 对，全中国要实现强、美、富，

民族复兴谱华章，

实现伟大的中国梦，

这三农工作要跟上。

赵： 党中央，国务院，

十九个一号文件暖胸膛。

全面振兴深度融合潜力大，

农业升级、农村进步、农民发展创辉煌。

朱： 大家一齐来努力，

谁也不能光晒太阳光乘凉。

赵： 都别服老，乡村振兴也有咱，

　　　哪管他胡子短来胡子长？

朱： 各业都要大发展，

　　　建设好美丽富裕的新城乡。

　　　十四亿人吃饭是大事（啊），

　　　咱农民，更不要忘了多打粮。

　　　农业兴，百业旺，

　　　唱响这，全面振兴的大合唱。

赵： 就这样，这伙人拉呱拉不够，

　　　直拉得眉飞色舞脸放光。

　　　直拉得返老还童春不老，

　　　直拉得浑身是劲笑声朗。

朱： 就这样，乡亲们拉呱很得意，
　　可把我俩累得真不瓤。
　　那老张头儿，举着个手机录视频，
　　他说要先发群里再收藏。

赵： 老乡们，下决心，撸起袖子加油干，
　　不忘初心勇往直前不迷航。
　　镰刀斧头五星红旗高高飘扬。
　　乡村文明共同富裕是总纲。

朱： 山东人昂首挺胸不怕风和浪，
　　全党全民不忘初心再创新辉煌。

合： 对，全党全民不忘初心再创新辉煌！

建团百年踏征程（对口快板）

邹平市文化馆群星艺术团演员　徐鹤轩
邹平市文化馆群星艺术团演员　宋鑫烨

徐： 天高云淡风儿轻，
宋： 鸟儿欢唱月东升。
合： 大路上走来人两个，
　　　朝气蓬勃正年轻。
徐： 唉，小伙伴他们都说咱俩相比我长得帅，
宋： 大家都讨论我比较聪明。
徐： 我个子比你高一块，
宋： 我身体健壮似青松。
徐： 我去年加入共青团人人称颂，
宋： 我入团两年还零一冬。
徐： 我对共青团的知识掌握全面，
宋： 青年运动历史我熟记心中。
徐： 建团百年激励我们不断前进，
宋： 百年的风雨鼓励我不断前行。
合： 咱们是新时代的新青年，
　　　应该把优良的作风来继承。
　　　咱们都是共青团员，

唱一段建团百年踏征程。

徐： 共青团员很光荣，

百年的风雨在心中。

1922年的星火传天下，

让我们充满了希望和激情。

共青团是共产党的助手和后备军，

他的成立在广东。

乙： 他就是党和青年的红纽带，

他把引领青年组织青年服务来贯通。

这就是共青团的责任和使命，

你可好好记在心中。

徐： 共青团员黄继光鲜活的事迹人称颂。

宋： 王二小大义凛然为保护我们队伍立下奇功。

徐： 黄继光用身体堵住枪眼争得胜利。

宋： 王二小为歼灭日寇不畏牺牲。

徐： 黄继光把自己的生死置之度外。

宋： 王二小面对生死，依然从容。

徐： 黄继光为赢得胜利献出了生命。

宋： 王二小用自己年轻的生命诠释了对党的忠诚。

徐： 刘胡兰面对铡刀不变声色，

真正是"生的伟大，死的光荣。"

宋： 邱少云为保护战友意志坚定，

烈火中炼就忠魂没出一声。

徐： 罗盛教为救朝鲜儿童，

奋不顾身一头扎进冰窟窿。

宋： 小海娃急中生智送的鸡毛信，
　　　与日寇盘旋把任务完成。

徐： 为学英雄我学游泳，
　　　争取也要钻进冰窟窿。

宋： 现在不用再送鸡毛信，
　　　发微信打电话啥样的任务都能完成。

徐： 可不能拿这事情开玩笑，
　　　更不能乱搞假大空。

宋： 我们说话太冲动，
　　　言语凌乱理不通。

徐： 哈哈，我为的是增加我崇拜英雄的觉悟性，
　　　一时糊涂自己思想有些放松。

乙：咱俩的做法可不中，

学习英雄精神得变通。

徐：（白）怎么变通？

宋：比如说杨靖宇有大名，

是抗击日寇的大英雄。

1926年加入共青团，

领导的农民运动打下了确山城。

1927年加入共产党，

抗击侵略立下奇功。

他不怕苦，向前冲，

换来了祥和与安宁。

他不怕牺牲骨头硬，

换来了太平的好年景。

咱应该把英雄的精神来牢记，

用英雄的事迹推动我们勇于前行。

用英雄的胸怀武装头脑，

用英雄的气概推动我们踏上新的征程。

徐：还有位咱山东的优秀的共青团员张海迪，

被誉为"80年代的活雷锋"。

她虽然自幼身体残疾，

但追求美好生活的步伐从来没放松。

她虽然没有进过学校，

但用坚忍的意志所有的课程自学完成。

自幼怀揣一个文学梦，

用文字化作腾飞翅膀翱翔驰骋。

我们要学她的意志坚定，

　　　我们要学她的刻苦用功。

　　　要学她从不听天由命，

　　　还要学习她的铁骨铮铮。

宋： 对！努力学习是我们追求目标出发点，

　　　通过学习才能明确己任面对征程。

徐： 我们是新青年，担子重，

　　　要知道不经风和雨怎能见彩虹。

宋： 青年兴则国家兴，

　　　我们传承责任启航征程。

徐： 作为当代的新青年，

　　　要把祖国未来的建设铭刻心中。

合： 新青年，新使命，

　　　新思想，新征程，

　　　新时代，新航程，

　　　不忘初心、方得始终。

　　　青春活力铸就中国梦，

　　　砥砺前行，再攀高峰。

　　　青春活力铸就中国梦，

　　　砥砺前行，再攀高峰！

湖上救援（山东快书）

济宁城投·国建建设集团有限公司法务部职员　李博文

铜板一打连声响，
说一段湖上救援美名扬。
什么？湖上救援？对呀！
哦，那可够惊险的！
小船儿推开层层浪，
微山湖上好风光。
站在船头放眼望，
一颗明珠嵌在湖中央。
你看哪，一排排船房多雄壮，
好像士兵立两旁。
恁要问，这是哪县哪镇哪个村儿，
济宁市微山湖上渭河庄。
这一天，王老汉带着老伴儿到县上，
买的渔料渔网堆满舱。
两人有说有笑多欢畅，
突然间一阵狂风袭湖上。
风暴卷起层层浪，
打得快艇乱摇晃。

老两口忽隐忽现浪里藏,

老妇吓得大惊失色无主张。

老汉他站稳脚跟把方向,

两眼炯炯有神盯前方。

猛然发现有一铁屋立湖上,

他拼着老命往前闯。

老两口离开快艇爬上铁屋,

未转身,一个巨浪打得快艇沉入湖中央。

他二人危在旦夕正绝望,

(白)老头子,是不是咱要见阎王?

老婆子,别害怕,

有事要靠村委要靠党。

有困难就要找茂东村支书吗?

唉,茂东书记是咱村的大箩筐,

大事小事都找他,

好事坏事都能装。

(白)老婆子,我给书记打电话,

唉,正巧赶上咱们村委把事商。

喂,大爷大妈您别急,

我们马上救援紧跟上。

把紧急情况他给村委传一遍,

立即带头赶现场。

七人分乘两快艇,

齐心协力同担当。

一分一秒都要抢,

生命时速在较量。

阵阵巨浪迎头撞,

打得快艇原地打转人心慌。

他们面不改色豪气壮,

乘风破浪往前闯。

好似深海把那蛟龙探,

只搅得湖水翻滚迷雾茫。

经过一番苦征战,

终于赶到铁屋旁。

老两口,哆里哆嗦抓住亲人手不放,

感动得热泪往下淌。

关键时刻还是党,

不惧风雨不惧浪。

东家短,西家长,

大事小事如箩筐。

党群关系在考量，
纾民解困有担当。
茂东书记这只领头羊，
带领班子向前闯。
个个都是英雄胆，
浪里白条功夫强。
正所谓，渭河庄，名声响，
基层组织建设一流村兴旺。
擎起红旗湖上扬，
渔村旧貌换新装。
乡村旅游已打响，
致富路上奔小康。
谁料想，一场病魔把他伤，
至死未把百姓忘。
嘱托村委把航向，
船行千里莫迷航。
百姓听了泪汪汪，
村委听了力更强。
干杰书记来赞扬，
学习茂东书记好榜样。
新时代的征程路，
茂东精神光芒万丈留百芳、世世代代永传扬。

话乡村（快板）

潍坊柏树曲艺艺术工作室负责人　郭本铭

阳光普照洼里村，
村里喜迎面貌新。
新的生活真甜美，
美好的日子传佳音。

在那村部广场上，
坐齐了男女老少一群人。
主持会议的刘书记，
名字就叫刘永新。

他对着大家把话讲，
言简意赅道理深：
"咱们村，步入了小康社会的快车道，
民风淳朴，氛围和谐真喜人。
涌现出感人的事迹一件件，
孝老爱亲传佳音。
弘扬着中华传统好品质，

这荣誉，属于咱们每个人。

大伙都来讲一讲，

大家的体会比我深。"

"刘书记，我先发言说几句，"

黄金玲，面带微笑站起了身。

"我是一名老党员、

是土生土长的洼里人。

这几年，乡村治理见成效，

依靠科技抓重心。

在刘书记的指引下，

我认真学习特上心。

跟随政策种大棚，

奔小康，改天换地翻了身。

刚开始，有人一旁嘲笑我，

说我就是个穷命根。

一家六口担子重，

丈夫还是个残疾人。

流言蜚语真不少，

既伤情来又扎心。

不争馒头争口气，

岂不知，我是一个女强人。

刘书记，与我们风雨同舟共甘苦，

嘘寒问暖话语亲。

千方百计来相助,
我应该感谢报答您的恩。"

刘书记,摆摆手,
和颜悦色露笑纹:
"黄大姐,大家选我当书记,
我理当为大家把致富的门路寻。
虽然我这个书记官不大,
可重担压在我的身。
党指引共同富裕阳光路,
咱们要达到小康脱穷根。
当村官应该为大伙儿,
实实在在地负责要认真。"

这时候李天福把头点,
他端起水杯润润唇:
"刘书记,你刚才说得很到位,
我的感触特别深。
上次我家遭了难,
多亏了书记刘永新。
是他带领着党支部,
第一时间来慰问。
又捐米,又捐面,
还拿出红包和现金,

慷慨解囊来帮助,
还让我在家等着听回音。
是刘书记,是党支部,
这么多的温暖给了我,
我把感激心里存,
一时不知道说啥好啊,
心里不由得热泪滚。"
大伙听罢都鼓掌,
这掌声,都给书记刘永新。

这时候站起了赵玉荣,
说出话来更带劲:
"刚才的发言我听得细,
内容真实分量沉。
可有件事,我必须把他讲清楚,
这件事,一直揪揪着我的心,
咱们村,建文化广场我没意见,
偏偏拆迁我们的老宅,我气不忿,
要知道这老宅是一代一代地传下来,
传了八代才轮到今天我的份,
人都说老宅动了破风水,
为这事,我可得好好问问书记刘永新?
赵玉荣话音还没落,
人群中站起了他的儿子儿赵先文,

"爹，你怎么还在会上提这事儿？

咱这事儿，刘书记没少伤脑筋，

为我们申请了拆迁款，

还为我们盖了两层的小楼新上新，

再者说拆了老宅不是为自己，

建广场全都是为了咱们全村的父老和乡亲，

这是公，不是私，

你忘了？刘书记号召全村为咱们送来了感谢信！"

对对对，为此感动了先文这个大学生，

李天福再次发言站起了身，

"先文他，响应号召，回乡创业，

打造美丽好乡村，

建起了咱村最大的养殖场，

成了全县回乡创业成功第一人。"

"（白）可不是吗，老赵同志？

拆了老宅你不吃亏，

你和我黄金玲咱们都是土生土长的洼里人。

你想想在过去咱们村十户就有八户贫，

自从乡村振兴大发展，

咱们村的面貌处处新。

拆了老宅，我们成功打造 3D 彩绘墙，

让咱们村成了远近闻名的网红村。

你们家还开起了休闲农家乐。
吸引了游客一大群。"

赵玉荣越听越激动，
心里不由起真情。
"刚刚是我犯了混，
是我对不起刘书记，
是我说话自私自利没有心，
说实话，现在的村民真幸运，
坐享清福很温馨。"
这句话，大家点头都称赞！
广场上，笑声朗朗亲又亲。

紧接着刘书记补充把话讲。

说出了真理最强音：

"一棵大树，为啥会枝叶都茂盛？

全靠那供给营养的好树根！

人民才是真靠山，

人民就是大树的根。

中华复兴中国梦，

富了咱们老百姓。

让我们，紧跟时代，紧跟党，

新征程路上努力再创新，

二十大召开在眼前，

继续建设美丽好乡村！"